era
wodnika

ALEKSANDER SOWA

© Copyright by Aleksander Sowa 2010

Okładka: Małgorzata Orlik
Zdjęcie na okładce: Aleksander Sowa
Redakcja i korekta: Łukasz Mackiewicz – eKorekta24.pl

ISBN-10: 1482627353
ISBN-13: 978-1482627350

--
Aleksander Sowa|
www.wydawca.net

Wszelkie prawa zastrzeżone. Kopiowanie, rozpowszechnianie części lub całości bez zgody wydawcy zabronione.

Opole, luty 2016 r.

1.

Koniec często przychodzi nieoczekiwanie. Dla bezdomnego otwierającego usta, by w pijackim amoku przywołać kompana, tak właśnie było. Ogień życia tylko migotał i nie było szans, że jasno zapłonie.

Zirytowany nieobecnością towarzysza postanowił go odnaleźć. Podniósł się z połamanej wersalki. Zamiast jednak kroku w przód opadł bezsilny na zdezelowany mebel. Tak zakończyła się ta ekspedycja. Chwilę potem jego ciało wygiął nagły spazm. Z gardła wydobył się jeszcze charkot niczym rezonans uwięzłych w krtani nieustannie latających pszczół. Potem głos z czeluści robaczywego ciała ucichł.

Tymczasem gdzieś dalej drugi człowiek w łachmanach, na pozór podobny ofierze konwulsji, wciąż nie wracał. Też spotkał go koniec. Według innego, bardziej przerażającego i makabrycznego scenariusza.

2.

Siedział w radiowozie w bezruchu. Był jednym z tych wielu mężczyzn, jakich co dzień spotykamy na ulicach. Był po prostu zwykłym szarym człowiekiem.

Tkwił na przednim siedzeniu, bezczynnie patrząc przez szybę na plac Daszyńskiego. To doskonałe miejsce, aby przyjść karmić gołębie albo wieczorem całować i pieścić się w ciemnościach jak gimnazjaliści – myślał w ciszy.

Plac nazywany był po wojnie placem Thälmanna. Albo – co zastanawiające, choć tylko dla obcych w mieście – placem Pedała. Ochrzczono go tak z powodu przesiadujących tam bezdomnych, pijaków i dziwek najpodlejszego sortu.

– Komisarzu Stompor, zgłoście się!

Trzask w radiotelefonie przerwał rozmyślania Emila.

– Jestem!

– Za pięć minut będziemy. Jak to wygląda?

– To trzeba zobaczyć.

– Miejmy nadzieję, że warto było się zrywać z łóżka. Bez odbioru.

– Zrozumiałem! Bez odbioru.

Niemal równocześnie otworzył drzwi radiowozu. Wiedział, że zachował się jak pies. Pan wydał komendę „waruj" i wykonał ją bez namysłu. To było jego powołanie. Sens życia, przeznaczenie i fatum, czy tego chciał, czy nie. Los nie pozostawił wyboru. Czasem musiał aportować, by biegać bez łańcucha.

Był na tyle niepozorny z wyglądu, że mógłby z nożem w dłoni wejść do oddziału największego banku w centrum i zrabować okrągłą sumkę, a i tak nikt nie potrafiłby później podać jego rysopisu. On jednak, zamiast skutecznie i z finezją rabować banki, został gliną.

Dobrym gliną, nawet bardzo dobrym. I choć praca w pionie kryminalnym była jedną z najbardziej podłych i niewdzięcznych w fabryce, ją właśnie lubił najbardziej. Był bardzo skuteczny, a mimo to nie awansował. Być może wpływ na to miało właśnie to, że nie rzucał się w oczy. Bardziej jednak prawdopodobne, że powodem był brak układów.

Niewielu Emila lubiło. Nie nawiązywał bliższych znajomości. Był odludkiem, typem samotnika, który nie miewa przyjaciół. Samotny, sfrustrowany i zgorzkniały, już nie najmłodszy czuł, że życie przeciekło mu między palcami.

Myśląc o tym, wyjął paczkę z dwudziestoma małymi wrogami. Przed zapaleniem camela powąchał go, przykładając równolegle do wąsa. Papieros miał piękny, dziewiczy zapach. Lubił go, bo był to zapach jedynych marzeń w gównianym, szarym życiu. Przywodził na myśl gorące i suche wnętrza knajp portowych, egzotycznie pachnących przygodą, orientalną urodą pięknych kobiet i nieprzebytymi przestrzeniami.

Zapalił i marzenia prysły niczym tytoniowy zapach z zapalonego cichego mordercy. Płomień zapalniczki oświetlił na moment zmęczoną życiem twarz i Emil wydał się kilka lat starszy.

– Muszę rzucić, mam dość – mruknął niby do siebie, a niby do tych, co razem z nim dzielili podłą pogodę.

– Paskudny nałóg – odezwał się jeden z posterunkowych.

Emil jednak nie odpowiedział, nie spojrzał nawet. Zaciągnął się tylko i omiótł bystrym wzrokiem plac. Równy prostokąt, na sto kilkadziesiąt metrów długości i szerokość około pięćdziesięciu, z krótszej strony oszpecony był postsocjalistycznym, siermiężnym miejskim szaletem. Nie spełniwszy swej pierwotnej funkcji, stał się meliną bezdomnych. Niby wszyscy o tym wiedzieli, ale nikt nic nie robił. Bo i po co? Aż do dziś. Wstępnie Emil wszystko zabezpieczył, a wejście do szaletu ogrodził taśmami. W nieprzemakalnym płaszczu czekał na szefa razem z drugim posterunkowym.

– Informacji udziela się tylko w razie konieczności – odburknął zagajony.

Tylko jeden z tych mężczyzn wiedział, co w trawie piszczy. Stał w milczeniu pouczony przez Emila bez ceregieli:

– Spróbuj coś komuś powiedzieć, to będziesz do usranej emerytury glancował krawężniki. Jasne?

– Jak słońce, panie komisarzu.

– Jak słońce – powtórzył i dodał: – Cieszę się, że mnie rozumiesz.

Papieros dopalał się, kiedy względną ciszę przerwał dźwięk silnika czarnej lancii z kogutem przyczepionym na magnes do dachu. Z wnętrza wysiadło dwóch cywili. Posterunkowi natychmiast się wyprostowali.

– Przykro mi, że mamy taką porę.
– Nie wkurwiaj mnie bardziej! – Usłyszał. – I niech cię Pan ma w opiece, jeśli nie będzie to sprawa warta tej pory – odezwał się szef Emila, Boss.

Drugi z cywili, Lipski, był prokuratorem. Obaj, oprócz tego, że byli spowici pajęczyną powiązań służbowych, tworzyli rdzeń kliki towarzyskiej, znali się bowiem prywatnie.

– Mów. – Usłyszał od Bossa.
– Mamy dwa trupy.
– Uhm. – Lipski pokiwał głową z zainteresowaniem i udawaną troską w spojrzeniu. – Mów dalej.
– To bezdomni, zbierają się tu czasem. Niezbyt często, bo w sumie nie ma po co, skoro dworzec mają bliżej. Tam jest cieplej i zawsze mogą coś wyżebrać – wyliczał.
– Gówno mnie to obchodzi! Mów, co z nimi!
– Właśnie – Lipski zawtórował Bossowi jak echo.
– Więc bez sensu, żeby tutaj mieli ciągle przychodzić – Emil kontynuował niezrażony ich odzywkami.
– Jasne, jasne – mruknęli obaj, po czym Boss rzeczowo dał głos:
– Zapili się na śmierć?
– Rzeczywiście, pili... – mruknął Emil.
– Ja pierdolę! Ale gówno! Mówcie, bo nie wiem, o co chodzi! Po cholerę wzywacie mnie w środku nocy – histeryzował prokurator – do jakichś zasrańców, co zachlewają się na śmierć!? Nie można tego, kurwa, było załatwić w jakiś bardziej cywilizowany sposób? Nie mogliście na przykład znaleźć ich o siódmej zamiast o trzeciej w nocy?!

Jeśli Emil mógłby, powiedziałby, że nie robią na nim wrażenia przerywniki, których Eryk Lipski używa, oraz że ma bardzo, bardzo głęboko gdzieś jego krzyki. Był prokuratorem i jest jak dupa od srania, aby tu, w takiej chwili, przyjechać. Nabrał powietrza w płuca i na głębokim wydechu wyłuszczał, co wie:

– Po pierwsze, zauważyliśmy, że w ścianie jest wybite przejście do schronu.
– Do jakiego schronu? – Lipski niecierpliwił się znowu, po czym dodał zdziwiony do komendanta: – O czym on mówi?
– To nie wiesz?
– Nie wiesz, nie wiesz? – przedrzeźniał Bossa. – Co nie wiem, do chuja?! No nie wiem, nie wiem – wrzeszczał rozwścieczony. – Nic,

kurwa, o żadnym gównianym schronie nie wiem! Jest czwarta nad ranem! Jak bym wiedział, pewnie bym się głupkowato nie pytał, nie?

Emil patrzył z politowaniem. Czuł obrzydzenie do tego dupka. Chwilę później odezwał się:

– Nawet nie wie pan, ile w tym jest racji.
– Co?
– Pod placem jest schron.
– Nigdy bym nie przypuszczał – Lipski szepnął zdziwiony.
– Bo młody jesteś jeszcze – wtrącił się komendant.

Emil dodałby jeszcze „i głupi", gdyby mógł. Komendant tymczasem nie przerywał wywodu.

– I nie pamiętasz czasów zaraz po wojnie – zauważył rzeczowo.
– Jest poniemiecki – Emil ciągnął dalej. – Zbudowany, kiedy tu – skinieniem głowy wskazał plac – był faszystowski *Friedrichsplatz*.
– Przeciwlotniczy?
– I przeciwgazowy.
– Ech, ci faszyści tak samo dokładni jak teraz. Precyzyjni i na wszystko przygotowani – konkludował prokurator.
– Chuja dokładni! – komendant wtrącił się w pół zdania. – Mój mercedes się ciągle pierdoli – rzucił zniesmaczony.

Lipski, ignorując uwagę, zwrócił się do Emila:
– Dlaczego nie został zburzony po wojnie?
– Pewnie w PRL-u mieli nadzieję, że się przyda.
– Pierdolę taką nadzieję. Dobra, dawaj dalej – mruknął zachęcająco.
– W bunkrze jest trup.
– Trup? – Zrobił zdziwioną minę. – Miały być przecież dwa.
– Są dwa.
– Nie rozumiem. O co tu, do chuja, chodzi? To jeden czy dwa? Mówiłeś, że dwa. – Lipski wypomniał Bossakowskiemu. – On mówi, że jeden. To ile?
– Drugi jest w szalecie – Emil dorzucił, rzucając okiem na zdewastowany szalet.

Otworzył usta, jakby chcąc coś dodać, ale zrezygnował. Zamiast odpowiedzi zaprosił obu gestem ręki do samochodu.

– Wejdziemy i dokończę.
– Świetna myśl! – ochoczo zgodził się Lipski, zapewne mając nadzieję, że dzięki temu szybciej będzie mógł załatwić sprawę. Komendant tylko potakująco kiwnął głową.

Durnie – myślał Emil – ale niech im będzie. Otworzył drzwi niebieskiego volkswagena. Wewnątrz leżały latarki i przeciwdeszczowe

płaszcze z napisami na plecach „Policja". Podał każdemu po jednym, a potem dołożył po latarce.
– Więc idziemy.
– Co jeszcze wiesz? – Lipski nie dawał za wygraną, zachęcając Emila.
– W sumie niewiele – odparł. – Byłem tam raz. Wszedłem na parę metrów. Wierzcie, to nie jest przyjemne. Zresztą co można powiedzieć po takiej wizycie? Trzeba będzie całej ekipy, techników, fotografa, sekcji, badań laboratoryjnych. Od wodociągów musimy wziąć dokładne plany tej nory.
– Po co?
– Zaraz pan zobaczy.
Wszyscy trzej, kierując się w stronę ogrodzonego taśmami wejścia do schronu, zatopili się na chwilę w myślach.
– Wdepnęliśmy w niezłe gówno – Emil przerwał milczenie. – Jeden z młodych był tam ze mną. On to odkrył, więc proponuję, żeby poszedł z nami.
– Dawaj! – ucieszył się Lipski. – Opierdolę go, czemu znalazł ich w środku nocy.
Ludzie przechodzący przez plac spiesznym krokiem do pracy albo wracający z nocnej zmiany zwalniali z zaciekawieniem. Powoli z przepicia budził się kolejny jesienny poniedziałek, wciąż mając jeszcze na powiekach ciepły sen.

3.
Pokój na trzecim piętrze wypełniała hipnotyczna cisza. Kobieta spała najlepszym, porannym snem. Śniła. Nagle dzwonek leżącego obok łóżka ericssona bezlitośnie zabrzęczał.
– No jasne, a któż by inny! – mruknęła zaspana, naciskając guziczek z zieloną słuchawką. – Gosia, słucham.
– To ja. Przepraszam, że cię budzę, ale też już od pół godziny nie śpię.
– Naprawdę musiałeś mnie obudzić?
– Musiałem.
– Niech cię diabli! Która w ogóle jest godzina? – Zadając pytanie, spojrzała na zegar.
Jednym z sekretów jej głosu nie była nieokreślona częstotliwość czy pełnia emocji, jakie uważny słuchacz wychwytywał. Wszystko łączyło się w jednolitą, nierozerwalną całość. I dzięki temu dostała tę pracę. A kobiecie bez koneksji, bez doświadczenia w zawodzie, po czterdziestce trudno zaczynać nowe życie zawodowe. Jej się udało. Mimo wieku szybko wspinała się po szczeblach kariery. Poświęcała

się pracy bez reszty. Niebagatelne znaczenie miał fakt, że jej rozgłośnia była w powijakach. Wszyscy w O'Key zaczynali. Kilka osób i obskurnych pokoików – oto całe ich radio. Mimo to było jej pasją. Odkąd pewnego dnia postanowiła rozpocząć karierę od nowa, radio stało się sensem jej życia.

– Jest dziesięć po czwartej – odpowiedział. – Słuchaj, musisz gdzieś jechać.

– Mniemam, że to coś naprawdę ważnego. Lepiej dla ciebie, aby tak było. W przeciwnym razie zapiszesz się do kroniki policyjnej jako ofiara.

– Wierz mi, zaraz nie wypijesz nawet kawy do końca – rzekł naczelny.

Zaskoczył ją. Ale tylko trochę, bo choć wciąż była zła, zdawała sobie sprawę, że musiał mieć naprawdę ważny powód, by ją obudzić. Pracowali ze sobą na tyle długo, że dobrze się już znali.

– Co stało się tak wielkiego, że trzeba budzić zwykłą dziennikarkę przed czwartą w poniedziałek?

– Chodzi o psy. Jest aż kilka radiowozów.

– Gdzie?

– Na placu Pedała. Tam gdzie jest szalet.

– Dlaczego się tam zjechali?

– Czegoś szukają.

– Myślę, że nie. W odróżnieniu od ciebie mają na to lepsze pory. Coś się tam musiało wydarzyć.

– No właśnie nie wiem. Ty się dowiesz.

– Tylko tyle?

– Mało?

– Tak.

– Pewnie będzie więcej.

– W porządku. Niech ci będzie. Ale powiedz, czy to naprawdę jest aż takie ważne? Psy na placu Pedała w nocy? Nie można było poczekać z tym do ósmej?

– To będzie grubsza draka.

– Więc nie powiedziałeś mi wszystkiego. Skąd wiesz?

– Bo dzwoniła do mnie jakaś kobieta. Też mnie obudziła. Mówiła, że szła z nocnej zmiany i widziała trzy radiowozy. Szalet jest podobno ogrodzony taśmą.

– Taśmą?

– Tak – odparł.

To już coś – pomyślała. Policja stosuje taśmę, kiedy dzieje się coś poważnego: napad z bronią, wypadek śmiertelny, samobójstwo albo morderstwo.

– To nie wszystko.
– No?
– Podobno widziała tam też czarną lancię.
– Uhm – mruknęła z zadowoleniem.
A zatem jest prokurator. To potwierdza wersję z trupami. To już coś. Szybko przeanalizowała sytuację i podjęła decyzję.
– Może upiecze ci się tym razem. Jadę. Zobaczę.
– Grzeczna dziewczynka. Dzięki. Cześć!
– Grzeczne dziewczynki idą do nieba, a niegrzeczne są wyspane. Wolałabym się wyspać, niż być w niebie, wiesz?
W odpowiedzi usłyszała jednak tylko sygnał zakończonej rozmowy. Założyła błękitną, koronkową bieliznę, rajstopy i podreptała do kuchni. Wsypała łyżeczkę mocnej jak amfetamina kawy do ulubionego kubka. Myśli zaprzątała teraz obietnica materiału na poranny news. Chwilę potem przekręciła klucz w drzwiach.
Z samochodowych głośników popłynęły rytmy remiksu *4 O'Clock In The Morning*.
– Nomen omen – mruknęła i mocniej wcisnęła gaz.
Ten dzień miał wiele zmienić w życiu wielu ludzi. Także jej. Rozpoczynała się nowa era: Era Wodnika.

4.

Emil zrobił zdecydowany ruch dłonią, przywołując posterunkowego stojącego przed wejściem do szaletu.
– On nas poprowadzi – wskazał chłopaka w mundurze, po czym go przedstawił: – Maciej Wilk.
– W porządku. Lipski, witam! Ty to znalazłeś?
– Tak.
– Zatem, posterunkowy Wilk, macie u mnie przerąbane.
Wszyscy się uśmiechnęli. Ostrożnie weszli do szaletu. Pilśniowe drzwi zwisały wyłamane. Pewnie wyważone kopniakiem – pomyślał Emil.
– Na pewno został odcisk buta – zauważył.
– Z pewnością – odrzekł Lipski, ukrywając zdziwienie. Sam nie wpadłby na to.
Zapalili latarki. Blask krzyżujących się świateł obmacujących ściany oświetlił częściowo ciemne, zdewastowane wnętrze.
– Mów! – Lipski zachęcił posterunkowego.
– Zaczepił mnie żul na patrolu pod dworcem i powiedział, że w szalecie na placu Pedała leżą sztywni kumple i że ktoś ich załatwił.
– Załatwił?
– Tak powiedział. No to poszłem sprawdzić.

Lipski słuchał. Nawet nie bardzo poraził prokuratora błąd językowy młodego policjanta. Bardziej interesował się, o czym mówi, niż jak to robi.

– Rzeczywiście był tu ten z wersalki – wtrącił się Emil.
– Z jakiej wersalki?
– Tu jest wersalka. – Wskazał Lipskiemu latarką stary mebel.
– Aha.

Prokurator skupił się na słowach policjanta, nie dostrzegając otoczenia. Tymczasem martwy mężczyzna leżał na połamanym meblu. Wszyscy czterej skierowali światła latarek na zwłoki.

– To ten pierwszy – rzekł posterunkowy.
– A więc tutaj pili – Lipski zaczął oceniać sytuację.

Emil spojrzał na prokuratora. W jego głosie nie było nawet cienia podniecenia jak u posterunkowego. Lipski oglądał z pewnością więcej trupów, niż chłopak miał płatków śniadaniowych w miseczce.

– Trzeba zebrać odciski z butelek – zauważył komendant – a resztki wina, czy czegoś tam, dać do analizy w laboratorium.
– W środku jest jeszcze kilka – wtrącił posterunkowy.
– Tym bardziej. Dobra, mów, co dalej – komendant ponaglił młodego.
– Znalazłem tego tu – wskazał zwłoki – i...
– Wcześniej – przerwał zniecierpliwiony komendant – zanim go znalazłeś.
– Zgłosiłem to i wszedłem do tej dziury.
– Sam?
– Tak.
– Źle zrobiłeś – stwierdził spokojnie. Lipski pokiwał głową z dezaprobatą.
– Chciałem od razu to sprawdzić. Drugi czekał na górze – posterunkowy przytomnie się bronił.

Emil nie komentował. Wiedział, że patrole są dwuosobowe. Znał mentalność krawężników, więc się nie zdziwił. „Co za kretyn" – Lipski określił młodego policjanta w myślach. Nie dość, że nie umie mówić po ludzku, to myśleć o swojej dupie także.

– Ten żul mówił – tymczasem chłopak dukał jak przy tablicy – że trup nie jest jeden i że to jego kumple. Zaciekawiłem się.
– Zaciekawiłem się – Emil powtórzył. – Co z tego?! Jak będziesz zgrywał bohatera, to zginiesz jako posterunkowy. Jak nie, to jako aspirant, a jak ci się poszczęści, może nawet jako komisarz albo inspektor – rzucił, łagodząc nieco nieprzyjemne wrażenie.

– Bardzo śmieszne, komisarzu Stompor. Ale on ma rację – Boss rzekł do młodego. – Na cmentarzu w Półwsi leży już nie jeden taki Sherlock Holmes jak ty. Zapamiętaj to.
– Spisałeś go? – mruknął Lipski.
– Kogo?
– Tego, co tu leży – ironizował. – No tego, co ci to zgłosił! A kogo?
– Aaa... Nie.
– To o czym ty myślałeś?
– Wie pan, panie prokuratorze – policjant natychmiast podjął obronę – to był Profesor.
Boss z Lipskim nie rozumieli.
– Jak się szlifuje krawężniki – ciągnął posterunkowy – to się zna tych żuli. Nie mają papierów, śmierdzą i nie ma sensu ich zatrzymywać. Tylko się zawszawić można. To Profesor powiedział o tym tutaj – wskazał trupa. – Nie spisałem go, bo i tak nie powiedziałby, jak się nazywa. Papierów nie ma i nie ma z czego spisać. Ale jak będzie trzeba, to go znajdę.
Komendant otworzył usta.
– Nie trzeba – Emil ubiegł przełożonego. – Sam to załatwię. Masz rację, posterunkowy, dobrze zrobiłeś.
Znając tożsamość ważnego świadka, był częściowo zadowolony. Boss nie miał pojęcia o tym, co młody mówił. Zaczynał karierę jako milicjant. Ojciec był wysoko postawionym esbekiem. Nigdy nie był krawężnikiem.
Lipski tymczasem przysłuchiwał się rozmowie w milczeniu.
– I co dalej? – zapytał po chwili.
– No nic. Przyszłem i znalazłem trupa. Potem dałem znać naszym. Dalej to już pan inspektor się tym zajął...
– Niewiele więc nam to dało – mruknął komendant.
– No – przytaknął Lipski.
– To się jeszcze okaże – Emil zaoponował, wciąż lustrując otoczenie.
Wnętrze skrywało wykafelkowane ściany pokryte brudem. Pomieszczenie zbudowano w kształcie prostokąta. Przy jednym z boków zawieszone były zdewastowane i rozbite umywalki.
– Myślałem, że będzie tu mokro – zauważył ze zdziwieniem Lipski.
Nikt nic nie odpowiedział.
– Woda jest zakręcona od dziewięćdziesiątego pierwszego – Emil mruknął po chwili, nie przerywając oględzin.
– Skąd wiesz?

– Nie tylko pana obudziłem, panie prokuratorze.
– No tak. Mnie to pasuje, że nie leje się na łeb, a tylko kapie czasem za kołnierz.

Uśmiechnęli się, po czym przesunęli w głąb drugiego pomieszczenia, oddzielającego – jak domyślał się Emil – część męską od damskiej.

– Ja myślałem, że będzie śmierdziało.
– Przecież różami nie pachnie – Emil skomentował domysły szefa.

W powietrzu unosił się charakterystyczny zapach podziemi, z wyraźnie wyczuwalną nutą stęchlizny. Nie był to odór czy smród nie do wytrzymania, ale do przyjemnych zapachów nie należał.

– Szalet zbudowano – wyjaśniał Emil, posuwając się w głąb – w miejscu, gdzie znajdowały się generatory prądotwórcze. Było tu także główne wejście i filtry. Po wojnie skorzystano z bunkra przy budowie szaletu ze ściekiem wpuszczonym do środka. Na dnie jest klepisko.

– Chcesz powiedzieć, że tam właśnie idziemy? – zaniepokoił się komendant.

– Przecież mówiłem, że wdepnęliśmy w gówno. Z planów wynika, że schron ma dwa poziomy. Był bardzo dobrze wentylowany, miał nawet filtry chemiczne. Gdy go zbudowano, był nowoczesny.

To bardzo zdziwiło Lipskiego.

– Kiedy to było? – natychmiast wtrącił pytanie.
– Za Adolfa. Filtry i wentylacja zostały zamaskowane pomnikiem na górze, zielenią i ozdobnym murkiem wokół placu – Emil wyjaśniał cierpliwie. – Miał dostęp do wody i szczątkową kanalizację na dolnym poziomie, nowe uszczelki w drzwiach, sprawne silniki w filtrach, czyste ubikacje, zapasy wody i oznaczoną drogę ewakuacyjną. Nic, tylko się wprowadzać i mieszkać.

– Rzeczywiście, masz rację – odparł z niesmakiem prokurator. – Jak w Ritzu. No dobra, ale co w tym dziwnego, że żule weszli do starego bunkra czy tam schronu, a potem schlali się na śmierć? Przecież to zwykli bezdomni, społeczne wyrzutki. À propos, gdzie jest ten drugi?

Sam jesteś wyrzutkiem – pomyślał Emil. Wiedział, że dla tego skurwiela liczyła się kasa i przez jej pryzmat oceniał człowieka. Masz kasę, jesteś człowiekiem; nie masz, nie zasługujesz na człowieczeństwo, oto twój kodeks moralny – myślał o Lipskim.

– Tam – posterunkowy wskazał przejście wyłamane w ścianie.
– Aby wykuć ten otwór, należało użyć narzędzi. Na pewno oskarda, kilofa, młota albo łomu – Lipski starał się dociec prawdy.

– Nie znam się na budowlance – Emil mruczał tymczasem – ale to nie musiało być trudne. Zaprawa rozsypuje się w palcach – rzekł, rozcierając grudki tynku w dłoni.

Ruszyli dalej. Przeszli przez wyłom, gęsiego.

– Z tego, co widziałem – kontynuował wypowiedź, mając w kieszeni kurtki ukryty magnetofon, co uszło uwadze pozostałych – obok wersalki bezdomni palili znicze, zapewne ukradzione z cmentarza. Przy pierwszym ciele były też butelki i ślady obecności drugiego albo pozostałych członków libacji. Czapka, rękawiczka i dwie puszki piwa.

– Musieli wykuć przejście w miejscu, gdzie było kiedyś zamurowane – wtrącił posterunkowy.

– Chyba tak, ale to raczej nie oni.

– Czemu tak myślisz? – zdziwił się Lipski.

– A niby po co mieliby to robić?

– Cholera ich wie! – bronił się prokurator. – Skąd możesz wiedzieć, co im po pijaku przyszło do łbów?

– Chwila – Emil przystopował prokuratora. – Zaraz zobaczymy.

Weszli do korytarza o niskim stropie. Nie było to miejsce, w którym bywa się codziennie. Raczej takie, do którego można by trafić, gdyby przenieść się w czasie o pół wieku wstecz. Z półkolistego sufitu zwisały resztki instalacji oświetleniowej.

– Emil – zaniepokoił się prokurator – dzwoniłeś też może do elektrowni?

– Nie ma prądu. Bunkier miał własny generator. Szalet zasilany był z zewnętrznej linii, którą odcięto.

– Uff.

Przejście obniżyło się do półpiętra i schodów prowadzących jeszcze niżej. Potem do korytarza ciągnącego się aż po granice rozświetlanego latarką mroku. Do ich płuc docierało wilgotne i chłodne powietrze. Było przesiąknięte zapachem zgnilizny, zatęchłych liści i przejmującego chłodu. Tylko skąd zapach liści kilka metrów pod gruntem? – zastanawiał się Emil.

– Jest tam – przerwał milczenie posterunkowy.

Dziesięć metrów od nich leżały zwłoki. Właściwie tylko szkielet białych kości – pozostałości po człowieku okryte podziurawionymi łachmanami w nienaturalnie wykręconej pozie obok rozbitej butelki.

– Teraz uważajcie i módlcie się, żeby nas nie wyczuły – szepnął posterunkowy.

– O co chodzi? – zapytał Lipski.

Boss zresztą pomyślał to samo, ale milczał przestraszony. Emil wiedział, ale zamiast odpowiedzieć, szepnął:

– Widzicie? Skrzynka, chyba drewniana.
– Uhm – przytaknął posterunkowy. – Ale nie wiem dokładnie. Stąd zawróciłem.
Podeszli do niej. Wewnątrz stały butelki 0,7 l.
– Wino – otworzywszy usta, ze zdziwienia skomentował widok posterunkowy.
– Nie wierzę! – Lipskiemu ten widok nie mieścił się w głowie.
– A jednak. – Posterunkowy kiwał potakująco głową.
Tymczasem Emil odwrócił się i skierował światło na szkielet. Obok ręki leżała butelka, wciąż cała.
– Ten sam jabol, co przy wersalce.
– No dobra – Bossakowski wreszcie się odezwał. – Ale sztywniak wygląda, jakby leżał tu już dobre parę lat.
Emil, zamiast odpowiedzieć, znów zaczął dedukować:
– Ktoś wybił przejście...
Nagle jego głos się załamał. Dostrzegł opasłe szczurze cielska. W mgnieniu oka odgadł tajemnicę szkieletu.
– Jasny chuj – jęknął. – Wiejemy!
I rzucił się w kierunku wyjścia, gdzie byli już pozostali. Po kilkunastu sekundach wybiegli zdyszani na powierzchnię. Lipski powstrzymywał odruch wymiotny. Emil i Boss oddychali ciężko jak po biegu na 110 metrów przez płotki. Kiedy się wreszcie uspokoili, Lipski zaczął:
– Nic tak nie ożywia dnia jak dobry trup.
Zarechotali śmiechem. Rozluźnieni odetchnęli po chwilach pełnych napięcia.
– Wywalili kawałek ściany w opuszczonym szalecie, aby dostać się do wnętrza, w którym jeden się zachlał na śmierć – podsumował oględziny komendant. – Drugiego zżarły szczury, kiedy szedł po ukryte tam wina.
– Na to wygląda – odparł posterunkowy.
– No to otwieramy sprawę, panie Stompor – komendant zwrócił się żartobliwie do Emila. – Ale chcę, żebyś wiedział, że nie podoba mi się to miejsce. Jest niebezpieczne. Należy zamknąć tę sprawę jak najszybciej i nie kręcić się tutaj.
– Tak – dodał Lipski.
– A co jeśli będą jeszcze inni? – zawahał się posterunkowy.
– Zobaczymy – mruknął prokurator. – Prokuratura otwiera dochodzenie, a policja rozpoczyna czynności operacyjne, aby wyjaśnić wszelkie okoliczności. Prawda, panie komendancie?
Bossakowski nic nie odpowiedział, ciągle dysząc. Pokiwał głową. Wiedział, że Lipski ma rację.

– No... – nieśmiało zaczął posterunkowy. – No... ja i panowie dotarliśmy tylko do miejsca, gdzie leży ten drugi sztywniak i ta skrzynka. Dalej żaden z nas nie doszedł.
– Posterunkowy ma rację – odezwał się dotąd milczący Emil. – Nie wiemy, co znajduje się dalej. Bunkier jest za duży i zbyt niebezpieczny, by go spenetrować ot tak, standardowo.
Słowa Emila oznaczały sprowadzenie specjalnej ekipy, papierki i mnóstwo roboty. Najbardziej nie pasowało to wszystko komendantowi. Miał swoje powody. Skomentował fakty jednym zdaniem:
– I tak trzeba zacząć dochodzenie.
– A schron zbadać – dorzucił Lipski.
Zamilkli, zastanawiając się nad tym, co zobaczyli. Każdy z nich widział niejedno ludzkie nieszczęście. Mimo to widok drugiego ciała, szkieletu właściwie, zrobił na nich niemałe wrażenie. Młody wciąż był blady.
Po chwili prokurator znów się odezwał:
– Widziałem niejedno. Niejednego trupa oglądałem. Ale czegoś takiego jeszcze nie. I wiecie co? – ciągnął Lipski. – Zastanawiam się, jak można być tak głupim, żeby skrzynkę wina, na dodatek pewnie jeszcze skądś podpierdoloną, schować do bunkra pełnego szczurów.
– A jeśli ktoś chciał ich zabić? – odezwał się Emil, wypuszczając dym z ust.

5.

Dwa dni później przed Wojewódzkim Centrum Medycznym w Opolu Emil w swoim polonezie czekał na prokuratora. Dupek się spóźniał, więc zdążył wypalić już dwa camele.
Rozejrzał się. Nie widząc niczego niepokojącego wzdłuż całej Alei Witosa, sięgnął do schowka i wyjął ćwierćlitrową piersiówkę z wódką. Pociągnął trzy spore łyki. Alkohol przyjemnie rozpływał się w żołądku. Wiadomości w radio rozpoczynał news dnia.
– Przedwczoraj coś dziwnego działo się w sercu Opola. – Usłyszał Emil. Podkręcił głośność. – Jak udało nam się dowiedzieć, po nocnej akcji funkcjonariuszy policji z Opola do bunkra na placu Daszyńskiego weszli żołnierze z Tarnowskich Gór. Zapytaliśmy rzecznika prasowego komendy po co.
Dziennikarka przedstawiła policjanta i Emil po chwili usłyszał:
– Czy to prawda, że żołnierze odszczurzali bunkier?
– To prawda.
– Czyżby opolska policja ścigała szczury zamiast przestępców?

– Oczywiście nadal ścigamy przestępców – rzecznik odpowiedział przytomnie. – Deratyzacja była niezbędna do prowadzania czynności operacyjnych.
– Jakich czynności?
– Koniecznych przy dochodzeniu, które prowadzimy.
– Rozumiem – nie dawała za wygraną. – Ale radio O'Key dowiedziało się, że znaleziono tam zwłoki. Czy potwierdza pan tę informację?
– Tak.
– Czyli w bunkrze znaleziono ciała.
– Tak.
– Ile?
– Dwa.
– Jak doszło do tego odkrycia?
– Otrzymaliśmy informację od anonimowego informatora.
– Rozumiem. Kim byli zmarli?
– Staramy się to ustalić.
– W jakich okolicznościach doszło do śmierci? Czy zostali zamordowani? Takie są przypuszczenia, prawda?
– Pani redaktor, nie wiem, jakie są przypuszczenia. Policja działa na podstawie faktów, nie przypuszczeń. Prowadzimy śledztwo, aby odkryć przyczynę śmierci tych ludzi.
– Po co sprowadzać wojsko z Tarnowskich Gór do bunkra w Opolu?
– Grupa Ratownictwa Chemicznego jest jednostką, z którą często współpracują różne komendy.
– Nadal nie wiemy, dlaczego żołnierze wchodzili do bunkra. Powie pan dlaczego?
– Mogę powiedzieć, że w bunkrze funkcjonariusze chcieli przeprowadzić czynności dochodzeniowo-śledcze. Obecność szczurów to utrudniała. Stwarzała też dodatkowe niebezpieczeństwo, zatem żołnierze zajęli się kłopotliwymi gryzoniami, aby umożliwić pracę policjantom.
– Oczywiście, rozumiem. Czy przeprowadzono te czynności?
– Nie, jeszcze trwają.
– Jaki jest ich charakter?
– Analizujemy ślady, badamy poszlaki.
– Mówi się, że ktoś dokonał tam brutalnego morderstwa. Czy może pan to potwierdzić?
– Nie mogę. Ale nie mogę również tego wykluczyć. To jedna z ewentualności, jaką dopuszczamy. Zapewniam, że pracujemy nad rozwikłaniem tej zagadki.

– Dziękuję za rozmowę.
– Ja również.
– Drodzy radiosłuchacze, państwa gościem był nadkomisarz Maciej Milewski. Rozmowę prowadziła Małgorzata Krawiec. Radio O'Key.

W tej samej chwili Emil dostrzegł zbliżającą się lancię. Wyłączył radio. Wyszedł z samochodu.

– Cześć! – Lipski przywitał się prawie po przyjacielsku, podając dłoń policjantowi.

– Witam, panie prokuratorze.
– Co tak oficjalnie?
– Spóźnił się pan.
– A tak. Przepraszam. Korki. No to co, idziemy?
– Idziemy.

Ruszyli w kierunku nieciekawego budynku przyszpitalnego Zakładu Medycyny Sądowej. Po wejściu Lipski przywitał się z patologiem. Emil także. Policjant podszedł do zwłok. Przyglądał się im uważnie.

– Wiadomo coś w jego sprawie? – patolog zagaił prokuratora, przygotowując się do pracy.

– Według mnie to strata czasu, ale wiadomo, prawo – żachnął się Lipski. – Sprawa prosta jak drut: menele, tanie wina, podziemia i trupy.

– A tak, słyszałem. No to zobaczymy.

– Według mnie nie ma co oglądać. Poza tym mam ciekawsze i – prokurator podkreślił z naciskiem – ważniejsze rzeczy do zrobienia, niż oglądać trupa jakiegoś zapijaczonego menela.

Emil tymczasem nadal oglądał zwłoki. Mężczyzna mógł mieć około 50, 60 lat – myślał. Siwa broda przywodziła na myśl Robinsona Crusoe z filmu, na który wybrał się kiedyś z córką.

Trup miał nienaturalne powyginane dłonie, niczym u człowieka z chorobą psychiczną. Były blade i zniszczone. Na palcach miał ślady pobierania odcisków – wykonano już daktyloskopię. To dobrze – pomyślał z satysfakcją. Zatem jego polecenia były wypełnianie. Może będą mogli odkryć tożsamość, jeśli był notowany.

Mężczyzna leżał na plecach z rękoma ułożonymi na stole wzdłuż nienaturalnie wygiętego ciała. Było to spowodowane najprawdopodobniej ułożeniem na wersalce po śmierci i zesztywnieniem zwłok – pomyślał. Choć z drugiej strony natychmiast rzuciło się Emilowi w oczy, że ciało było wciąż sztywne.

– Dobra! Do roboty – rzekł patolog i włączył magnetofon. – Badanie na zlecenie Prokuratury Okręgowej w Opolu, którego celem jest ustalenie przyczyny śmierci denata. Mężczyzny o nieustalonej tożsamości w wieku lat... – zaczął.

Patolog nagrywał początkowy fragment i pobierał wymazy z jam ciała. Emil zerknął w papiery Lipskiego. Kiedy zabierano zwłoki z bunkra, miały temperaturę 25°C. To musiało oznaczać, że znaleźli go dość szybko po śmierci.

– ...rasy białej. Typ budowy ciała ektomorficzny – opisywał zwłoki – wzrost 168 centymetrów, masa 66 kilogramów...

Następnie rozciął ubranie i sfotografował zwłoki. Wykonał dwa cięcia skalpelem od lewego i prawego ucha, równolegle do obojczyków. Niemal biała skóra rozdzielała się z łatwością, odsłaniając czerwień mięśni. W powietrzu rozniósł się charakterystyczny trupi fetor. Policjant poczuł słodki smak w ustach.

Biorąc pod uwagę temperaturę w bunkrze – Emil dedukował – w granicach 12–14°C i średnią utratę ciepłoty ciała po śmierci rzędu 2°C na godzinę, musiał zejść wieczorem, do 10 godzin przed znalezieniem.

– Minęła już ponad doba od śmierci – lekarz rzucił, niemal czytając w myślach Emila. – Wskazuje na to stężenie pośmiertne. Nadal jest widoczne, choć z pierwszymi oznakami ustępowania.

Zajęty uzupełnianiem papierów Lipski nie reagował. Nie był zainteresowany sekcją. Natomiast Emil bardzo się zaniepokoił. Według niego zgon musiał nastąpić co najmniej 48 godzin wcześniej, tymczasem lekarz stwierdzał co innego. Zastanawiające – myślał. Ta rozbieżność i dziwne wygięcie ciała nie pasowały Emilowi, ale postanowił na razie nie przeszkadzać.

– Brak *livores mortis* – stwierdził lekarz.

Fakt – pomyślał – nie było plam opadowych. Dla Emila ich brak był wskazówką, że sztywniak nie zatruł się czadem, cyjankiem czy azotanami. Nie było też sińców, obtarć, krwiaków ani ran. Żadnych urazów na czaszce. Zatem nie został pobity. Nikt siłą do bunkra żulika nie doprowadził. Jego śmierć nie ma związku z zabawami rozpuszczonych małolatów czy porachunków między menelami – pomyślał.

Lekarz wykonał kolejne cięcie. Od mostka, gdzie – niby naszyjnik – spotkały się pierwsze dwie rany, ciął w kierunku krocza nieszczęśnika. Szybkimi ruchami, jak gdyby kozikiem, patolog pogłębiał rany w bruździe pomiędzy rozciętą skórą. Ciął z zapamiętaniem, odkrajał fachowo i szybko pierwszy, trójkątny fragment skóry, zrywając go stopniowo w kierunku brody. Skórował zwłoki jak rzeźnik wieprzka. Wreszcie dotarł do krtani i spojrzawszy na Emila, rzekł:

– *Os hyoideum* nieuszkodzona.

Ten potwierdził ruchem głowy, że widzi. U wisielców kość gnykowa zawsze jest połamana. Świadczyło to, że denat nie był duszony. Nic zresztą na to wcześniej nie wskazywało.

Lekarz kolejnymi cięciami oddzielał skórę brzucha od mięśni aż do kości łonowej. Obszedł stół, a z jamy brzusznej, przy wtórze niebywałego fetoru kału, niestrawionego jedzenia i alkoholu, wylały się wnętrzności.

– O, bardzo przepraszam – rzekł. – Przypadkiem przeciąłem żołądek – usprawiedliwiał się.

Policjant wiedział, że nie był to przypadek. Doskonale zdawał sobie sprawę, że aby rozkrajać zwłoki, trzeba być trochę walniętym człowiekiem. Widok białej od smrodu twarzy zawsze rozbawiał takiego czubka.

Smród był nie do zniesienia. Dzięki niemu Emil nie miał wątpliwości, że menel pił, i to sporo. Oczywiście wiedział o tym wcześniej, teraz miał na to dowód. Tylko one się liczyły.

Lekarz odciął dwa płaty skóry, odsłaniając brzuch i żebra. Z dolnej części brzucha wylały się jelita wypełnione treścią pokarmową i kałem. Przykryły nieco rozcięty żołądek. Emil zerknął na wątrobę. Płyn zielonkawo-czerwonego koloru zalał ją niemal całą, czyniąc prawie niewidoczną.

Patolog wyszukał woreczek żółciowy. Wyciął go i odłożył. Kilkoma wprawnymi ruchami odciął żebra z mostkiem przy użyciu nożyc podobnych do sekatora. Pomagając sobie skalpelem, oddzielił całkowicie ten fragment ciała. Kończąc, odłożył na bok, niczym skorupę żółwia. Emil miał teraz przed oczyma trzewia tego człowieka jak na dłoni. Przyglądał się z zainteresowaniem, gdy lekarz wycinał serce.

– Zapach, kolor i wygląd wnętrzności – mówił – wskazuje na zatrucie alkoholowe.

– Jest pan pewien? – z głębi sali doszedł go głos prokuratora.

– Tak. Jak i tego, że facet nie żyje. Jeszcze tylko chciałbym zobaczyć wnętrze żołądka, z ciekawości. Chcę wiedzieć, co jadł. Dla pewności otworzę też czaszkę.

– Nie trzeba. Wierzymy panu – Lipski zaprotestował od razu.

Ciekawe, jakim prawem wypowiadasz się w moim imieniu – Emil pomyślał z niechęcią.

Patolog odłożył skalpel. Przeciął jelita w dwóch znanych tylko sobie miejscach i wyszarpał obiema rękami, niczym kilka pęt kiełbas w sklepie, przekładając do emaliowanej miednicy. Wskazał palcem na wątrobę. Była jasna, zbyt jasna jak na ten organ.

– *Cirrhosis hepatis.*

– Marskość? – zapytał Lipski.
– Tak, plus zatrucie – rzekł, dodając po chwili. – I to ono zdecydowało.
Szerokim cięciem otworzył żołądek. Z jasnoszarego worka rozlał się żółtawy, śmierdzący alkoholem płyn.
– Z taką wątrobą i tak nie pociągnąłby długo – skomentował, pobierając próbkę. – O, widzę, że nasz trupek lubił tanie winka.
Żart lekarza wydał się Emilowi nie na miejscu.
– Skąd pan wie? – natychmiast zapytał.
– Proszę spojrzeć – rzekł do Emila, wskazując żołądek. – Właściwie sam płyn.
– Uhm – potwierdził, ale nic mu to nie dawało. Nie znał się na zawartości żołądków truposzy.
– Wódy nigdy tyle nie ma – wyjaśnił. – Piwsko śmierdzi inaczej. Tutaj widzę, że to wino. Na pewno nie francuskie, czuć zresztą – dodał z nieco diabolicznym uśmiechem.
– No to co? Po sprawie tak? – wtrącił się prokurator.
Spojrzeli w jego kierunku. Był wyraźnie zadowolony.
– Właściwie tak. Jeszcze tylko poczekamy na laborkę – patolog pokiwał głową.
– Na co? – Lipski zapytał zdziwiony.
Lekarz zerknął na prokuratora, wskazując skalpelem próbkę.
– Na to.
– Myśli pan, że to konieczne?
– Zanim podpiszę, wolałbym wiedzieć, że przy okazji nie chlał płynu hamulcowego.
– Eeee, i tak to nie ma znaczenia – prokurator machnął ręką. – Gość jest anonimowy, bez rodziny, bez nikogo. Nie ma sensu.
Zdziwiony patolog spojrzał na Emila. Ten zaś nie dał po sobie poznać niczego i tylko wzruszył ramionami. Wolałby, aby próbka była zbadana, lecz bardziej zainteresował się czymś innym.
– Powiedział pan – zwrócił się do zaskoczonego lekarza – że denat zmarł dobę temu?
– Niekoniecznie, mógł leżeć dłużej, jeśli było na przykład chłodno.
– A czemu go tak wygięło? To normalne?
– Faktycznie dziwne. – Lekarz przyznał z zakłopotaniem, drapiąc się za uchem. – Z drugiej strony to typowy objaw przy epilepsji.
– Znaczy się przy padaczce?
– Tak. Jak ktoś chleje na umór i nic nie je, czasem występuje coś takiego jak pijacka padaczka. Wtedy właśnie tak wygina ciało.
– Aha.

Emilowi wszystko ułożyło się w głowie. Uspokoił się. Tymczasem w rozmowę wtrącił się prokurator.
– No i co, panie komisarzu? – rzekł z zadowoleniem. – Od początku wiedziałem, że nie trzeba było mnie rano budzić. Proszę jeszcze zbadać tę próbkę, jeśli pan woli – zwrócił się do lekarza – i zamykamy.
– Coś będzie trzeba powiedzieć dziennikarzom – Emil zmienił temat.
– Poradzę sobie. No to co? Będę się zbierał, spieszę się – rzekł, stukając palcem w srebrny zegarek. – Zszyjcie go. Wpadnę tu z papierami przed siedemnastą.
– Ale jutro.
– Dobra, niech będzie! – zgodził się na lekarską odpowiedź. – Na razie. Dzięki.

6.

Inspektor Jan Bossakowski został psem w PRL-u. Dziś, jako komendant KWP, nie pamiętał albo pamiętać nie chciał o tym, że miał w życiu pewien ważny epizod. Debiutował w ZOMO. Większość o tym zapomniała, dlatego że zapomnieć było na czasie. Ot, taka moda na politycznego alzheimera. Choroba niemłoda i nieuleczalna. Zapadają na nią gnoje na całym świecie: komuniści, naziści, ubecy, najzwyklejsi zbrodniarze i lizusi jak on.

Boss był w fabryce dłużej niż Emil. Miał wielu kumpli z tamtych czasów. Z czasem znikali ze sceny, ale pozostawiali za sobą synów czy zięciów. Między innymi takich jak prokurator Lipski, syn starego Lipy, ubeka, dziś senator RP. Dzięki takim jak on lustracja była tylko picem na wodę. Kolesie zadbali o to, aby ich teczki były czyste.

Emil nie pasował. Jego ojciec był akowcem. Po powstaniu trafił do obozu koło Opola. Z czapką pozbawioną orzełka w koronie trafiła tam także sanitariuszka z powstania. Ojciec Emila czołgał się z nią po gruzach Starego Miasta. Przeszli tą samą rurą do Śródmieścia. Doczekali kapitulacji i wyszli z miasta tą samą kolumną. W jednym pociągu przewieziono ich do obozu, ale poznali się dopiero w Lamsdorf.

Powstaniec i sanitariuszka zza kolczastego drutu, patrząc na niebieskie niebo i zielony las, zakochali się w sobie. Halinkę wywieźli zaraz potem. Po przejściu ruskich ojca Emila nadal więziono, tyle że teraz wspólnie z Niemcami z Opolszczyzny, z żołnierzami Andersa, z jeńcami września spod Bzury, do wiosny 1947 roku.

Wkrótce potem, po przesłuchaniach i krótkich aresztach, zamieszkał w Opolu. Kiedy ubecja rozbijała ostatnie akowskie oddziały w 1950 roku, trafił z niedożywienia, rozpaczy i samotności do szpitala.

– Mam 24 lata – powiedział, kiedy się spotkali – ocalałem.

Była tam pielęgniarką. Kiedy więc wyzdrowiał, dwie dusze spod znaku biało-czerwonej opaski i orzełka w koronie zostały ze sobą. Przegrani w nowej, powojennej rzeczywistości starali się żyć godnie i uczciwie. Wiele lat po powstaniu przyszedł na świat Emil, jako drugi syn. W następnym roku pojawił się młodszy brat Emila i żyli w pięcioosobowej rodzinie. Aż do dnia, kiedy matkę zabił rak macicy. Emil miał wtedy dziewięć lat.

– Gówno prawda! – powiedział potem pewnego popołudnia na lekcji historii i dostał linijką w dłoń, aby natychmiast zapomniał o prawdzie.

Ale Emil pamiętał. Nigdy milicjantem nie został i zomowskiego pochodzenia komendanta nie zapomniał. Dziś, przed emeryturą, mógł splunąć na wszystko. Szczególnie kiedy się upił, jak dziś, a głos swojego szefa w radiu miał gdzieś.

7.

Skrócił zarost do jednego milimetra. To niewiele pomogło. Widział zmęczonego życiem, starzejącego się mężczyznę. Zamiast śniadania wypił gorzką kawę. Połknął dwie tabletki od bólu głowy.

– Nie wyglądasz za dobrze. – Dziewczyna na stróżówce przywitała Emila.

– Mam okres.

– Boli cię brzuch?

– Serce mnie boli, malutka. Przeziębiłem się, nic mi nie jest, dzięki za troskę.

– No to idź do Bossa. Pytał o ciebie.

Wczoraj wypalił za dużo. Tytoń wybitnie potęgował syndrom dnia wczorajszego. Dziś nie zapalił ani jednego. Wszystkie mu śmierdziały.

– Co ci jest? – Usłyszał w drzwiach.

– Przeziębiłem się.

– Źle wyglądasz.

Komendant siedział za biurkiem w mundurze jak car. Słońce przyjemnie oświetlało gabinet. Zapowiadał się jeden z pierwszych tej jesieni pięknych dni. Emila słońce drażniło. Reagował bólem na światło.

– Martwię się o ciebie – szef zagaił znad gazety.

Akurat – pomyślał.

– Chciał mnie pan widzieć?
– Tak. Wiesz, że zamykamy tę sprawę?
– Wiem, słyszałem – odburknął niechętnie.
– To dobrze – komendant odparł, odkładając gazetę. Po chwili mruknął: – Co jest? O co ci chodzi?

Emilowi nie podobało się, że tak szybko podjęli decyzję. Nie był pewien, czy to takie oczywiste, jak wczoraj słyszał w radiu. Pośpiech jest dobry przy łapaniu pcheł, ale nie przy takich sprawach – myślał.

– Czy to nie za szybko?
– Szybko? – obruszył się komendant. – A nad czym się tu zastanawiać? Pili na umór, to się przekręcili. Mieli chociaż dzień dziecka na koniec.

Niezły żart. Zobaczymy, jak sam skończysz, stary ubeku – pomyślał.

– Poza tym nie chcę, by ktokolwiek kręcił się obok tego bunkra – komendant mówił dalej. – Dla mnie, prezydenta z radą parafialną, ten bunkier to wrzód na dupie.

– Mogliśmy poczekać na toksykologię.

Emil delikatnie podjął próby przeciągnięcia końca choćby o jeden dzień. Czuł, że coś jest nie tak, jak być powinno.

– Już jest. Była wczoraj, dlatego dałem ten wywiad.
– I co?
– Nic. Tak jak myśleliśmy z Lipskim. Wino i tyle. Tu – wskazał ruchem głowy – leżą dokumenty.

Emil spojrzał na wyniki.

– Zapoznaj się i włącz do akt.

Analiza wskazywała, że zawartość żołądka stanowił niestrawiony alkohol średnioprocentowy. Jak mówił patolog – wino. Jednak uderzyło Emila, że we krwi było tylko 4,5 promila alkoholu.

– Zatem sprawa zakończona – zakomenderował Boss. – Możesz się brać za papiery. Lipski zamknął postępowanie.

– Skoro pan tak mówi.
– I co? Wcale nie trzeba było nas wtedy budzić!
– To samo mówił Lipski w prosektorium.
– I miał rację. Miał rację – powtórzył. – Następnym razem lepiej się zastanów.

Mam to gdzieś, stary durniu – pomyślał Emil. Po czym poprosił:

– Mam jeszcze coś.
– Coś ci nie gra? – Boss podniósł brwi znad okularów.
– Chcę jeszcze coś sprawdzić. Pogadam z tym patologiem i z Profesorem. Nie gadaliśmy z nim.
– Jakim Profesorem, do ciężkiej cholery? – zaczerwienił się stary.

– Z menelem, który ich znalazł.
– A, tak – komendant przypomniał sobie. – Tego, o którym młody mówił. Dobra. Rób, jak chcesz. Ale sprawa jest zamknięta. Dzisiaj jest środa. Chcę, żeby do soboty papiery były gotowe. – Stuknął długopisem w blat. – Będą leżały tu, u mnie na biurku. Jasne?
– Jasne.
– Mamy ważniejsze sprawy niż pijaczkowie. To śmiecie. Nawet jeśliby ich ktoś ubił, nie ma to znaczenia. Im mniej ich będzie, tym lepiej.

8.

Wyszedł z gabinetu Bossakowskiego. Jego myśli zaprzątał alkohol u denata. Postanowił, że pojedzie do patologa i zapyta go o to. Potem odszuka Profesora, ale zanim to zrobi, musi wypytać młodego od bunkra.
– Gdzie posterunkowy Wilk? – Emil pyta dyżurnego.
– Jest w gimnazjum numer pięć.
– Dobra. Przekaż mu, że zaraz tam będę. Chcę z nim pogadać.
–Tak jest, panie komisarzu.
Po kolejnych reformach edukacji połączono szkołę podstawową z gimnazjum w jeden zespół, tworząc niezły cyrk. Byli wzywani tu co najmniej raz w tygodniu. Emila nie zdziwiła obecność ludzi z fabryki w szkole. Dręczyła go pewna myśl. Raport patologa stwierdzał, że śmierć nastąpiła w wyniku zatrucia alkoholem. Ale we krwi było tylko 4,5 promila. Owszem, to typowa dawka śmiertelna. Znane są jednak przypadki, że po 4,5 promilach chłopaki z drogówki wyciągali delikwenta zza kółka. Pięć promili to norma, przy której wielu nie tylko nie schodziła. Rekord należy do faceta, który miał 13,5 promila. Niestety nie przeżył. Dowodzi to, że menelki, pijąc codziennie, powinni mieć więcej niż 4,5 promila, aby się przekręcić. Dojeżdżając do szkoły, odsunął te myśli od siebie. Skupił się na tym, o co zapyta młodego.

9.

Los zawsze i bezbłędnie sygnalizuje nadejście tego szczególnego momentu śledztwa, od którego zazwyczaj wszystko się zmienia. Emilowi przypominało to lekcje matematyki, gdy nauczyciel milkł złowrogo, pochylony nad dziennikiem, a wraz z nim cała klasa zapadała się w bezbrzeżną ciszę. Wtedy, niemal równocześnie z momentem, w którym belfer wyczytywał jego nazwisko, Emil odczuwał lekkie ukłucie.

Wielu mu tego zazdrościło. Uważano, że miał talent. Nie zastanawiał się nad tym głębiej, oddając się raczej wyczekiwaniu na ów moment albo też, jeśli nie nadchodził, śledztwo zamykał. Zwykle oznaczało to, że zrobił wszystko, co był w stanie zrobić.

– Rozmawiałeś z Profesorem? – zapytał posterunkowego.
– Tak.
– Co ci powiedział?
– Niewiele.
– To znaczy co?
– Jakieś bzdury. Mówił, że ostro popił i grzał się na głównym, bo przecież pijany nie mógł wrócić na noclegownię.

Fakt, nie mógł. Regulamin noclegowni zabraniał picia i noclegu w stanie nietrzeźwości.

– Obudziła go jakaś dziwna kobieta, niby anioł.
– Anioł? – Emil powtórzył zaskoczony.
– Tak.

To akurat Emila rozbawiło. Zaskakujące, że ludzie z marginesu mają często do czynienia z nieziemskimi istotami. Tak samo jak złodzieje, wariaci, psychopaci i zwykli kłamcy.

– Powiedział, że anioł dał pięć dych i przestrzegł, żeby więcej nie pił.
– O, a to ciekawe.
– Też tak pomyślałem.

Akurat, co młody myślał, najmniej obchodziło Emila. Postanowił wysłuchać go jednak do końca. Głównie po to, by nabrać pewności, czy sam będzie musiał pofatygować się do Profesora, czy jest to zbędne.

– Mówił coś jeszcze?
– Tak, panie komisarzu. Powiedział, że anioł przestrzegł, że jak będzie dalej pił, skończy jak kumple w szalecie na placu Pedała. Więc tam poszedł. A potem właśnie zaczepił mnie na ulicy.
– Dziwne.
– Też tak myślałem. Ale Profesor zarzekał się, że tak mówiła ta kobieta-anioł.

To jeszcze bardziej zdziwiło Emila. Nie sądził, żeby Profesor był aż tak elokwentny i wymyślił podobną bajeczkę. Oczywiście Emil nie był tego pewny. Nie miał wątpliwości, że spotkanie z Profesorem będzie niezbędne. Dla pewności poszuka go po powrocie z prosektorium. Na pewno żebrak ma jakiś związek ze zwłokami, choć raczej nie byłby zdolny zabić, tym bardziej że sekcja na to nie wskazywała. Ale jeśli naprawdę ktoś dał mu pieniądze, to było to podejrzane. Tym bardziej 50 złotych. Być może w ten sposób dowie się chociaż, kto ukradł te wina. Zawsze to coś. Musi dowiedzieć się, ile było w tym prawdy – myślał.

– Powiedział jeszcze coś?
– Nie chciał więcej mówić. Płakał.
– Płakał?
– Tak. Opłakiwał tamtych z bunkra. Mówił, że ludzie są źli, skoro potrafią zabić takich nieszczęśników jak oni.
– Zabić?
– Tak.
– Dobra. Pytałeś może o te pieniądze? O ten banknot?
– Nie, nie pytałem.
– Dzięki, dobra robota, posterunkowy.
– Dziękuję, panie komisarzu.
– To spadam. Trzymaj się!

Pożegnał się z młodym, podając rękę. Odchodząc, zerknął na sanitariuszy i lekarza. Ze szkoły wynoszono na noszach jakiegoś gówniarza. I wtedy Emil to poczuł. Jest blisko wskazówki. Dzieciak jest wygięty identycznie jak bezdomny z prosektorium.

– Ej, posterunkowy! A co tu się właściwie stało?
– No, wezwali nas, bo okazało się, że jakieś dzieciaki się naćpały. Byliśmy najbliżej. Zabezpieczyliśmy i czekamy na narkotykowych z psem. Dzieciarnia jest w sali gimnastycznej. Będziemy przeszukiwać.
– A czym się naćpali?
– Właściwie nie wiadomo, ale znaleźliśmy przy nich grzybki.
– Psylocybinowe?
– Ja tam nie wiem, mamy je u dyrektora. Takie jak te, co nam w Szczytnie pokazywali: malutkie, suche. Jak przyjadą z psem, to będą wiedzieli. Znają się na tym, bo w tym robią. Jak pana komisarza to interesuje, to zaraz mają tu być.
– Nie, dzięki, posterunkowy, mam sprawę.

Emil czuł to wyraźnie jak zapach krwi. Miał trop. Wsiadł do poloneza i wywołał fabrykę.

– Dajcie kogoś, kto zna się na grzybach halucynogennych.

Po kilku chwilach odezwał się głos w radiotelefonie.

– Jestem, komisarzu, sierżant sztabowy Janeczek. Co pan potrzebuje wiedzieć?
– Interesują mnie psylocyby.
– Znaczy się grzybki halucynogenne?
– Tak?
– A co konkretnie?
– One są trujące?
– To znaczy czy można się po nich przekręcić?

– Tak.
– Nie bardzo, nie zanotowano jeszcze takiego przypadku.
– A co się może dziać przy przedawkowaniu?
– Delikwent się zesra po same pięty albo porzyga, ale się nie przekręci. Musiałby naprawdę bardzo dużo ich zeżreć.
– A jakie są objawy?
– Psylocybina, zawarta na przykład w łysiczce, powoduje halucynacje i różne inne hece.
– Na przykład co?
– Ślinotok, szczękościsk albo zesztywnienie ciała.
– Zesztywnienie?
– Tak. Koleś się wygina jak banan, bo sztywnieją mięśnie. Potem przez kilka godzin tak będzie leżał, aż wątroba rozłoży alkaloid. Wtedy ćpunek dochodzi do siebie. Będzie trochę przymulony przez dobrych kilkanaście godzin, ale raczej wróci do rzeczywistości i nic mu nie będzie. No chyba że się pomyli i zeżre zamiast łysiczki coś innego – muchomora albo jakieś inne gówno. Wtedy wygnie go w łuk i się przekręci.
– Czemu się wygina?
– To zależy, nie zawsze tak się dzieje. Jeśli tak, jest to dowód, że najprawdopodobniej zeżarł coś, co zawiera alkaloid atakujący układ nerwowy.
– Dzięki.
– Nie ma sprawy.

Emil wiedział już, po co jedzie do prosektorium. Nie miał wątpliwości, że ktoś pomógł tym nieszczęśnikom przeprawić się na tamten świat. Potrzebował tylko dowodu.

10.

Znów się jej przyśnił – pomyślała. Mówił do niej, kiedy zasypiała. Słyszała jego głos. Odkąd odszedł, wciąż go słyszy. Każdego dnia.
– Mel... Melka.... Melisa – woła ją.

Raz szybko, raz głośno. Słyszy go. Inne głosy – kobiet, mężczyzn, dzieci – zachęcające, grożące, proszące, zniecierpliwione, przyjazne, ostrzegawcze, złowrogie. Podpowiadają, co powinna zrobić. Wypełniają głowę. I te sny. To właśnie w snach go najczęściej widuje.

Jestem już całkiem chora, psychicznie oddzielona od rzeczywistości – myśli. Czy trauma jest taka głęboka? Przecież to tyle lat. Szpitale, sanatoria, psychiatrzy i rzekoma choroba, a nie potrafię się wciąż z tą śmiercią pogodzić. Pragnę poczuć słodki smak zemsty. Tylko to może sprawić, że zacznę żyć normalnie – myśli.

Balansowanie na krawędzi obłędu ma jednak tę niebezpieczną cechę, że przechodząc w szaleństwo, nie jesteśmy świadomi przekroczenia granicy. A kiedy to sobie uświadomimy, jest już za późno, by wrócić.

11.

Zza solidnych oprawek okularów patrzyły na nią oczy bezgranicznie pochłonięte zajęciem właściciela.
– Co się stało? – naczelny odparł znad faktur. – Przyszłaś się zemścić za tamten poranek?
Uśmiechnęła się. Odwzajemnił uśmiech.
– To potem. Teraz mam co innego.
– Zamieniam się w słuch.
– Nie mówiłabym ci, ale to jakaś dziwna sprawa.
– Tym lepiej. Im dziwniejsza, tym bardziej interesująca.
– Tak, tak, pamiętam.
Słowa tyczyły się jej początków. Kiedy zaczynała, mocno ingerował w jej pracę. Wycinał całe fragmenty audycji. Odrzucał wiele materiałów, tłumaczył, co jest istotne, a co nie. Choć była od niego starsza, to on był starszy doświadczeniem.
– O co więc chodzi?
– Idę na spotkanie.
– Dobrze, ale dlaczego o tym mówisz?
Widać sprawy, którymi się zajmował, pochłaniały go bez reszty. Przeszkodziła jakąś drobnostką, bez większego znaczenia. Wyczuła to w jego tonie głosu. Zobaczyła w błękitnym, jasnym spojrzeniu.
– Nie gniewaj się, że ci przeszkadzam, ale trochę się boję...
– Nie rozumiem.
– Zadzwoniła do mnie wczoraj kobieta i... – zastanowiła się, jak to powiedzieć.
– I?
– ...i przyznała, że chce porozmawiać o trupach w bunkrze. Podobno wie na ten temat bardzo dużo.
– To super!
– Trochę się boję. Wiesz, to jednak było morderstwo.
– No tak, rozumiem – zatroskał się. – Chcesz, żebym poszedł z tobą?
– Nie, nie o to chodzi. Nie możesz iść. Mam przyjść sama, jeszcze byśmy ją spłoszyli – żachnęła się. – Chcę tam iść w tajemnicy.
– Niemądre, ale rozumiem.
– Ale wiesz, że tam idę. Gdybym dzisiaj nie wróciła, to prawdopodobne będę trzecią ofiarą – zażartowała, trochę niezbyt trafnie.

Ale roześmiała się. On też, choć dopiero po chwili.
– Gosiaczku, daj spokój.
Nazywał ją tak rzadko. Był szefem i trzymał kilka osób radia za mordę, ale potrafił być też jak ojciec. Twardy jak orzech, ale wypełniony miodem. Idealny szef. Pewnie dlatego bez włosów na głowie, ledwie po trzydziestce.
– Wszystko będzie dobrze – dodał. – Idź. Może zrobisz materiał na Pulitzera – uspokajał.
– Dzięki.
– O której wrócisz?
– Najpóźniej przed siedemnastą. Tak myślę – dodała, mrużąc oko.
– Będę czekał. Mam doborowe towarzystwo – rzekł, wskazując faktury.
– W porządku.
– Aaa... O której idziesz?
– Na trzecią.
Odwróciła się i nacisnęła klamkę.
– Gosia?
– Tak?
– Na pewno nie chcesz, żebym z tobą poszedł? Albo ktoś inny?
– Na pewno. Nie chcę z nikim dzielić się tortem.
Podniósł głowę na znak, że rozumie, i strzelił palcami, wskazując drzwi.
– Idź.

12.

Naczelny spojrzał przez żaluzje. Obserwował, jak Gosia zbiega po schodach. Patrzył czujnie, by nie zostać dostrzeżonym, gdyby spojrzała w okno. Znalazłszy się na zabłoconym chodniku, natychmiast ruszyła w sobie znanym kierunku. Ubrał się szybko i zbiegł za nią.

Kiedy się pojawiła – myślał – oczarowała go natychmiast. Spełniała wymagania, miała doświadczenie poparte referencjami. A kiedy ją przesłuchał, zyskał pewność, że nadaje się w stu procentach. Miała nieopisany urok, magnetyczne przyciąganie, którego nie potrafił i dotąd nie umie wyjaśnić. Może to był właśnie ten charakterystyczny głos? Może gesty czy sposób, w jaki się poruszała? Może wszystko naraz, kto wie? Jedno było pewne. Wiedział, że będzie sobie radzić doskonale.

Potem się zakochał. Nagle, bez ostrzeżenia, w tajemnicy, beznadziejnie i głupio. Teraz szedł za nią w bezpiecznej odległości, by nie znikła z oczu. Przesuwał się drugą stroną ulicy, wykorzystując zaparkowane samochody, znaki drogowe, słupy, wejścia do sklepów jako chociażby częściową zasłonę. W każdej chwili był gotów obrócić się, by przeglądać wystawę albo zawiązać sznurówkę. Nie wiedział, dokąd idzie. Wierzył jej. Nie było potrzeby iść za nią, ale z pewnością nie robił tego dla siebie. To było dla jej bezpieczeństwa, a to, że nie wiedziała o swoim ogonie, było tylko dodatkowym atutem. Tak będzie lepiej – myślał. W ten sposób będzie zachowywała się naturalnie i nie spłoszy tajemniczej informatorki.

W każdej chwili mógł ją zgubić, nie miał doświadczenia w śledzeniu. Patrzył, jak smukła postać mija przejścia dla pieszych i skrzyżowania. Wciąż nie mógł zapomnieć o odrzuceniu jego uczucia. Nie ma żalu, bo przecież do niczego między nimi nie doszło i nie powiedział prawdy, ale igła kłuła w serce za sposób, w jaki to uczyniła. Bezlitośnie, szybko, jak uderzeniem miecza ucięła łeb nadziejom. Szybko stłamsił tę część siebie, która ją pokochała. Wycofał się. Jej reakcja tamtego dnia zaskoczyła go i do wizerunku Gosi nie pasowała. Była lodowata i bezlitosna. Potem, po czasie, zrozumiał, że zrobiła to pewnie celowo, może nawet wbrew sobie? Tak było łatwiej, a dla niego lepiej. Ale zadra w sercu pozostała. Wszystko by dał, by byli razem.

Dotknął nieświadomie ust i znamienia na policzku. Czy ten ślad po oparzeniu mógł mieć na to wpływ? Czy blizna miała znaczenie? Przecież inne kobiety twierdziły, że blizna szybko znika. Że ślad po odprysku oleju z dzieciństwa jest udziałem tylko jego psychiki. Myśląc, obserwował, jak kobieta wchodzi do kawiarni. Po chwili dostrzegł przez okno, jak siada przy stoliku. Zamówiła coś i czekała, podnosząc co kilka chwil filiżankę do ust. Wycelował teleobiektyw w jej kierunku. Migawka mlasnęła cicho kilka razy.

Po chwili znów podeszła do niej ta sama dziewczyna, kelnerka zapewne. Widział ją za pierwszym razem. Teraz jednak coś jej podała i rozmawiały. Wykonał kolejną serię zdjęć. Nie udało mu się uchwycić, co też kelnerka podała dziennikarce. Oparcie krzesła zasłoniło kadr.

Tymczasem informatorka nadal się nie pojawiała. Stojąc w bezruchu, w opadzie śniegu z deszczem, porządnie zmarzł. Gosia ubrała się i wyszła, co zdziwiło go jeszcze bardziej. Trzykrotnie strzelił w nią nikonem, gdy wychodziła z kawiarni, i się schował. Spojrzał jeszcze raz w jej stronę. Z pewnością niczego nie zauważyła, opad skutecznie ograniczał widoczność. Wilgoć, potęgując przenikliwe zimno, nie zachęcała, by się rozglądać. Wciąż nie mógł odpędzić natrętnych myśli.

– Czy ja cię jeszcze kocham, czy mam już na twoim punkcie obsesję? – szeptał niemal bezgłośnie. – To wszystko dla ciebie. Dla twojego bezpieczeństwa.

Gosia nie mogła tego usłyszeć. Za to idąca staruszka spojrzała ze smutkiem. Jeszcze jeden uciekający przed samotnością, znerwicowany człowiek, których jest tylu teraz – myślała. Dziś jest tak wielu nieszczęśliwych ludzi.

13.

Wnętrze Pożegnania z Afryką pachniało zmielonymi ziarnami. Siedziała przy stoliku opodal okna, jako jedyna klientka. Piła cappuccino. Była bardzo dumna, że to ona informowała słuchaczy o wydarzeniach z bunkra. Zmontowała doskonały materiał. Dopiero po jej reportażu sprawą zwłok z bunkra zainteresowała się reszta mediów. Nic dziwnego zatem, że to właśnie do radia O'Key, do Małgorzaty Krawiec, zgłosił się ktoś, kto rzekomo miał jakieś sensacyjne wiadomości o tamtej nocy. Tajemniczym informatorem miała być kobieta. Sprawa schronu podobno się skończyła. Wywiad z Bossakowskim, który informował o tym, poszedł już nawet w eter. To dobrze – myśli cisnęły się do głowy.

– Wiem, że zabrzmi to dziwnie – usłyszała nagle barmankę – ale muszę panią o coś zapytać.

Wybałuszyła oczy na dziewczynę. Kelnerki zwykle przecież nie tak zaczynają.

– Proszę pytać – odpadła zaskoczona.
– Czy pani nazywa się Małgorzata Krawiec?
– Tak.
– Tak myślałam. Poznałam po głosie – zaczęła – bardzo lubię pani audycje. W domu to właśnie radia O'Key słucham.
– Miło to słyszeć. Dziękuję.
– Ale tu, w pracy, wie pani – mrugnęła porozumiewawczo – muszę robić to, co szefostwo każe. Radio jest zabronione. Ma być tylko muzyka.
– No tak, każdy ma jakiegoś szefa – zażartowała. – Nawet papież.

Kelnerka odpowiedziała szerokim uśmiechem.

– Mam przesyłkę dla pani. Przyszła wczoraj – ciągnęła konfidencjonalnym tonem, choć były same w lokalu. – Był też list, w którym ktoś wyjaśniał, żeby przekazać przesyłkę pani.
– A jak mnie pani rozpoznała?
– Wiedziałam, że o tej porze ma przyjść kobieta odpowiadająca opisowi z listu.
– Rozumiem. To dlatego tak się pani przyglądała?

– Tak. Proszę wybaczyć niezręczność, ale chciałam się upewnić.
– Rozumiem. A kto ją tu przyniósł?
– Kurier.
– A kto nadał?
Kelnerka uniosła ze zdziwieniem brwi. Była pewna, że dziennikarka będzie wiedziała, kto nadał kopertę. Podejrzewała jakiegoś mężczyznę, z którym ma romans.
– Nie oczekiwała pani na nią?
– Nie – Gosia nie kryła zaskoczenia. – Jestem tu zupełnie przypadkiem.
– W liście napisano, że pani tu przyjdzie, i nie spóźniła się pani.
– Zatem nawet godzina się zgadzała?
– Tak.
– Dziwne.
– Owszem – przytaknęła uprzejmie, po czym dodała: – Ale nie wiem, kto ją nadał.
– A nie został list kurierski?
– Nie. Wyrzuciliśmy wczorajsze śmieci. Kopertę i list.
O pięćdziesięciozłotowym banknocie nie wspomniała.
– Przyszła wczoraj?
– Wczoraj wieczorem.
– Pamięta pani godzinę?
– Myślę, że około dziewiętnastej. Tak. Pamiętam dobrze, bo o dwudziestej pierwszej zamykamy. To był już koniec zmiany.
– A kurier. Pamięta pani nazwę firmy?
– Tak. Na kopercie było logo.
Wymieniła firmę. Gosia podziękowała, zapłaciła, dając suty napiwek, i wyszła. Wiedziała, że dalsze oczekiwanie nie ma sensu.
Informatorka zadzwoniła wczoraj po południu. Umówiły się na następny dzień. Miała więc jeszcze czas, aby kurier dostarczył przesyłkę. Śmieci wyrzucono wczoraj, a rano zostały wywiezione. Ślady zatem zostały zatarte. Zresztą nazwisko na kopercie prawdopodobnie i tak było fałszywe. Cała ta szopka ze spotkaniem była zaaranżowana. Gosia nie rozumiała po co.

14.

Wróciła do radia. Odsłoniła taśmy żaluzji w oknie i patrzyła na białą, grubą kopertę. Wtedy ktoś zapukał.
– Proszę.
– Antoni powiedział, że jesteś – naczelny zaczął w drzwiach. – Szybko się uwinęłaś. Masz coś?
– Tylko mniej czasu.

– Co chcesz przez to powiedzieć?
– Nic. Chyba niepotrzebnie tam poszłam – odparła.
– Wystawiła cię?
– Chyba tak.
– Jak to „chyba"?
– Nie przyszła, ale zostawiła to – odparła i wskazała na kopertę.

Naczelny przyjrzał się jej uważnie. Ustawił pod światło. Naciskając delikatnie palcami, starał się wymacać zawartość. Pod palcami wyczuwał płaski i twardy przedmiot.

– Zostawiła dla ciebie?
– Przysłała kelnerce.
– O ona ci ją przekazała, tak?
– Mniej więcej.
– Czyli co? Polski Unabomber?
– Niby czemu?
– Nie wiem. Skąd mogę wiedzieć? To wiedzą tylko wariaci. Przyznaj jednak, że trochę to dziwne, co?

Wzruszyła ramionami, popijając zbyt jeszcze gorącą kawę.

– Dlaczego nie przesłała jej pocztą? – kontynuował.
– Może nie ufa jakości jej usług?
– Myślisz?
– Myślę, że o to nie chodziło.
– A o co?
– Istotny był czas.
– Mogła wysłać kurierem.
– No i wysłała.
– Aha. Ale czemu na adres kawiarni, a nie radia? – zastanawiał się głośno. – I po co to jakieś umawianie się?
– Myślisz, że to bomba albo wąglik, albo coś w tym rodzaju?
– Myślę, że nie – odparł bez namysłu, po czym spojrzał na nią.

Przyłożył kopertę nad parę z czajnika. Papier oddzielił się od kleju.

– I co teraz? – zapytał wyczekująco.
– Zaraz zobaczymy. Otwieraj.

Zajrzał do środka.

– Nie zgadniesz.
– Co?
– To! – rzekł, wyjmując opakowanie z płytą CD.

Natychmiast zdecydowali, że sprawdzą ją. Włączyła magnetofon i popijając kawę zaczęli słuchać.

Zakładam białą sukienkę i czuję, jak boli. Byliśmy dwoje, a teraz drapię drzwi w oczekiwaniu na coś, co nie nastąpi. Zostawiłeś mnie samą. W twoich oczach błyszczy kolor uśmiechu. Mnie dopada echo słów. Widzę je w potoku pocałunków, w rzece ust.

Siedzę sama owinięta w mrok. Czuję przenikający, kusząco słodki zapach, który paraliżował zmysły, doprowadzał do szybszego bicia serca i zwilgotnienia dłoni. W pamięci mam gorące noce i zimne pożegnania. One gryzą boleśniej niż rozwścieczony pies.

Dziś, w przededniu pogrzebu naszej miłości, nie wiem nic. Nie rozumiem nic. Wpadłam w pułapkę niczym egzotyczny motyl, trzepocąc skrzydłami, trawię własne „ja". Szarpię się na pajęczynie konwenansów i przyzwyczajeń utkanych z obietnic i złudzeń, że będę umiała, potrafiła, trwała. Choć wiem przecież, że nie umiem, nie potrafię i nie wytrwam. Bo ciebie już nie ma.

Jesteś lżejszy od fotografii, z której wycinam cię łzami. Nie umiałam cię ocalić. Ochronić czegoś najbliższego i tak potwornie z każdym dniem mi tego brak. Usiłuję uciec, lecz dopada mnie głupie zło. Jakże mam widzieć biel mojej sukienki, która wciąż jest jeszcze czerwieńsza? Próbuję wciąż przecież uciec od ciebie, przez krew.

Rozłoszczona wyłączyła magnetofon. Tylko zmarnowałam czas – myślała.

– Żale pewnie szalonej i nieszczęśliwej kobiety.
– No fakt. Za mądrze toto nie brzmi.

Wyjęła płytę z odtwarzacza i cisnęła ze złością do kosza. Natychmiast ubrała się i ruszyła do drzwi.

– Wychodzę. Muszę się przygotować.
– Ja muszę jeszcze zostać – westchnął.

Wyszła z biura. Obok portierni Antoni, stróż nocny, zaczepił ją.

– Pani Gosiu! Halo!
– Tak? – odparła zdenerwowana niedoszłym spotkaniem, płytą i kretyńskim nagraniem obłąkanej baby.

Straciła dwie godziny, które mogła poświęcić na przygotowanie wieczornej audycji. Była zmęczona i głodna, a stary jeszcze ją zatrzymywał.

– Coś przyszło do pani – mruknął. – Zaraz, zaraz, o, mam. Proszę – rzekł, podając przesyłkę.

Zrobiło się jej gorąco. Zdębiała. Była to identyczna biała koperta. Podziękowała i natychmiast wróciła do naczelnego.

15.

Emil, wchodząc do gabinetu komendanta, rzucił na stół wyniki badań na próbki treści żołądkowej pobranej w prosektorium.
– Masz coś? – komendant zdziwił się zza biurka.
– Owszem.
– No to mów, bo czas mnie goni.
– Człowiek, który tego dokonał, to prawdopodobnie jeden z najbardziej utalentowanych, a jednocześnie bezlitosnych ludzkich potworów, jaki kiedykolwiek pojawił się na świecie. Nie tylko u nas w Opolu, ale i na świecie.

Komendant zdjął okulary. Sięgając do teczki, otworzył usta jak karp przed wigilijnym wyrokiem.
– Co ty, do ciężkiej cholery, mówisz?
– To nie było przypadkowe zatrucie.

Otworzywszy teczkę, komendant przejrzał zawartość. Były tam wyniki analizy chemicznej płynu, który znajdował się w butelkach, raport z sekcji zwłok i fotografie bunkra oraz analiza toksykologiczna treści żołądkowej.
– Twierdzisz, że to zabójstwo?
– Nie mam najmniejszych wątpliwości.
– Skąd wiesz?
– Po pierwsze, otwór do schronu.
– Co to za dowód?
– Brak narzędzi.
– Mogli je schować, przehandlować, zgubić... Jest wiele możliwości – stary spekulował. – Rozmawialiśmy już o tym.
– To prawda. Otwór mogli wykuć sami, a potem schować narzędzia, ale wina na pewno sobie sami nie zatruli – uciął.
– Jak to zatruli?
– No właśnie! W żołądku i winie jest alfa-amanityna i botulina.

Komendant spojrzał na wyniki z laboratorium.
– Widzę.
– Najciekawsze jest to, co to za trucizny.
– Pisze, że organiczny związek chemiczny. Białko o prostej strukturze i jad kiełbasiany. Rozumiesz coś z tego?
– Nie jest ważne, co to jest, ale skąd się to bierze.
– Skąd?
– Z muchomorów sromotnikowych, a jad wytwarzają bakterie beztlenowe.
– Co w tym niezwykłego?
– Źródła są niemożliwe do ustalenia. Taką trutkę każdy może sobie zrobić w domu, pod warunkiem że wie jak.

— A jak to działa?
— Objawy zatrucia alfa-amanityną występują dopiero po kilkunastu godzinach. Potem ustępują, ale jest już za późno. Jad kiełbasiany uszkadza układ nerwowy, a alfa-amanityna wątrobę. Morderca chciał mieć absolutną pewność, że ich wykończy.
— I...?
— Zrobił zestaw. Musi się znać na tym, co robi. To nie dzieciak, który się zabawia w chemika, ale ktoś, kto z premedytacją dokonał zabójstwa.
— Aptekarz?
— Na przykład, ale niekoniecznie. Te trucizny są łatwo dostępne. Nie można ich kupić. Wystarczy odrobinę poczytać, by z powodzeniem je zastosować.
— Poczytać. — Bossakowski powtórzył zirytowany. — No to mamy kłopot.
— Jak cholera. Zabójca jest inteligentny. Najpierw menele mieli się dobrze bawić, a w tym czasie dochodziło do nieodwracalnych zmian w organizmie. Po kilku godzinach nastąpiły nagłe i gwałtowne reakcje. Podwyższenie ciśnienia, arytmia, skurcz mięśni oddechowych, paraliż i uduszenie.
— Czyli na pewno to nie było przypadkowe zatrucie?
— W żadnym razie. Morderca to przemyślał. Nie wszystkie butelki zawierały identyczną dawkę toksyny. Te na dnie bunkra miały tego gówna więcej. Butelki z szaletu miały tylko halucynogeny.
— Masz pomysł, dlaczego to zrobił?
— Nie, na razie nie. Ale dojdę do tego. Wiem, że ktoś starannie zaplanował zbrodnie, obserwował ofiary, więc musiał mieć powód, aby to zrobić.
— Ciekawe jaki — Boss się obruszył. — Przecież to menele!
— Tym trudniej nam będzie go złapać. Nie zostawił śladów. Na butelkach są tylko odciski żuli. Szykując niespodziankę, usunął wszystkie. Trutkę wprowadzał przez korek strzykawką z igłą, by wino wyglądało na nieruszone.
— Kurwa mać.
— Narzędzi nie było, bo je schował, i to on rozkuł ścianę. Tak uważam.
— Czemu?
— Sam dał nam znać przez Profesora.
— Czyli co? Zielarz-szaman żuli nam wykańcza?
— Wydaje mi się, że to nie o żuli chodzi.
— A o kogo?
— Nie wiem jeszcze – Emil zapewnił bez wątpliwości.

– Doskonale. Masz jeszcze coś?
– Tak.
– Mów.
– Uważam, że nie zrezygnuje.
Komendant odchylił się i oparł plecy o fotel.
– Myślisz, że ten skurwiel będzie mordował?
– Jestem pewien.
– Skąd ta pewność?
Emil podał przełożonemu płytę CD i wskazał stenogram z nagrania w teczce.
– Dostaliśmy to od niego.
– Skąd wiesz, że to on?
– Jak pan przeczyta, wszystko będzie jasne. Sprawdziliśmy kopertę dokładnie. Żadnej śliny, włosów, naskórka czy odcisków. To znaczy były, zebraliśmy je, ale żadne nie znajdowały się w naszych bazach danych. Na płycie też nic. Wszystko usunięte albo przygotowane tak, aby nie było śladów. Płytę nagrano w kafejce internetowej, informatycy już to sprawdzili. Byłem tam, gość z kafejki niczego nie pamięta.
– Wiedziałem, że ten bunkier to szambo. Zaraz dzwonię do Lipskiego – odparł komendant. – Będziesz miał wszystko, czego potrzebujesz. Mów, co chcesz mieć.
Emil usiadł przy biurku i zaczął wyliczać na palcach, czego potrzebuje.
– Mówił pan, żeby nie kręcić się tam? – zapytał, skończywszy.
– Wolałbym, aby dziennikarze nie zainteresowali się tą dziurą. To nie moja sprawa – prezydent o to prosił. Lipski też. Wiesz, że się znamy.
– Wiem.
– Nie chcemy sobie robić kłopotów. Rozumiesz?
– Tak, ale...
– Co jest? Mów.
– Chciałbym tam pójść.
Bossakowski pokręcił z niezadowoleniem głową.
– Wiem, wiem... Tylko nie wplącz mnie w jakieś gówno. Zrób tak, by nie zwracać uwagi.
Emil się uśmiechnął. To potrafił bardzo dobrze.
– W porządku.
– Masz jeszcze coś?
Emil wyjął kartkę i podał przełożonemu. Komendant przeleciał wzrokiem po piśmie i odłożył na blat.
– Co to ma być, do cholery?

– Wniosek o emeryturę.
– No, widzę przecież, że nie podanie o węgiel! Nie jestem idiotą! Pytam, dlaczego chcesz odejść. Jesteś młody facet jeszcze, służysz dwadzieścia lat. Możesz służyć przynajmniej kilka lat jeszcze.
– Chciałbym odejść.

Był zmęczony jak wróbel, który wciąż macha skrzydłami pod wiatr w burzę. Znużony pracą bez celu. Emil chciał zmienić coś w życiu.

– Czy to sprawa osobista?
– Tak – skłamał.

Prawda była taka, że miał dość już tej opolskiej kliki. Nigdy nie był jednym z nich. Komendant przypuszczał, że chodzi o alkohol.

– Rozumiem. Więc na chwilę obecną chcę, żebyś dokończył tę sprawę jak najszybciej. Mamy początek grudnia. Do czerwca masz czas. Chciałbym, aby najpóźniej do wakacji sprawa była zamknięta. Jeśli tak będzie i ci się uda, to pogadamy. Pozwolę ci odejść na korzystnych warunkach. Rozumiemy się?
– Tak jest, komendancie.
– Doskonale. Czekam na następne raporty.
– Dlaczego dziennikarze się tak bardzo tym bunkrem interesują? Zauważyłem, że pewna dziennikarka ciągle roztrząsa tę sprawę jak gnój na widłach.
– Kurwa, szlag mnie trafi!

Komendant walnął pięścią w stół. Emil poczuł satysfakcję. Lubił wkurzać starego ubeka. Ten zaś wstał od biurka, znów zapalił papierosa. Wydawał się roztrzęsiony. Ruszył w kierunku okna. Wcześniej w glorii i chwale zapewniał dziennikarzy, że sprawę rozwiązał. Teraz – komendant westchnął głęboko – będzie musiał wszystko odkręcać.

– Skąd to wiesz?
– Ciągle mówią o tym w radio – Emil odparł zgodnie z prawdą.
– Nie podoba mi się to, ale co zrobić? Rób swoje. Ciebie nikt nie ruszy. Zajmę się nimi, a ty działaj.
– Do widzenia.
– I pamiętaj. Działaj, by jak najmniej kręcić się obok bunkra. Nie dajmy im pretekstu do kpin.

Kiedy Emil wyszedł, komendant jeszcze raz przeczytał papiery, łącznie ze stenogramem nagrania. Musiał zadzwonić do Lipskiego.

16.

Ludźmi takimi jak prokurator Emil brzydził się najbardziej. Lipski jako dzieciak był pomiatany przez kolegów. Kiedy grali w piłkę, zawsze stał na bramce. Gdy ktoś strzelał, odwracał się tyłem, by strzał przyjąć na tłustą dupę.

Dzieci tolerowały go za sprawą batoników, cukierków, ciastek i gum do żucia, które przynosił. Pamiętliwy i mściwy nie wahał się przypomnieć komuś, że nazwał go kiedyś grubasem, parówką czy kapusiem, i cukierkiem nie poczęstować. Był tępy przez bardzo długi czas. Kiedy inni potrafili płynnie czytać, Lipskiemu nawet najprostsze teksty sprawiały niewyobrażalne trudności. Długo miał problemy z tym, czy litera „b" powinna mieć brzuszek w lewo czy w prawo, a litery składał pojedynczo w słowa. Dziś problem załatwiłaby matka Lipskiego, przynosząc zaświadczenie od psychologa, że synek, choć pilny i inteligentny jak da Vinci, to jednak ortografii i czytania nauczyć się nijak nie potrafi, bo ma dysortografię, co całą tępotę tłumaczy. Ale czasy były inne. Na wywiadówkę przyszedł stary Lipski. Choć w cywilu, wychowawczyni nie mała wątpliwości, kim był. A stary, dziś senator, wtedy był funkcjonariuszem Służby Bezpieczeństwa MSW. Wystarczyła krótka rozmowa, by oceny młodego Lipy szybko się poprawiły, niezależnie od postępów w nauce.

Tak skończył pierwsze liceum w Opolu i trafił na Wydział Prawa, Administracji i Ekonomii Uniwersytetu Wrocławskiego. Kierunek ukończył już po odejściu starego na emeryturę. Gwardia się wykruszała i czasy nastały trudniejsze, więc młodemu Lipie udało się załatwić posadę w sądzie, a potem gabinet prokuratora.

– Lipski, słucham – odezwał się, odbierając telefon.

– Mamy smród – odparł Boss, nie owijając w bawełnę.

– Mów.

Komendant streścił Lipskiemu rozmowę z Emilem. Sprawę przesłanego na komendę nagrania zostawił na koniec.

– Zanim ci to przeczytam, muszę cię prosić, abyś pomógł mi dorwać tego pojebańca, bo może nasrać wokół nas.

– Możesz na mnie liczyć.

– Chcę, abyśmy mieli jasność.

– Mówże, o co chodzi.

– Widzisz, Lipa, boję się, że to nie jest zwykły pojeb.

– Nie mów do mnie tak, przecież wiesz, że tego nie lubię – zjeżył się prokurator.

– Sram na to. Mam ważniejsze sprawy.

– Co?

– On dużo wie, za dużo.

– Kto wie? Emil czy ten pojeb?

– Emil na razie wie niewiele. Może tak zostanie. Obawiam się, że wpadł na trop kogoś bardzo niebezpiecznego. Nie wiem dokładnie,

ile ten ktoś wie, ale... boję się, że na tyle dużo, aby narobić nam bardzo dużych kłopotów. Nie podoba mi się ten bunkier, rozumiesz?
– Nie.
– To zapytaj tatusia! Ten bunkier to nie przypadek.
– W jakim sensie?
– Zrozumiesz, jak ci przeczytam. Słuchaj.
Po chwili Lipski skupiony słuchał tekstu czytanego do słuchawki. Niejednokrotnie prokurator spotykał się z pogróżkami pod swoim adresem, tym razem jednak się wystraszył. Ostatnie słowa zrobiły na nim wrażenie.

Każda zbrodnia będzie bardziej przerażająca i dla was bolesna. I w was wycelowana. Zacząłem od nich. Nie byli nikomu potrzebni. Ale mieli swoją winę, Bossakowski wie. Z każdym polowaniem będę bliżej, bo jesteście u szczytu. Przyjdzie kolej i na was. Powiem, kiedy zrobię następny krok. Musicie być czujni. Miejcie oczy szeroko otwarte i nie próbujcie umyć sobie rąk, bo krwi umyć się nie da.

– To jakieś pierdolenie – Lipski skwitował nagranie.
– Pierdolenie czy nie, musimy się spotkać.
– Po co?
– Musimy pogadać i koniec.
– Co się tak gorączkujesz? – próbował uspokajać go Lipski. – Jakiś wariat otruł dwóch bezdomnych w bunkrze i afera.
– Młody jesteś. O wszystkim nie wiesz.
– Dobra – zgodził się bez wahania.
– Za pół godziny tam, gdzie zawsze?
Na czole odkładającego słuchawkę prokuratora pojawiły się kropelki potu. Poczuł się tak, kiedy był dzieckiem i nie wiedział, w którą stronę namalować brzuszek w literce „b".
– Pani Kasiu – zadzwonił do sekretarki – dzisiaj mnie nie będzie. Kłopoty rodzinne, zaraz wychodzę.
– Oczywiście, panie prokuratorze.
Sprawa, z tego, co Boss mówił – myślał Lipski – dotyczyła ojca, zatem musiała być poważna. O co mogło mu chodzić?

17.

Dym unosił się znad dłoni siedzącego w fotelu Emila. Czytał akta po raz setny. Nic sensownego nie przychodziło mu do głowy. Pociągnął łyk piwa z butelki. Odłożył zdjęcie i wziął w palce następne. Starał się znaleźć coś, co nie pasowałoby do reszty.

Miał tylko teczkę wypełnioną kilkoma wskazówkami, nic więcej. Wiedział, jak ofiary zeszły. Nie wiedział tylko, dlaczego ktoś ich zabił. Dlaczego właśnie ich, nikomu niepotrzebnych żuli? Nie rozumiał też bełkotu ze stenogramu. Nic nie trzymało się kupy.

Jedyne, co było istotne, to truciny – dowód morderstwa. Obie substancje były naturalnego pochodzenia. Ta myśl świdrowała w mózgu. Nie pozwalała się skupić na całej reszcie. Uchwycił się jej jak desantujące się wojska paska plaży.

Jeśliby grzyby w uproszczeniu uznać za rośliny – myślał – to wszystkie toksyny były pochodzenia roślinnego. Nagle do głowy wpadła mu nazwa: Zielarz. Uśmiechnął się. Odtąd postanowił tak mordercę nazywać.

Skoro użył naturalnych trucizn, zrobił to celowo. Aptekarz z powodzeniem posłużyłby się jakimś lekiem i wyszłoby, że przedawkowali. Chemik spreparowałby cyjanek, strychninę albo inną toksynę. Zielarz musi być amatorem.

Myśląc o tym, otworzył kolejną butelkę i pociągnął łyk piwa. Alkohol dawał o sobie znać. W takich chwilach przypominał sobie błękitne oczy córeczki. Minęło już osiem lat. Po takim czasie ludzie zwykle wychodzą z traumy, a nawet potrafią na nowo ułożyć sobie życie. Emil nie zdołał tego zrobić. Tamte wydarzenia obrosły zrogowaciałym naskórkiem czasu niczym kamień mchem, ale nie znikły. Nie wybaczył sobie, a z czasem zrozumiał, że wybaczyć sobie jest najtrudniej.

Kiedy demony przeszłości dopadły Emila, niebo zaczęło okrywać się szarym preludium nocy. Zapalił zapałkę, odłożył do kryształowej popielniczki, pozwalając, by strawił ją ogień, wyginając zwęglone drewienko w łuk. Patrzył w ogień, myślami będąc gdzieś daleko w czasie, przynajmniej kilka lat wstecz. Poczuł, że chciałby się zdrzemnąć choćby na godzinkę. Ogarnęła go senność, której zamierzał się oddać. Po kilku chwilach podświadomość natychmiast rozpoczęła projekcję.

Widział żonę wchodzącą do bunkra. Szukała tam czegoś. Szedł za nią. Ubrana była w błękitną sukienkę z zimnej satyny, trzymała bukiecik pachnących ziół. Kiedy przestąpili próg szaletu, zobaczył, jak przybrały formę grzybów o monstrualnych rozmiarach. Po chwili stanęła przed jedną ze ścian i dotknąwszy jej otwartymi dłońmi, jęła przesuwać nimi ku ziemi, tak mocno przyciskając je do ściany, że zostawiały krwisty ślad.

– Kochanie – krzyknął. – Skaleczysz się!

Widząc obrys drzwi z krwistego śladu, zapytał.

– Kochanie, co robisz?

– Zaraz zobaczysz, Emilku.
Zakrztusiła się i zaczęła wypluwać z ust zęby. Potem jej oczy błysnęły bielą. Z ust buchnęła piana.
– Musisz tam wejść – jęczała, dusząc się. – Nie wszystko zauważyłeś – usłyszał – ale uważaj na siebie. To bardzo niebezpieczne.
Po chwili krwiste ślady na murze z cichym syknięciem błysnęły niebieskim płomieniem, otaczając kobietę aureolą. Nagle wszystko zrobiło się jasne, za jasne. W ścianie czerniał tylko sam otwór. Bez wahania ruszył ku niemu i ukazał się jego oczom przerażający widok. Widział wielką słoneczną polanę zamiast wnętrza bunkra. W oddali dostrzegł córeczkę zanurzoną w trawie po pas.
– Tatusiu!
– Martuś! Skarbie, już biegnę – krzyknął.
Poznał jej głos. Był taki, jakim go zapamiętał: wesoły, piskliwy, dziecięcy. Ruszył ku niej. Jednak trawa nagle sięgała jej do piersi. Z każdym krokiem zatrzymywała się w biegu niczym woda w basenie. Pętająca nogi, tułów, ręce i stopy, jak pajęcza nić. Im bardziej usiłował pokonać opór zielonego jeziora, tym Martusia była dalej. Nagle odwróciła się i dostrzegł krwistą dziurę w miejscu warkocza.
– Martuś! – wrzasnął raz jeszcze. – Poczekaj! Już biegnę.
W odpowiedzi usłyszał głos żony:
– Emil – odezwała się szeptem. – Emil – powtarzała.
Stała cudowna, z rozpuszczonymi włosami niczym nimfa. Jak wtedy, kiedy się w niej zakochał. Dziewczynka znikła zupełnie.
– Dzieci są dla rodziców źródłem dumy i niepokoju – mówiła. – Rodzice zabiegają, aby te kruche istoty ubrać, nakarmić, wykąpać, nosić, uspokoić i chronić. Ponieważ są bardzo ważne w życiu, nie można o nich zapominać. Nie zapominaj o nas, Emilku.
– Ale nie zapomniałem, kochanie! Nigdy nie zapomnę!
– Więc nie żałuj dla nas ognia. Jest wyzwoleniem, oczyszczeniem i kluczem. Ogień jest nam potrzebny. Jest potrzebny również tobie. Znajdź klucz i otwórz drzwi.
Obudził się i czuł, że pokrywa go zimny pot. Spojrzał na zegarek. Spał tylko pół godziny. Zwlókł się z fotela i począłapał do łazienki. Dawno nie śnił o nich – myślał pod prysznicem.
Zakładając podkoszulek, spojrzał na popielniczkę. Nie zamierzał składować niedopałków. Chwycił kryształowe szkło, by wyrzucić jego zawartość, gdy dostrzegł coś interesującego: spalona zapałka osmoliła ściankę popielniczki. Znów to poczuł. Uczucie, że coś odkrył.
Jął niedbale przekładać zdjęcia, szukając tego właściwego. Znalazłszy, przeglądał je z precyzją zegarmistrza – milimetr po milimetrze.

Choć znał na pamięć kształt wyrwy w ścianie bunkra, dopiero przy użyciu dziesięciokrotnie powiększającego szkła dostrzegł, że jej krawędzie były okopcone. Odłożył lupę i natychmiast chwycił słuchawkę telefonu.

– Połącz mnie z langnerówką.
– Łączę – odparła dziewczyna z centrali.
– Słucham. – Usłyszał po chwili.
– Muszę jeszcze raz pójść do bunkra z technikiem. Jak najszybciej. Stompor z tej strony – przedstawił się wreszcie.
– A... Emil... Cześć. – Dziewczyna i tak poznała Emila po głosie. – Masz coś?
– Chyba tak.
– Co?
– Jeśli się nie mylę, to Zielarz jest bardziej sprytny, niż sądziłem.
– Kto?
– Nieważne... Opowiem, jak się spotkamy.
– Dobra.
– Załatwisz technika?
– Ale dopiero na jutro. W razie czego sama sobie poradzę. Znam się na daktyloskopii, cheiloskopii, otoskopii, fotografii, toksykologii.
– A na mechanoskopii, pożarach i materiałach wybuchowych?
– Damy radę.
– Niech będzie, jeśli nie da się inaczej.
– Dobrze. Jutro czekam i do zobaczenia.

Wyszedł na balkon zatruć się kolejnym camelem. Paląc, patrzył na nieznajomą matkę z dzieckiem. Bawiły się na śniegu. Uśmiechnął się do swoich myśli, przypominając sobie żonę i córkę. Kiedy jego wzrok padł na odciśnięte stópki na śniegu, Emila mózg przeszył kolejny, jeszcze bardziej niespodziewany dreszcz olśnienia. Miał kolejny ślad. Wiedział, po co iść do cholernego bunkra.

18.

Budynek stacji Opole Główne, zbudowany w miejscu Oppelner Hauptbahnhof, jest miejscem, przez które codziennie przewija się kilka tysięcy podróżnych. Ale to także dom dla kilku innych osób, między innymi dla Profesora.

Siedział na ławce ze spuszczoną głową. Tkwił w bezruchu okryty czarnym, obdartym płaszczem do kolan.

– Witam, panie Profesorze – zagaił do drzemiącego.
– A... To pan policjant.
– Widzę, że mnie poznałeś.

– A co miałbym nie poznać? Zresztą wiedziałem, że pan mnie odwiedzi.
– Tak, a skąd?
– Po prostu wiedziałem – mruknął. – Miałem przeczucie, ale spóźnił się pan.
– A to dlaczego?
– Był tu przed panem ten szczyl. – Żulik podrapał się za uchem. – Rozmawiał ze mną. Nie był za bardzo rozgarnięty. Ale wiadomo, przy niedoborze funkcjonariuszy liczy się każda sztuka, prawda?
– Tak. Masz całkowitą rację.
Śmieszył go ten mężczyzna. Emil zastanawiał się wielokrotnie, kim ten facet był w poprzednim życiu. Czy miał rodzinę i dom, zanim dopadło go życie poza nawiasem?
– Wiesz, po co tu jestem, prawda?
– Wiem.
– Dlaczego uważasz, że ktoś tamtych zamordował?
– To ona powiedziała.
– Ten anioł?
– Widzę, że niezbyt rozgarnięty zdał jednak relację? – zapytał z uśmiechem, odsłaniając bezzębne wargi. Nie czekając na potwierdzenie, odparł: – Tak. To była kobieta-anioł. Poszedłem tam, gdzie mówiła, i okazało się, że nie kłamała. Leżała połowa stówki i on. Dalej nie wchodziłem, bo się bałem. Wiem, że mam gówniane życie, kierowniku, ale jest moje i chciałbym żywy do śmierci dożyć.
– No tak, rozumiem – glina przytaknął.
Bezdomny znów go rozbawił. Miał ochotę odpowiedzieć: „Przecież inaczej się nie da". Zamiast tego słuchał dalej.
– Wystarczająco się przestraszyłem, że kobieta-anioł zstępuje do mnie z niebios. Myślałem, że przyszła po mnie, ale to nie to. „Jeszcze nie teraz" – powiedziała. Przyszła powiedzieć o nich.
– Powiedzieć, że co?
– No jak co? Że tam leżą.
– Wiem, wiem, Profesorze. Ale dlaczego powiedziała ci o tym?
– A co ty sobie myślisz! – oburzył się nagle. – Nic ci nie powiem. Im mniej wiem, tym dłużej będę żył – obruszył się menel.
To był teatr. Emil wiedział, jak rozmawiać z Profesorem. Nie raz stary cap mu pomógł. Niestety nawet bezdomni niechętnie pomagają policji. Nic dziwnego, był przecież tylko jeszcze jednym psem.
– Nie mnie. Opowiedz Mieszkowi I – rzekł, wyjmując dziesięciozłotowy banknot.
Bezdomny podniósł głowę i skrzywił się chytrze.

– Nigdy nie uważałem go za prawdziwego władcę. Nie był nawet królem. Nie poważam go.
– W takim razie porozmawiaj z Bolesławem Chrobrym – policjant rzekł po chwili wyczekiwania.
Bezdomny łypnął z boku na banknot. Zapominając o letargu, w jakim tkwił jeszcze przed chwilą, nagle się ożywił.
– Umie pan jednak rozmawiać z ludźmi. Podejście pan ma. Wiadomo, że z prawdziwym królem to od razu się inaczej rozmawia. I na historii się pan zna.
– Dobra, dobra już. Mów – Emil ponaglił żula.
– Co pan chce wiedzieć?
– Wszystko o tych trupach.
– Nie wiem, dlaczego ktoś ich zabił. Na pewno ktoś chciał, żebyście wy o tym wiedzieli.
– Czemu tak myślisz?
– Bo zesłał anioła-kobietę.
– Jakiego anioła, jaką kobietę?! Mów po ludzku, skończ pierdolić. Takie farmazony możesz młodemu opowiadać.
– Ale naprawdę, panie komisarzu. Jak Boga kocham! – Uderzył się w piersi ściśniętymi pięściami.
Znów się okazało, że Profesor nie jest taki, za jakiego ludzie go biorą na ulicach. Emil nie miał pojęcia, skąd Profesor znał jego stopień.
– Już całkiem straciłeś kontrolę nad sobą – odparł Emil, udając podirytowanego.
– Przecież kontroluję wszystko.
– Wszystko? To czemu jesteś żulem, chlejesz na ulicach i śnią ci się aniołowie i kobiety?
– One mi się nie przyśniły. Poza tym nie one, bo jedna – poprawił. – A potrafiła rozmawiać nawet lepiej niż pan, panie komisarzu.
– Ile ci dała?
– Mmm... – rozmarzył się.
– Co?
– Dała Kazimierza Wielkiego, ale nie to jest ważne. Ważniejsze, że nie całego.
– Jak nie całego?
– Przedartego na pół dała. Druga połówka miała być tam, w bunkrze, w kieszeni tego na wersalce. I była, panie komisarzu, naprawdę tam była. Przysięgam. Klnę się na Chrystusa umiłowanego.
Jeśli to prawda, a najprawdopodobniej tak – myślał Emil – to bardzo istotne. Profesor raczej z zabójstwem nie miał nic wspólnego. Chociaż z drugiej strony nigdy nic nie wiadomo. Bezdomni też mają

własne porachunki, ale kopert z płytami na komendę nie wysyłają i trucizn nie przyrządzają.

– Ktoś chciał, abyście się o zwłokach dowiedzieli – dodał.

– No to czemu nie napisała do nas anonimu albo nie zadzwoniła?

– Ja tam nie wiem. Może aniołom nie wolno? – odparł żulik z powątpiewaniem.

– Czemu ciągle mówisz, że była aniołem?

– Bo była!

– Gówno prawda! Aniołowie nie istnieją. Ochlałeś się dykty i ci się przed oczami pierdoliło, w głowie chyba też. Widziałeś u niej skrzydła?

– No... – przeczesał brodę zakłopotany. – Faktycznie byłem wtedy nieco pijany, ale kontrolowałem wszystko – dodał szybko. – Tyle że jej nie widziałem.

– Jak to? Mówiłeś, że tak. Robisz mnie w chuja?

– Skąd, panie komisarzu – oburszył się żulik. – W życiu! Ale nie widziałem dokładnie. Siedziałem na ławce, nie? Podeszła od tyłu i rozkazała: „Nie odwracaj się". No to się nie odwróciłem – menel wyjaśniał szczegółowo. – Powiedziała o biedakach z bunkra. Kiedy się odwróciłem, była tylko ta połówka pieniądza. Daleko szła kobieta w białej kurtce z kapturem na głowie. Wyglądała jak anioł. Skrzydeł nie miała, ale nie widziałem dobrze, bo była już daleko.

– Czemu nie powiedziałeś o tym młodemu?

Bezdomny spojrzał na policjanta z wyrzutem. Niemal obrażony pytaniem przekrzywił głowę. Potem zamknął najpierw prawe, potem lewe oko.

– Uważa pan, że będę rozmawiał ze studentem? Który na dodatek nie ma dla mnie szacunku? Bez indeksu, bez wiedzy, nieprzygotowany, jak jakiś ignorant?

Emil nie wytrzymał. Roześmiał się. Ta uwaga niezmiernie go rozbawiła.

– Kim byli ci w bunkrze?

– To znane chłopaki. Chociaż z drugiej strony to też skurwysyny, jak każdy.

– Myślisz, że mieli wrogów?

– Wie pan, szefie, my zawsze przeszkadzamy. Wszędzie nas pędzą i nigdzie nie chcą. Tym bardziej jak ktoś jest w życiu gnojem. Ale zabicie to chyba za dużo. Tym bardziej przez otrucie.

– Skąd wiesz, że ich otruli?

– Jak to skąd? Przecież to gołym okiem widać.

– Piłeś z nimi?

– Nie, ja nie łaziłem z nimi. Oni trzymali się we dwóch. Nie żeby pedałami byli, ale chodzili razem. Wiem, że dzień wcześniej wyszli z noclegowni. Słyszałem nawet, jak się umawiali na libację. Byli tacy szczęśliwi. Mówili coś o całej skrzynce wina, a potem ktoś ich otruł.
– Otruł, mówisz?
– Tak, panie dyrektorze. To co, jeszcze tego nie wiecie?
– Profesor, a nie pomyślałeś, że to anioł ich otruł?
– Widzi pan, pan też potwierdza, że to był anioł. To dobrze, że się rozumiemy. Może to i on, ale na moje to nie. Tylko powiedział o tym.
– A czemu nie wziąłeś tego wina stamtąd?
– Mówiłem, że jedno życie mam. Jak tylko zobaczyłem, co tam się stało, wiedziałem, że Ormowca otruto.
– Kogo?
– No, Ormowca – odparł zirytowany. – Taką ksywkę miał przecież.
– Kto? – Emil nie bardzo zrozumiał.
– No ten, co to w szalecie leżał. Nie nadąża pan, panie komisarzu?
– Aha. Skąd wiesz, że był otruty?
– Wiem, jak wygląda zatrucie jadem kiełbasianym.

Emil poczuł policzek. Pożałował, że nie przesłuchał Profesora wcześniej.

– Jadem, mówisz?
– Uhm. Już niejeden z nas umarł po czymś takim.
– Po winie?
– Po jakim winie? Dobre wino nie jest złe, ale nie zatrute. Po jadzie kiełbasianym, do chuja! – odparł zirytowany.
– Aha. Rozumiem. Co jeszcze wiesz?
– Nic już nie wiem, panie komisarzu. Mam nadzieję, że znajdziecie go szybko.
– Czemu?
– A skąd wiem, że znowu nie będzie kogoś z nas chciał zabić? Tacy tak robią, dopóki się ich nie złapie. A ja do tego jeszcze z panem rozmawiam. Narażam się.

To, co usłyszał od Profesora, rzuciło światło na sprawę. Pozostały jeszcze pytania: dlaczego ktoś zabił? I dlaczego zawiadomił o ich śmierci? Wprawdzie zwykli mordercy, zwłaszcza najgroźniejsi, chełpią się zabójstwami, ale powiadomienie policji przez bezdomnego wydawało się czymś innym niż pokazaniem trofeum. Może w ten sposób Zielarz chciał dać do zrozumienia, że będzie zabijał tylko bezdomnych?

Były już takie przypadki w historii. Sayenko, Hanzha czy Suprunyuck „oczyszczali" ulice z bezdomnych i alkoholików. Jeśli tak, to będzie mordercą wizjonerem – Emil rozważał. Tak czy inaczej, jeśli Zielarz dokona następnego zabójstwa, będzie wiadomo, jaki to typ pojebusa. Teraz najważniejsze jest ustalenie motywu – myślał. Dlaczego zabił? Być może to jest klucz do zagadki śmierci tych dwóch? Faktycznie, Emil się nie mylił.

19.

Tym razem bez ceregieli, odklejania nad parą i zbędnych obmacywanek otworzyli kopertę. Wewnątrz znaleźli płytę.
– Identyczna jak tamta – rzucił.
Przytaknęła w milczeniu. Naczelny włożył CD do odtwarzacza. Z głośników dotarł do nich głos.
– Nie rozpoznamy jej po głosie. Nie mamy szans.
– Najmniejszych.
Ale nie mieli wątpliwości, że była to ta sama kobieta. Nagle poczuła gęsią skórkę. Z nagrania wynikało, że odkryła spisek przeciw wolności i prawie decydowania jednostki o sobie. Twierdziła przy tym, że odkryła struktury mafijne w opolskiej policji oraz że ukochany mężczyzna został zamordowany przez ubecko-narkotykową mafię. Mieli to zrobić policjanci z Opola.
– Żal mi jej.
– Myślisz, że jest szalona?
– Nie mam wątpliwości.
– Mnie też się tak wydaje.
– Możliwe, że to ktoś, kto przeżywa głęboko tragiczną śmierć swojego mężczyzny.
– Nie pamiętam dokładnie, ale chyba był jakiś wypadek niedawno.
Przypomniała sobie o niedawnym pobiciu ze skutkiem śmiertelnym, ale nie sądziła, żeby te dwie sprawy coś ze sobą łączyło.
– Na wszelki wypadek sprawdzę to jutro. Nagranie prawdopodobnie nie ma z tym najmniejszego związku.
– Tak myślisz?
– Uhm.
– O jasna cholera! – Dotarła do niej pewna myśl.
– Co się stało?
– Może słuchamy głosu człowieka, który zamordował tamtych ludzi w bunkrze?
– Istnieje taka możliwość. Ale – rzekł, wskazując na magnetofon – masz prawie na pewno do czynienia z wariatem.
– To, że ktoś jest wariatem, nie wyklucza zabójstwa. Nawet tym bardziej, część morderców jest świrami.
– Nie da się ukryć.

Nieoczekiwanie zimna myśl niemal ją sparaliżowała.
– Powiedziałeś, że „masz"?
– No.
– Czemu „masz"?
Odwróciła kopertę na stronę adresata. Otwierając, nie zwróciła uwagi na pewien szczegół.
– Przecież ona do ciebie pisze.
Na kopercie było jej nazwisko. Serce i duszę zmroził jej strach. Nie był to lęk, który jest tylko spłonką strachu, ale najczystszy strach. Wzięła głęboki oddech.
– Skoro ten bezlitosny – wycedziła powoli – okrutny człowiek...
– Taak?
– ...wysłał to nagranie na adres radia i na kopercie napisał moje nazwisko...
– ... to znaczy tylko jedno – dokończył za nią.
– Tak.
– Że pisze właśnie do ciebie?
– Nie jestem dla tego kogoś anonimową dziennikarką, która tylko podała informacje o tej zbrodni.
– Fakt.
– Jestem konkretną osobą.
– Małgorzatą Krawiec z radia O'Key.
Drżącymi dłońmi wyjęła płytę z odtwarzacza i włożyła do plastikowego pudełka. Tymczasem naczelny starał się ją uspokoić.
– Nie ma co panikować – mówił. – Nie ma pewności, że płytę spreparował morderca. To tylko nasze przypuszczenia.
– Ale jeśli tak jest?
– To oznacza, że – chłodno analizował – morderca wie, kim jesteś, rozmawiał z tobą oraz wysyła do ciebie nagrania i...
– Nie jestem mu obojętna.
– Prawdopodobnie.
– Niedobrze jest zainteresować mordercę – przyznała ze smutkiem.
– Nie mamy pewności, czy to on.
– Nawet jeśli to nie morderca, tylko świr, to żaden z tego komfort.
Ani przez chwilę nie wpadło im do głowy, że ktokolwiek wysyła koperty, mógł zostawić ślady. Istniała szansa, że pomogłyby w jego ujęciu, a tymczasem właśnie te ślady zacierali.
– Bardzo źle się czuję, idę do domu.
Nie mogła dłużej pozostać w radiu. Musiała wyjść.
– Jak chcesz. Faktycznie jesteś blada – zauważył nie bez racji.
– Niech nikt do mnie nie telefonuje – poprosiła.

– Zapamiętam.
– Przynajmniej do rana – dodała. – I tak wyłączę komórkę.

Wybiegła z budynku radia. Przed wejściem spojrzała na swój samochód. Wymacawszy kluczyki, poczuła krawędź przeklętej koperty. Przeszła obok samochodu, spojrzała na numer rejestracyjny. Trafiła w nią kolejna myśl. Zamiast kluczyków wyjęła z torebki motorolę.

– Coś się stało?

W tonie naczelnego wyczuła niepokój.

– Nie, wszystko po staremu. Słuchaj – przeszła do sedna – pamiętasz, jak zastanawiałeś się, po co ta cała szopka ze spotkaniem?

– Tak, i co?

– Chyba już wiem.

– Mów.

– Ona zna tylko mój głos, prawda? Nie wie, jak wyglądam. Zwabiła mnie i obserwowała, żeby poznać wygląd. To był prawdziwy cel całej szopki.

Przez chwilę w słuchawce słyszała tylko ciszę.

– Halo! Jesteś tam?

– Tak, tak... jestem. Wiesz, to trzyma się kupy – przyznał. – Możesz mieć rację. Co zamierzasz?

– Nie wiem. Nie mam pojęcia. Zastanawiam się. Wiem, że nadawca może mnie nawet w tej chwili obserwować. Wie, gdzie pracuję, jak się nazywam. Teraz może już wie, jak wyglądam. Jeśli wie, gdzie mieszkam, to koniec – wykształsiła.

– To, co mówisz, ma sens. O ile to wszystko prawda, to dopiero niedawno odkryła, jak wyglądasz. Nie sądzę, że już wie, gdzie mieszkasz.

– Tak uważasz?

– Tak. Tym bardziej gdyby wiedziała, gdzie mieszkasz, przysłałaby ci kopertę do domu, nie do radia.

– Bardzo możliwe, a teraz stara się to ustalić. Trzeba założyć, że nie wie, gdzie mieszkam.

– Zgadza się. Na wszelki wypadek.

– I nie mogę dopuścić, żeby to odkryła.

– Musisz też iść na policję – zauważył rzeczowo. – Jeśli chcesz, pójdę z tobą.

– Dzięki. Dam znać. Muszę ochłonąć.

– Gosia? – rzucił szybko, by przedwcześnie się nie rozłączyła...

– Tak?

– Mam iść z tobą albo odwieźć cię, albo coś innego...?

– Dzięki. Kochany jesteś, ale dam radę. Muszę wszystko sobie w głowie poukładać – wyjaśniła, wyczuwając, co zamierza.

– Jak chcesz.

20.

Patrzyła na ulicę. Każdy człowiek był dla niej zagrożeniem. Wszystkie samochody na parkingu podejrzane. Przez sekundę opanowała ją myśl, że może to naczelny wysyła jej te koperty. Natychmiast odrzuciła ją jako zupełnie niedorzeczną, bo jest przecież mężczyzną. Choć może właśnie w ten sposób popełnia błąd?

Co robić? Co robić? – kołatało się jej w głowie. Otwierając drzwi taksówki, zastanawiała się, do kogo się udać, ale nie miała tu nikogo. Ani koleżanek, ani rodziny. Praca to wszystko, co miała. W zupełnie obcym miejscu nie czułaby się bezpiecznie. W starym młynie, cztery piętra ponad ulicami, z sąsiadami poniżej, w domowym zaciszu będzie jej najlepiej.

Wsiadając do taksówki, spojrzała w kierunku okien radia. W jednym z nich stał naczelny. Pocieszał ją uniesionym w górę kciukiem na znak, że wszystko będzie dobrze.

– Dokąd jedziemy?

– Do domu – odparła niby bezmyślnie, ale zupełnie celowo.

Nie miała pewności, że taksówkarz nie poluje na nią. Głos z rozmowy, choć damski, mógł być przecież tak samo przetworzony komputerowo jak ten z nagrania. Morderca może też chcieć ustalić od kierowcy, dokąd ją zawiózł. Zatrze swoje ślady – myślała.

– A gdzie to?

Taksówkarz uśmiechał się obleśnie na widok atrakcyjnej czterdziestolatki.

– Proszę na ulicę 1 Maja, pod Plusa. Wie pan, gdzie to jest? – zapytała głupio. Stary szofer z pewnością zna wszystkie adresy.

– Oczywiście, proszę pani. Pracuję w tym fachu już 25 lat – rozgadał się tak, jak przypuszczała. – Znam każdą dziurę w tym mieście, nawet mysią.

Samochód ruszył z niechętnym klekotem silnika. Poczuła się bezpiecznie we wnętrzu. Dyskretnie patrząc w przekrwione oczy wąsatego kierowcy, skupione nad przedpolu, pomyślała: „On nie może być mordercą". Ale zabójca bezdomnych z bunkra może być bardzo blisko. I faktycznie, dziennikarka się nie myliła.

21.

Melisa, w skrócie Melka, Mel w okularach, Meluś w spodniach, Meliska w piżamie. Jak zioło, *Melissa officinalis*, gatunek z rodziny jasnotowatych. Rojownik, pszczelnik, matecznik, starzyszek, cytrynowe ziele.

Tak do mnie mówił i bardzo mnie kochał. Ale jeśli miałabym surowo, niczym zaślepiony paragrafami sędzia, ocenić swoją miłość – myślała – powiedziałabym, że w tarocie wyjęłam kartę kochankowie w pozycji odwróconej.

Poznałam go, nim to wszystko się wydarzyło. Byłam jego studentką, on moim wykładowcą. Studiowałam ochronę środowiska, a Jakub był przystojnym młodym doktorem. Imponował i pociągał. Niemal od pierwszych chwil wiedziałam, że musi należeć do mnie.

22.

Na ulicach wyraźnie nasilał się ruch. Tym bardziej że pierwsze tego dnia płatki śniegu z deszczem powoli zaczęły spływać na ziemię. Kiedy w polu ich widzenia ukazała się jasna witryna sklepu Plus, taksówkarz zapytał:

– Gdzieś tam, po prawej pod sklepem?

– Tak, tak... Będzie dobrze – odparła. – Mieszkam na parterze, zaraz na rogu Wapiennej – skłamała.

– Jak sobie panienka życzy.

Uregulowała rachunek, dając napiwek, choć nieduży. W przeciwnym razie mógłby lepiej ją zapamiętać, a wolała pozostać anonimowa.

Wbiegła szybko do sklepu i znalazła wino. Przechodząc obok stołów z badziewiem, jakie sprzedaje się na kilogramy w dyskontach spożywczych, dostrzegła wełnianą czapkę z pomponem oraz żółty płaszcz przeciwdeszczowy z kapturem. Obie rzeczy dołączyły do butelki w koszyku.

Zapłaciła, włożyła czapkę, kryjąc pod nią włosy, a na gustowny płaszczyk zarzuciła nieprzemakalny, gumowy, żółty wór. Kończąc, wcisnęła torebkę do plastikowej torby z winem i wyszła pośpiesznie ze wzrokiem wbitym w czubki kozaczków. Przebiegła jezdnię i kiedy znalazła się po drugiej stronie, ruszyła w kierunku odwrotnym do tego, jakim powinna iść, by najszybciej dotrzeć do domu.

Nagle skręciła w bramę. Znikła z pola widzenia kogokolwiek, kto by ją śledził. Dotarła do kamienicy od strony podwórza. Wbiegła po schodach i dopiero w domu poczuła się bezpieczna.

Uspokojona włączyła muzykę. Nie zapalała światła. Nie zbliżała się do okna. Postanowiła, że zasłoni żaluzjami szyby dopiero za jakiś czas, tak by morderca, jeśli nawet odkrył, do którego domu weszła, nie odgadł numeru jej mieszkania. Dziękowała Bogu, że nie ma jej nazwiska na domofonie, skrzynce pocztowej ani na liście mieszkańców. Był jedynie numer lokalu.

Wpuściła wodę do wanny. Wsypała obfitą dawkę soli do kąpieli o morskim zapachu i woda zabarwiła się na kojący, błękitny kolor. Gorąca woda parowała, pokrywając lustro mgiełką i zacierając kształty. Popijając złocisty płyn z kieliszka, uzupełnianego stopniowo z coraz bardziej pustej butelki, słuchała.

Wiem, że się boisz. Niepotrzebnie. Jeśli będziesz robić to, na czym mi zależy, nic złego cię nie spotka. Możesz osiągnąć coś wyjątkowego. Ogrzać się blaskiem mojej sławy, która wkrótce rozgorzeje niczym płomień świecy. Wiem, że to, co usłyszałaś, może brzmieć dla ciebie jak słowa wariata... Ale nie daj się zwieść pozorom. Nie chcę cię zabić. Nie ty jesteś moim celem. Jest nim ktoś inny. Twoje zadanie jest proste. Rób to, co robiłaś. Informuj. Zostałaś wybrana, bo jesteś mi bliska. Pierwsza ogłosiłaś mnie światu. Będziesz to robić nadal. Chyba że wolisz umrzeć.

Gosia, usłyszawszy to, uśmiechnęła się.

23.

Wsłuchując się w głos na płycie, zmotywowała się do działania. Postanowiła, że nadszedł czas, by odwiedzić policję. Wybrała się na komendę. Gmach komendy wojewódzkiej przytłaczał patrzących na niego, krył też w sobie niejedną tajemnicę. Przed 1945 rokiem był siedzibą gestapo.

– Dzień dobry – przywitała się z policjantką na dyżurce.

– Dzień dobry.

– Chciałabym przekazać pewne informacje.

– A w jakiej sprawie?

– Na temat tego, co stało się 28 listopada na placu Pe... – poprawiła się – na placu Daszyńskiego.

– Rozumiem. Sprawdzę, czy jest śledczy, i przekażę, że pani przyszła.

– Bardzo proszę.

Po rozmowie, której treści, choć bardzo chciała, niestety nie usłyszała, otrzymała przepustkę i wskazanie, gdzie powinna się udać.

– Proszę szukać komisarza Stompora.

– Ach tak – odparła. – Zapamiętam. Dziękuję.

Zaczepiła przepustkę do bluzeczki i schodami poszła na czwarte piętro, potem długim korytarzem udała się pod wskazany numer. Miała już coś. Nazwisko prowadzącego sprawę. Włączyła magnetofon w torebce. Obejrzała się przy tym, czy nie jest obserwowana. Nie była. Na korytarzu, przy uchylonym oknie, stał niepozorny mężczyzna po czterdziestce. Ubrany po cywilnemu, palił.

– Nie orientuje się pan, czy dobrze trafiłam?

– To zależy, czego pani szuka – odparł, wydmuchując dym.
Zastanowiła się, czy był policjantem, bo wcale na kogoś takiego nie wyglądał. Skoro jednak stał tutaj, tak było z pewnością – pomyślała.
– Konkretnie kogo. Inspektora Stompora.
– A, to co innego.
– Tak, a dlaczego?
– A pani w jakiej sprawie? – rzucił, paląc dalej.
– Skierowano mnie tu z dyżurki na dole. 28 to, zdaje się, numer gabinetu tego pana.
– Zgadza się. Ale chyba ma pani pecha.
– Dlaczego?
– O ile wiem – rzekł – komisarz Stompor przed chwilą miał wezwanie. Musiała się pani z nim minąć.
Niech to diabli! – zaklęła w myślach, po czym dodała:
– To może poczekam?
– Raczej odradzałbym. Wyszedł w teren. Wróci zapewne dopiero rano.
Nieznajomy pierwszy raz uśmiechnął się do niej. Jego twarz nabrała dobrotliwego wyrazu.
– Szkoda.
– Aż tak pilna sprawa?
Uśmiechnął się do niej raz jeszcze. Zauważyła, że bacznie się jej przygląda. Była pewna, że jest dla tego typa atrakcyjna. To dobrze – pomyślała. Będzie łatwiej. Nie był zbyt obleśny. Jak na swój wiek dość atrakcyjny, ale nie z tych, któremu dałaby numer telefonu.
– Coś przekazać śledczemu? – zapytał po chwili.
Nieco zbyt uprzejmy jak na policjanta – pomyślała. Pewnie był jakimś pracownikiem cywilnym komendy.
– Nie, wolałabym rozmawiać z nim osobiście.
– Rozumiem. Trudno – odparł krótko. Zasępił się widocznie i dodał: – Może jednak mógłbym pomóc? Pracujemy razem. Wie pani, jak to jest w pracy – rzekł z uśmiechem, chowając zapalniczkę do pudełka cameli. – Trzeba sobie pomagać.
– Nie... Wolałabym rozmawiać w tej sprawie z tym panem osobiście – powtórzyła z naciskiem.
– Nie będę nalegał. Proszę zostawić numer.
– A może ma pan numer do śledczego Stompora? – odparła, obracając kota ogonem.
Nie chciała dawać glinom prywatnego telefonu. Gdyby dała telefon do pracy, glina mógłby domyślić się, że jest dziennikarką.
– Niestety nie bardzo... Chociaż – zawahał się – proszę zaczekać.

- 54 -

Mrugnął porozumiewawczo. Zniknął za drzwiami. Zerknęła ukradkiem do środka, ale dostrzegła tylko biurko. Po chwili wyszedł i podał jej prostą wizytówkę.

– Nie byłem pewny, czy mam ją jeszcze, ale na szczęście się znalazła.

– O... Bardzo dziękuję.

– Proszę. Z tyłu dopisałem prywatny numer Stompora.

Odwróciła wizytówkę.

– Chociaż to. Do widzenia!

– Do widzenia – odparł, przykładając dłoń do czoła, jakby salutował.

Schowała wizytówkę, odwróciła się i ruszyła z powrotem. Była niezadowolona. Nadal nic nie miała. Tylko numer telefonu, choć do osoby, która prowadzi sprawę. Zawsze to coś. Wyłączyła magnetofon. Ostatnią myślą w siedzibie policji było „muszę wymyślić coś nowego".

24.

Pobrał służbowego P-83 z dodatkowym magazynkiem i zbiegł na dół. Tym razem poniżej parteru, do piwnicy. Tam, na końcu niskiego i słabo oświetlonego dopalającymi się jarzeniówkami korytarza, znajdował się kantor Langnera, w którym pracowała sierżant sztabowy, Arletta Marcinkowska. Była to młoda policjantka. Potrafiła w stogu zgniłego siana znaleźć DNA traktorzysty, który skosił trawę. Słowo „laborantka" rymowało się jej ze słowem „randka".

– No, jesteś wreszcie.

– Jestem, jestem... Śpieszyłem się jak do pożaru.

– I co? Idziemy na kawę?

– Myślałem, że jesteś lesbijką.

– No coś ty, zwariowałeś?! Ja nie, moja dziewczyna – Letka pociągnęła żart dalej.

Emil nazywał ją tak od początku. Polubiła to, tak samo jak jego samego, bo choć szary, niczym cała jesień, był równym gościem. Mógłby być jej starszym przyjacielem, a nawet kochankiem. Albo facetem, tyle że nie czuła z jego strony takiego zainteresowania.

– Kiedyś pójdziemy, zobaczysz.

– No, zawsze tak mówisz – odparła z udawanym wyrzutem.

– Najpierw załatwimy jeszcze ten bunkierek.

– Umieram z ciekawości. Masz coś, o czym nie wiem?

– Już, już.

Odkąd się spotkali, natychmiast poczuł do niej sympatię. Ona też go polubiła, co jest nietypowym zjawiskiem. Widać każdy ma kogoś, by lubił go i szanował.

– Jesteś sama?
– Niestety, nie udało się nikogo załatwić.
– Trudno – zasępił się. – Aha, możesz robić zdjęcia?
– Nie zajmuję się tym, wiesz przecież.
– Zdjęcia muszą być – odparł z naciskiem. – Miałem nadzieję, że coś wykombinujesz. Bez fotek nic nie zdziałamy.
– Komisarzu Stompor, jesteście tak przystojni, że dla was prawie wszystko – zażartowała, wracając do kantorka.

Laboratoryjną norę od dawna zajmował stary analityk Langner, który przeszedł na emeryturę. Od jego nazwiska powstała nazwa. Dziewczynie marzyła się praca operacyjna zamiast tej nory. Zaproszenie Emila przyjęła jak dzieciak propozycję lodów.

Chwyciła słuchawkę telefonu. Emil spojrzał na aparat. Nie miał wątpliwości, że zdemontowano go z Arki Noego, tak był stary. I tak, kurwa, ciągle – pomyślał. Wciąż w fabryce czegoś brakowało. Nawet najprostszych rzeczy – biurka, komputera czy papieru do ksero. Tymczasem dziewczyna spojrzała na niego.

– Poczekaj chwilę – szepnęła. – Zaraz załatwię.
– Letka!
– Tak?
– Musimy robić zdjęcia w podczerwieni.
– Co?
– To muszą być fotki w podczerwieni – powtórzył.
– Aparat na podczerwień? Coś ty wymyślił. To Opole, a nie Quantico.

Po kilku sekundach przeprowadziła rzeczową i krótką rozmowę ze starym Langnerem.

– Spoko. Będzie podczerwień – odparła.

Po kilku minutach parkowali na ulicy Kołłątaja. Oczywiście z aparatem i skrzynką laboratoryjną oraz z aparatem na podczerwień. Ta dziewczyna była skarbem. Wszystko potrafiła załatwić – myślał.

Kiedy znaleźli się naprzeciw wyrąbanego w murze przejścia z szaletu do bunkra, wskazał coś dziewczynie.

– Daliśmy dupy – rzekł triumfalnie.
– Interesujące – odparła. – Od dawna nie pamiętam, aby mnie ktoś ujeżdżał.
– Ech, Letka, ty wiecznie tylko o bzykaniu. Nie o tym mówię przecież.
– No to wyjaśnij o czym. Nie jarzę zupełnie – odparła, chichocząc.

– Nie znaleźliśmy narzędzi, którymi wybito przejście.
– Myślisz, że Zielarz je schował, co?
– Tak sądził Lipski i Boss, ale jestem prawie pewien, że ich nie było.
– Więc co, wygryźli tę dziurę jak myszy? – Na jej twarzy zarysowało się zdumienie.
– Wysadził ten otwór!
– Jak to wykombinowałeś?
– Nieważne. Rób zdjęcia, a ja zbiorę próbki.
– No to nieźle! Lipski wie o tym?
– Lipski to tuman, ale nie mów mu tego.
– Nie powiem, spoko.
– To jeszcze nie wszystko – rzekł, wchodząc w wyłom.
Stojąc bokiem, przyglądał się krawędziom rozerwanego muru.
– Uhm – mruknął. – Miałem rację.
– Co?
– Od wewnątrz.
– Wszedł do bunkra i od środka wysadził ten wyłom?
– Dokładnie. Po pierwsze, pies nie podjął tropu. Po drugie, wyłom był dokładnie tam, gdzie prowadził korytarz z bunkra. Po trzecie, nie zostawił żadnych śladów w szalecie, tam gdzie szukaliśmy.
– No dobra. Wszedł tam, OK. Ale jak? Co ze szczurami?
– Nie wiem, ale zaraz do tego dojdę. Po to właśnie potrzebny był aparat.
– Aparat aparatem – mruczała – a szczury? Powinny go zeżreć jak tamtego, a tak się przecież nie stało. Emil? – Nagle zadrżała. – A może to jest tak, że ten, co go szczury zeżarły, to morderca? Otruł tamtego i sam zginął zagryziony przez szczury?
– Nie sądzę. Trupoż miał w ręku albo w tym, co po ręce zostało, butelkę po winie. To może sugerować, że chlał z nim. Resztki ubrania wskazują, że był żulem. Żule nie zakradają się w jakieś dziwaczne sposoby do bunkrów. Nie wysadzają ściany w powietrze, aby otruć swojego kumpla winem.

Patrzyła z niekłamanym zdziwieniem. Widział to, co przeoczył sztab ludzi. Zaimponował jej. Po chwili wszedł głębiej do bunkra.
– Rób zdjęcia – mruknął. – Jak najwięcej.
Dziewczyna systematycznie, kawałek po kawałku, fotografowała. Emil wskazywał miejsca, które go interesowały. Zebrał też do foliowego woreczka kilka odłamków ściany. Zebrał na wacik sadzę z muru, po czym wyszli na powierzchnię. Na górze bezsprzecznie panowała już czarna jak smoła noc.

Był zadowolony. Nikt ich nie zauważył. Boss nie będzie miał powodu skrzeczeć. Podejrzewał, że odkrył coś, co pozwoli zrobić następny krok. Zebrał dowody. Są ważniejsze od przypuszczeń.

25.

Nazajutrz po przyjściu na komendę włączył radio. Tego dnia czuł, że musi posłuchać radia. Miał przeczucie i był ciekawy, co też hieny mają. Kiedy nadeszła pora na wiadomości, podkręcił potencjometr, zwiększając głośność, i włączył nagrywanie na kasetę. Technicy śmiali się, że wciąż ich jeszcze używa.

– Kiedy przyniesiesz nam dinozaura? – kpili. – Przecież już od lat nagrywa się cyfrowo.

Miał to głęboko gdzieś.

– Od naszego informatora – mówił męski głos radiowca – który woli pozostać anonimowy, dowiedzieliśmy się, że 28 listopada w schronie pod placem Daszyńskiego znaleziono ciała bezdomnych.

Emil słuchał uważnie. Dziennikarz kontynuował:

– Rzecznik prasowy komendy nie chciał udzielić nam żadnych informacji na ten temat, zasłaniając się dobrem śledztwa. Następnie komendant opolskiej policji oświadczył, że sprawa została zamknięta. Dochodzenie wykazało, że było to zatrucie alkoholem. Nasze radio jednak jako pierwsze dotarło do sensacyjnych informacji na temat tego, że bezdomni zostali bestialsko zamordowani. Ciało jednego z nich zostało niemal doszczętnie zjedzone przez szczury, co utrudnia dochodzenie...

– A to skurwysyny.

– ...ciało porzucono celowo, aby szczury mogły zatrzeć wszelkie ślady. Mimo to drugiego ciała szczury nie zjadły, co sugeruje morderstwo. Ktoś lub też coś spłoszyło mordercę, zanim zdążył dokończyć swój krwawy występek. To może wyjaśniać akcję policji tamtej nocy w okolicach placu...

Miałem rację – pomyślał. Natychmiast wyjął kasetę i poszedł do biura komendanta.

– Jak to się, kurwa, mogło stać?
– A więc już pan wie?
– Wie, wie... – pieklił się Bossakowski. – Jasne, że wiem... Od rana już każde radio o tym trąbi! – wrzeszczał, machając rękami. – Jutro w NTO będzie nagłówek: „Komendant Bossakowski oszukuje mieszkańców Opola" albo coś w tym rodzaju. Nie opędzę się teraz od nich.

– Była tu dziennikarka z tego radia.
– Co jej powiedziałeś?

– Nic. Spławiłem ją. Nie wiedziała, z kim rozmawia, ale szukała mnie. Dobrze wiedziała, że prowadzę sprawę.
– Z tymi ludźmi przecież nie da się pracować – komendant mruknął z wyrzutem. – Skąd wiedziałeś, że jest dziennikarką?
– Widziałem, jak włączyła magnetofon.
– Aha... w porządku... przepraszam – zreflektował się stary. – Nie chcę, aby się za bardzo tym interesowali. Wiesz, Emil, że jedziemy na tym samym wózku?
– W jakim sensie, panie komendancie, bo nie rozumiem?
– Też w tym roku chcę odejść na emeryturę – wyjaśnił bez ceregieli. – A nie zamierzam na emeryturze zasypywać gruszek w popiele – wyjaśniał. – Awans przyniósłby wyższą emeryturę. Tobie należy się tylko osiemdziesiąt procent, jeśli rzeczywiście chcesz w czerwcu odejść. To twoja decyzja i szanuję ją, ale tym bardziej powinno ci zależeć. Tak jak mi... Awans jest teraz dla nas korzystny – kontynuował po wymownej pauzie. – Jeśli ja go dostanę, awansujesz i ty. Jeśli skompromitujemy się w oczach mediów, niech Bóg nas broni... – zawahał się i nie dokończył myśli. – Teraz, kiedy to wypłynęło, wiele od nich zależy. Muszą być po naszej stronie. Masz ich informować, aby potem nas wychwalali. Informować, ale nic nie mówić – podsumował. – Zrozumiałeś?
– Tak jest, panie komendancie.
– Cieszę się. To wszystko.
– To nie wszystko, panie komendancie.
Mężczyzna spojrzał na Emila spod krzaczastych brwi. Zmarszczył je z niedowierzaniem.
– Sam nie dam rady. Potrzebuję pomocy.
– Otworzę ci każde drzwi przecież.
– Wiem – Emil mruknął pod nosem. Nie spodziewał się innej odpowiedzi. – Dla wszystkich jest jasne, że działam sam, i nikogo to nie dziwi – mówił – ale teraz będę potrzebował pomocy.
– Chcesz powiedzieć, że mam ci kogoś przydzielić?
– Tak.
– Załatwione.
– Chcę kogoś konkretnego.
– Kogo?
– Nazywa się Arletta Marcinkowska.
Tym razem komendant zdziwił się, jakby jego oczom ukazał się nie tylko sam Jezus Chrystus, lecz także wszyscy jego uczniowie.
– Przecież to laborantka.
– Jest inteligentna...
– Baba?

– Płeć nie ma znaczenia. Ma jaja większe niż wszyscy młodzi durnie.
– Kurwa, Emil, masz przecież doświadczonych policjantów do dyspozycji, techników, detektywów. Po ci taka smarkula?
– Oni też będą potrzebni. Ale bezpośrednio chcę pracować z nią.
– Czy to ma związek z... – komendant zawahał się chwilę, chrząknął zakłopotany, nie wiedząc, co dalej powiedzieć. O życiu prywatnym niedobrze jest mówić w fabryce.
– To ma związek wyłącznie z tym, że mała jest dobra. Podoba mi się na tyle, że mam z nią większe szanse, aby dopaść tego dupka. Jest bystra, więcej – nadaje się do takiej roboty idealnie.
– Skąd to wiesz?
– Byłem z nią w bunkrze.
– Prosiłem, abyś trzymał się z daleka od tamtego miejsca. Pamiętasz?
– Pamiętam, ale mam coś nowego. Poza tym nikt nas nie widział.
– To dobrze, a co masz?
– Czekam na laborkę.
– Dobra, daj znać. Ale nie podoba mi się to. Jest młoda, ładna, a ty...
– Za stary na takie sprawy, szefie. I jestem wdowcem.
– No, nie wiem – wahał się.
– Jeśli moje przypuszczenia okażą się słuszne, ktoś będzie musiał przedstawić sprawę mediom. Odkręcić ją. Tak czy inaczej nie da się tego przed nimi dłużej ukrywać. Musimy przeciągnąć ich na naszą stronę. Będzie w tym dobra. Ja się nie nadaję.
– Niech będzie. Masz ją – uległ po chwili zastanowienia. – Jutro podpiszę awans. Będziesz miał wszystko, tylko, na Boga, nie spieprz tej sprawy.

Stary zbir z ZOMO planował stołek prezydenta Opola. Marzył mu się nawet mandacik w senacie, obok starego Lipy. Wizerunek nieprzejednanego obrońcy prawa, wykreowany za pośrednictwem lokalnych mediów, i dobrze rozegrana głośna sprawa z trupami z bunkra mogły mu bardzo pomóc.

26.

Siedząc w biurze, czekał na zdjęcia. Aby nie tracić czasu, słuchał nagrania od Zielarza. Robił to już chyba po raz tysięczny.
– Proszę – rzekł, gdy ktoś zapukał.
Drzwi otworzył pryszczaty laborant o rybiej twarzy. Przywitawszy się po męsku, bez słowa położył na stole wyniki. Emil spojrzał na

fotki i to wystarczyło. Na zdjęciach w podczerwieni widoczne były ślady stóp. Prowadziły w głąb bunkra.

Trzymał teraz w rękach dowody. Niesłychanie inteligentne posunięcie – przyznał nie bez podziwu. Natychmiast zatelefonował do komendanta.

– Co masz?

– Na razie niewiele – skłamał. – Ale mam trop. Potrzebuję jeszcze raz ekipy do bunkra.

– Czy to jest naprawdę konieczne? Mówiłem, że nie chcę, żebyś się tam kręcił. Po co chcesz się tam jeszcze raz pchać?

– Odkryłem wewnątrz ślady.

– Jakie ślady?

– Ten, kto ich zabił, nie wszedł do bunkra od strony szaletu.

– Ach tak! – Komendant zdziwił się niczym panienka na pensji.

Dziwne – pomyślał Emil. Komendant nie wydawał się zaskoczony. Zamiast tego jakby bardziej się zasępił.

– Kiedy chcesz tam iść?

– Najlepiej dziś albo jutro.

– Na jutro ekipa może będzie – westchnął. – Dzisiaj nie dam już rady. Zanim tam wejdziecie, dziennikarze muszą dowiedzieć się, że będziemy tam węszyć. Jasne?

– Tak jest, panie komendancie – Emil wypalił służbowo.

– Ta twoja mała... Jak jej tam?

– Marcinkowska.

– Właśnie. Niech jutro poinformuje media. Rano chcę mieć komunikat do wglądu.

– Załatwione.

– Tylko pamiętaj – uczulił Emila po raz kolejny. – Z głową!

– Jasne.

– Emil?

– Tak?

– Masz mnie o wszystkim informować w pierwszej kolejności, rozumiesz?

– Tak.

– To dobrze. To dla mnie sprawa prestiżowa, nie chcę polecieć za to ze stołka. Żebyśmy się dobrze zrozumieli – mówiąc to, szczególnie podkreślił słowo „dobrze".

– Jasne...

– No! Liczę na ciebie.

Cały czas coś nie grało. Czuł ledwie wyczuwalny smród, którego nie umiał nazwać. Zachowanie Bossa było co najmniej dziwne. Emil miał gdzieś awanse i nieco więcej pieniędzy. Bardziej zastanowiły go dwie inne sprawy.

Miał bardzo wyraźny trop. Wiedział, że wejście do bunkra zostało wysadzone. Jeśli dopisze szczęście, jutro będzie miał odcisk buta Zielarza, na pewno rozmiar. A zatem przybliżoną masę ciała, po której można będzie określić orientacyjną budowę ciała.

Opole to nie Sekcja Behawioralna FBI w Quantico, ale może sporządzi rysopis, a na pewno portret psychologiczny. Może Letka znajdzie coś w komputerowej bazie danych, kto wie – myślał z nadzieją.

Założył słuchawki na uszy i wrócił do nagrania. Od tego bełkotu miał w głowie zamiast mózgu rój rozwścieczonych pszczół. Wiedział, że Zielarz znowu zaatakuje – był tego pewien niemal tak samo jak tego, że jutro nie rzuci palenia. Miał do czynienia z seryjnym mordercą, który prawdopodobnie dopiero się rozkręca.

Podszedł do okna i spojrzał na dziedziniec. Z czarnej lancii wysiadał Lipski. Emil wyjął camela.

– A ty tu po co przyszedłeś, szujo? – pomyślał, zaciągając się dymem.

27.

Dziurę wybito za pomocą materiałów wybuchowych.

– Tak myślałem.

To akurat nie było dla Emila odkryciem. Wiedział to bez chromatografii.

– Wszystko wskazuje na to – ciągnął technik – że fala uderzeniowa rozeszła się do wewnątrz bunkra.

– Wszystko to znaczy co?

– Na zdjęciach widać przewody wysokiego napięcia poskręcane przeciwnie do kierunku eksplozji – wyjaśniał. – Tak samo jest z rurami. Jest to niemal niezauważalne, ale jest.

– Ładunek był precyzyjnie założony?

– Tak.

– Skąd to wiadomo?

– Przeanalizowałem rozkład ciśnienia. Do wywołania takich zniszczeń – mówił – jest konieczne wysokie ciśnienie. Biorąc pod uwagę odległość miejsca eksplozji, nasuwa się wniosek, że zakładający ładunek musiał mieć pojęcie, co zrobi.

– Tak myślisz?

– Tak. Albo miał szczęście, ale to mało prawdopodobne.

– Gówniana sprawa.

— Ładunek był obliczony starannie — wyjaśniał dalej facet od analizy wybuchów. — Przypuszczam, że moc przewyższała mniej więcej tylko o 5% ilość ładunku koniecznego do wyłamania tego przejścia.

— Dokładny drań.

— Tak. Coś takiego mógł zrobić doświadczony pirotechnik, górnik, były saper albo ktoś taki.

— Gówno, nie górnik — Emil się zniecierpliwił. — To musiał być jakiś amator. Miłośnik, ktoś, kto cieszy się tym, co robi.

— I tu akurat ma pan chyba rację.

— Czemu?

— Tak sobie myślałem... zastanawiałem się — poprawił się — dlaczego użył takiego materiału wybuchowego. Gdyby był to górnik albo nawet były żołnierz, użyłby dynamitu, trotylu, ewentualnie semteksu. Jeśli byłby bardziej rozmiłowany w wybuchach, to heksogenu, ale... na pewno nie czegoś takiego.

— To znaczy?

— To jest najciekawsze. Ładunek to była samoróbka z łatwo dostępnych składników — odparł, jakby darzył twórcę bomby podziwem.

— Materiały były naturalnego pochodzenia?

— To niestety niemożliwe. — Chłopak uśmiechnął się z pobłażaniem. — Nie ma takich. Ale w pewnym sensie ma pan rację.

— Co to znaczy „w pewnym sensie"?

— Użył kwasu azotowego, glicerolu, soli kuchennej, kwasu stearynowego i jeszcze kilku innych ciekawych składników.

— I co?

— To bardzo podobny ładunek do triazotanu glicerolu w stronę nitrocelulozy, ale...

— Mów, do cholery, tak, aby zrozumiał to również ktoś, kto nie ma doktoratu — Emil przerwał zdenerwowany.

Natychmiast wyjął kolejnego papierosa z paczki i nie mając czym zająć rąk, zaczął go obwąchiwać swoim zwyczajem.

— Zrobił coś, czego używano dawno temu. Potem zrezygnowano z tego, bo było to zbyt niebezpieczne. Na pewno słyszał pan o nitroglicerynie.

— Wybucha wstrząśnięta.

— Tak, to prawda. Tyle że ją trochę stuningował.

— Co?

— Zmodyfikował.

— Po co?

— Zabezpieczył się, aby nie wybuchła mu w łapach. Dodał też soli kuchennej, aby nie było zbyt dużo gazów i żeby detonacja była cicha.

– Cicha?
– Tak.
– A to jest w ogóle możliwe? – powątpiewał. – Bezgłośna detonacja?
– Jak najbardziej. Sól w niektórych proporcjach, przy dobrze spreparowanym ładunku, powoduje, że można uzyskać wybuch niemal tylko z błyskiem i dymem. Huk jest jak przy rozerwaniu papierowej torebki. Takie... fuknięcie.

Wszystko jasne – przeszło mu przez myśl. Wcześniej zastanawiał się, jak Zielarz wysadził kawał ściany, by nikt tego usłyszał.

– Na koniec zżelował to, jak robi się to z nowoczesnymi materiałami. Nasączył ładunkiem wąskie paski zwykłej gąbki i taśmą klejącą przytwierdził do ściany w kształcie wejścia, które eksplozja wybiła.

– W ten sposób określił kierunek zniszczeń oraz ilość materiału, jaki był potrzebny do wywalenia dziury, tak?
– Tak.
– No dobra, a zapalnik? Jak to odpalił?
– Widać, że wie, co robi, choć raczej nie jest ani żołnierzem, ani pirotechnikiem czy kimś takim.
– Skąd wiesz?
– Zastosował zapalnik chemiczny – odparł spec od wybuchów, jakby odpowiedź miała wszystko wyjaśniać.
– To znaczy?
– Nikt tego dzisiaj nie robi. To staroć. Archaizm. Na początku odpalano przez lont, ale on gasł albo nie palił się precyzyjnie i wybuchało za wcześnie lub za późno. Lonty wyparto zapalnikiem chemicznym, którego on właśnie użył. Tylko że dzisiaj nawet w kopalniach i kamieniołomach odpala się już elektrycznie.
– No dobra, rozumiem. Ale nadal nie wiem, jak ten cały zapalnik chemiczny zadziałał. Jak odpalił bombę?
– Użył szklanej rurki. Napełnił ją cukrem.
– Czym?
– No cukrem, takim jak do herbaty.
– Nie żartuj!
– Nie żartuję. Naprawdę.
– Znów dupa! – Emil się zmartwił. – Materiał łatwo dostępny, o niemożliwym do ustalenia źródle. Dobra, ale co z tym cukrem?
– W tej rurce była warstwa cukru, a pod nią chloran potasu.
– Co to?
– Inaczej sól Bertholleta. Utleniacz. Stosowany w domowych wybielaczach albo zapałkach. Wystarczy poobcinać główki, zebrać i już.

– Czyli znów to samo. Źródło niemożliwe do ustalenia. – Emil zasępił się jeszcze bardziej.
– Raczej na pewno.
– Dobra, co dalej z tym zapalnikiem?
– Rurkę przykleił taśmą klejącą do ściany bunkra. Ustawił ją pionowo. Jeden koniec przytknął do materiału wybuchowego, a drugi skierował w górę. W ten sam sposób przytwierdził wyżej odwróconą dnem do góry buteleczkę.
– Dnem do góry, czyli korkiem w dół, tak? – Emil zapytał, by mieć całkowitą pewność, co Zielarz zmajstrował.
– Uhm, korkiem z dziurką.
– Żeby coś spływało?
– Raczej kapało – poprawił Emila. – Dziurka musi być mała, chociaż to oczywiście zależy od czasu, po którym ma nastąpić detonacja.
– A co było w buteleczce?
– No właśnie, kwas siarkowy.
– Kwas kapał na cukier?
– Tak. Stopniowo go rozpuszczał. Kiedy przeciekł, kwas wszedł w reakcję, inicjując wybuch. To działa jak detonator.
– Jak się pozyskuje kwas siarkowy?
– Oj, bardzo łatwo, na przykład ze zwykłego akumulatora.
– Z elektrolitu?
– Mhm.
– Niech to szlag – zaklął Emil. – Profesjonalna robota jak w Al-Kaidzie. Źródła niemożliwe do ustalenia, a efekt murowany.
– No.
– A powiedz jeszcze, skąd to wszystko wiadomo?
Technik wziął głęboki oddech.
– Na pewno nie wiadomo, że tak było. Ale na dziewięćdziesiąt pięć procent uważam, że tak to wyglądało. Po pierwsze, analiza chemiczna wykazała, co to za ładunek. Znalazłem też strzępki taśmy i fragmenty szkła. Były dwa rodzaje – białe i brązowe.
– Białe z rurki, a brązowe z buteleczki?
– Prawdopodobnie. Siłę wybuchu wskazuje kierunek detonacji, a analiza osmoleń, sadzy, wskazuje na takie substancje jak cukier, kwas, sól i...
– No tak. Wszystko jasne – Emil przerwał. Wiedział już wszystko, czego potrzebował.
– Chyba tak – zgodził się technik.
– Dobra. Wielkie dzięki.
– Proszę bardzo.
– Zadzwonię, jak bym miał jeszcze jakieś pytania, co?

– W porządku, nie ma problemu.

Emil miał nadzieję, że wybuch przygotował ktoś, kto wcześniej ukradł albo w inny sposób zdobył dynamit, amonit czy jakiś inny górniczy materiał kruszący. W ten sposób mógłby ustalić jego pochodzenie, a dzięki temu może udałoby się dotrzeć do kogoś, kto ten ładunek ukradł. I w ten sposób od nitki do kłębka, ale niestety... Miał tu kogoś, kto nie tylko był bardzo inteligentny, lecz także świetnie posługiwał się chemią, truciznami i materiałami wybuchowymi.

Niecałą minutę po wyjściu technika od materiałów wybuchowych znów rozległo się pukanie do drzwi. Tym razem wszedł informatyk.

– Dzień dobry, panie...

Emil nie pozwolił dokończyć nieco flegmatycznemu komputerowcowi:

– O super! Co masz?

– To – powiedział o teczce wypełnionej dokumentami.

– Czytał będę potem. Teraz mów, bo inaczej nie zrozumiem tego bełkotu – rzekł, wskazując żarzącą się końcówką papierosa na dokumenty.

Informatyk zaczął powoli wyjaśniać Emilowi szczegóły tego, co odkrył.

28.

Letka była młoda, spontaniczna i niezwykle aktywna. Policjant spojrzał w jej czarne jak węgiel oczy, wydmuchując dym w kształcie kółek. Dziewczyna przyglądała się zdjęciom, które razem zrobili. Patrzył na nią i czuł wyraźną przyjemność.

– Kurczę, wiedziałam, że coś znajdę.

– Co masz na myśli?

– Nie byłeś w bunkrze po tym, kiedy poszliśmy tam razem?

– Nie, nie byłem.

– Właśnie – ucieszyła się. – Mówiłeś, że Zielarz dostał się do bunkra od środka, prawda?

– Odciski stóp ze zdjęć nie prowadzą zgodnie z planem podziemi do żadnego z szybów – rzekła z nieskrywanym zadowoleniem. – Spójrz.

Zerknął na plan bunkra. Od samego początku potraktował go po macoszemu. Wprawdzie otrzymał od spółki Wodociągi i Kanalizacje w Opolu kopię, ale zajął się czymś innym. Letka natomiast od razu zainteresowała się planem. Gdy Emil patrzył na niego, dziewczyna przedstawiła swoją hipotezę:

– Wszedł gdzieś tutaj. – Wskazała miejsce na planie. – Wiesz, co tutaj jest?

– Chyba szkoła. Wcześniej był tam sąd.
– Wiesz, co było tam wcześniej?
– Kiedy, za Niemca?
– Nie. Zaraz po wojnie – sprostowała. – To był sąd?
– Nie. Wcześniej, po wojnie, to było UB, potem SB.
– O cholera.
– Co?
– Nie teraz – zbyła go machnięciem ręki. – Potem powiem. Teraz skupmy się na tym, co mam w tym momencie.
– Tu – stuknęła palcem w papier.
– Przecież to ściana.

Ślady na zdjęciach istotnie prowadziły wprost do jednej ze ścian. Czyli donikąd. Emil nie miał pomysłu na to, jak morderca dostał się do bunkra, poza przypuszczeniem, że mógł wślizgnąć się przez szyb wentylacyjny. Nagle zrozumiał.

– *Verfluchte Banditen!* – krzyknął. – Tam musi być przejście!
– Nie wiedziałam, że znasz niemiecki.
– Bo nie znam – uśmiechał się zadowolony.
– No dobra. Ale dlaczego przejścia nie ma na planie? – zatroskała się.
– Bo to niemiecki plan.
– I co z tego?
– Bunkier też jest niemiecki. Może przejście powstało potem?
– Myślisz?
– Możliwe.
– Przejście zrobiono po wojnie? – pytała dalej.
– Właśnie!
– Ale po co?
– Nie wiem, ale pewnie był jakiś ważny powód.
– Nieważne. Wiem za to, gdzie jutro pójdziemy!

Zadowolona uśmiechnęła się, wysuwając w jego kierunku zaciśniętą pięść na znak braterstwa dusz.

Odwzajemnił gest, choć wydał mu się zbyt młodzieżowy. Przy okazji dostrzegł różnicę w ich wielkości. W pamięci błyskawicznie pojawiła się wizja sprzed wielu, wielu lat, kiedy trzymał za rączkę swoją Martusię.

– Wiesz, co mnie zastanawia? – zapytała.
– Nie mam bladego pojęcia.
– Z tego, co mówisz – zawiesiła głos – komendantowi bardzo zależy na tej sprawie. Tylko dlaczego? Nie podoba mi się to.
– Nic nam do tego, mała. Taki nasz los – rzekł, wzruszając ramionami.

– Mała to jest, wiesz, twoja... spluwa – zaśmiała się. – Jestem Letka – poprawiła go dzielnie. – I wiesz co? Właśnie że nam dużo do tego! Drań może nam nie mówić całej prawdy. Rozumiesz?
– Co masz na myśli?
– Sądzę, że coś knuje.
– Wiesz co, Letka...
– Tak?
– Kto wie, czy nie masz większego nosa niż ja!
Ucieszyła się znów. Dla niej był to komplement, który sprawił jej niemałą przyjemność. Po miesiącach spędzonych w zatęchłej piwnicy mogła wreszcie pracować jak prawdziwa policjantka.
– Nos to masz na pewno o wiele większy niż ja, draniu jeden.
– No, no. Nie pozwalaj sobie, bo ci zleję pupę – ostrzegł.
– Zmęczona jestem jak koń po westernie. Idę do domu. Umówmy się na jutro, chyba że – dodała filuternie – chcesz iść ze mną i zostać na noc? Może nawet naprawdę zlejesz mi pupę? A muszę ci powiedzieć, że brzmi to naprawdę wielce interesująco, wprost fantastycznie – dodała, krztusząc się niemal ze śmiechu kawałkiem jabłka.
Uśmiechał się. Miał przecież powody do zadowolenia, choć jeszcze o tym nie wiedział. Następny dzień miał przybliżyć ich do rozwikłania tajemnicy, którą razem badali.

29.

Policjanci ruszyli w kierunku sekretariatu. Odnalezienie odpowiednich drzwi nie zajęło wiele czasu.
– Dzień dobry.
– Dzień dobry – odparła sekretarka.
Zdziwiona patrzyła na ładną dziewczynę w wieku dwudziestu kilku lat w towarzystwie dojrzałego mężczyzny. Ten niczym szczególnym się nie wyróżniał.
– Chcielibyśmy rozmawiać z dyrektorem – zaczęła Letka.
– W jakiej sprawie?
– A jest dyrektor? – dziewczyna odpowiedziała pytaniem.
– Tak, ale jest w tej chwili zajęty. Czy mogę w czymś pomóc?
Sekretarka nie odpowiedziała uprzejmie. Policjant, spojrzawszy na nią, z dezaprobatą pokręcił głową. Nie darzył sympatią nieuprzejmych ludzi. Zawsze starał się być miły, o ile nie miał do czynienia z kimś, kto miły nie był. A takich ludzi w swojej pracy i swoim życiu spotykał niestety nader często. Sięgnął do wewnętrznej kieszeni na piersi kurtki po legitymację.
– Jesteśmy z policji – zaczął. – Mamy kilka pytań do dyrektora.

Ta, natychmiast i bez słowa, wstała zza biurka jak za dotknięciem czarodziejskiej różdżki i ruszyła ku drzwiom dyrektora. Po kilkunastu sekundach wróciła.

– Proszę.

– Dziękujemy – Letka odparła z uśmiechem, ale niewymuszonym.

Emil nie odpowiedział, dziękując niemal niezauważalnym ruchem głowy. Wchodząc do gabinetu dyrektora, za biurkiem ujrzeli korpulentną kobietę około pięćdziesiątki.

– Jesteśmy z Pionu Dochodzeniowo-Śledczego Wojewódzkiej Komendy Policji w Opolu – znów pierwsza odezwała się Letka.

– Dzień dobry przede wszystkim – dyrektorka odrzekła równie oschle jak sekretarka.

Emil uświadomił sobie, że wszystkie nauczycielki są do siebie podobne. Łączy ich jedna cecha, niezależnie od tego, w jakiej szkole i jakiego przedmiotu uczą. Traktują ludzi jak uczniów. Wydaje się im, że mają prawo do nieustannej oceny całego świata wokół.

– Jeszcze nie wiadomo, czy dobry – mruknął.

– Słucham?

– To jest śledczy Emil Stompor. Sierżant sztabowy Arletta Marcinkowska – przedstawiła ich zgodnie z regulaminem. – Prowadzimy śledztwo w pewnej sprawie. Chcielibyśmy zadać pani kilka pytań.

– Rozumiem... Chodzi pewnie o włamanie przed świętami? W tej chwili nie mam czasu, proszę się umówić na termin z sekretarką. Wtedy chętnie z państwem porozmawiam. Więc jeśli państwo pozwolicie, wrócę do pracy.

Emila zachowanie starego belfra wcale nie zdziwiło. W odpowiedzi na pytające spojrzenie partnerki odsunął krzesło i ręką zaprosił Letkę, aby usiadła. Chwilę później usiadł obok, przystawiając krzesło od stojącego w kącie stolika.

– Powiem bez ogródek – zaczął. – Tak chyba będzie dla pani najlepiej.

– Zamieniam się w słuch – odparowała hardo.

– Zdaję sobie sprawę, że wizyta policji i rozmowa z nami nie jest przyjemnością. Myślę, że zgodzi się pani ze mną?

– W całej rozciągłości.

– Doskonale – skwitował, po czym przeszedł do rzeczy. – Cieszy mnie, że się pani zgadza. Tyle tylko, że musi pani wybrać, a ma pani dwie możliwości...

– Nie rozumiem.

– Albo porozmawia pani z nami teraz, w przyjaznej atmosferze, po czym uprzejmie podziękujemy i wróci pani do z pewnością ważnych zadań, albo – niemal natarł na starą lochę – będzie pani musiała te ważne sprawy przerwać. Ba, odłożyć na bok i odpowiedzieć nam na nasze pytania na komendzie już w... hm... niezupełnie tak samo przyjaznej atmosferze.

– Ależ tak nie można.

– Owszem, można, proszę pani, można... – Letka dokończyła za Emila. – Więc jak? – zapytała, idąc za ciosem.

Dyrektorka spuściła wzrok, wyjęła z rękawa chusteczkę i głośno wytarła nos.

– Słucham, w czym mogę państwu pomóc?

– Czego pani uczy? – zapytał.

– Historii.

– Oh, to doskonale się składa – ucieszył się. – My właśnie w tej sprawie. Proszę opowiedzieć: co pani wie o tym budynku? Szczególnie interesuje nas, co działo się w nim w czasie ostatniej wojny i tuż po niej.

Dyrektorka westchnęła głęboko. Wyłuszczenie sprawy przez Emila na tyle mocno ożywiło jej wyobraźnię, że chyba wzięła sobie do serca słowa policjanta.

– Kiedy Armia Czerwona czekała, aż powstanie warszawskie się wykrwawi, Niemcy umacniali linię obrony wzdłuż Odry. Ówczesne Oppeln stało się miastem twierdzą. Kiedy jednostki czerwonoarmistów uderzyły na Opole, w budynku szkoły zorganizowano dowództwo obrony i skrył on niejedną ludzką tragedię.

– Co pani ma na myśli?

– Pierwszy komendant twierdzy Opole, von Pfeil, popełnił w piwnicy samobójstwo.

– A właśnie – Emil się wtrącił. – Co dokładnie było w piwnicach?

– Różne pomieszczenia, głównie przeznaczone do ukrycia się przed artylerią i nalotami.

– A bunkier pod placem?

– To osobna sprawa. Wprawdzie budynek szkoły i bunkier miały połączenie tunelem pod aleją Lempickiej, ale wykonano go już pod koniec wojny i praktycznie nie był nigdy wykorzystywany.

Emil spojrzał wymownie na Arlettkę.

– Czy to przejście zamurowano?

– Wkrótce po wojnie. Tym bardziej że w bunkrze pod placem mieścił się zbiornik z szaletu.

– Co tam teraz jest?

– Magazyn.

– Czego?

– Niczego.

– A ściślej?

– Starych gratów.
– Rozumiem – odparł. – Czy to prawda, że zanim budynek przerobiono na sąd, była tu również siedziba Służby Bezpieczeństwa?
– Owszem. Po dojściu do władzy Hitlera rozpoczęła się czarna historia tego budynku. Najpierw była tu siedziba gestapo, potem siedziba SB, przemianowanego na UB. W stanie wojennym komenda ZOMO i dopiero potem sąd wojewódzki.
– Czy ma pani dokumentację techniczną budynku?
– Osobiście nie. To załatwi pan z sekretarką.
– Dobrze.
– A co z tym włamaniem? – wtrąciła się Arletta.
– A tak, rzeczywiście – przypomniała sobie dyrektorka. – Ktoś rozbił okno i wszedł do środka, prawdopodobnie dzieciaki.
– Skąd ta pewność?
– A któż by inny? Weszli przez okno na piętrze za pomocą liny zaczepionej na gałęzi.
– Czy coś zginęło?
– Nie, ale zdewastowano korytarz.
– Zdewastowano?
– Pomalowano farbami w spreju. Ktoś zrobił bardzo głupi kawał.

Po chwili z Letką stali przed budynkiem, dokładnie kilka metrów nad miejscem, gdzie w podziemiach znaleźli zwłoki bezdomnych. Emil zapalił wreszcie nieodzownego camela i nieco się uspokoił. Oboje zdawali sobie sprawę, że gdzieś pod ich stopami może leżeć klucz do rozwiązania zagadki Zielarza. Wiedzieli już, co będzie następnym krokiem w ich upiornej układance. Krokiem, który miał im dać kolejną podpowiedź.

30.

Następnego dnia na placu Daszyńskiego zrobiło się tłoczno. Stały element demograficzny placu pod, oględnie mówiąc, mało dyskretną sugestią posterunkowych ustąpił im miejsca. W promieniach zimowego słońca zgromadzono samochody policyjne i ciężarowy wóz techniczny. Nadjeżdżał także wóz bojowy Państwowej Straży Pożarnej, błyskając niebieskim światłem. Plac ogrodzono żółtą taśmą.

Emil czekał na Arlettkę. Dziewczyna miała przyjechać od prokuratora z nakazem wejścia do szkoły. Wiedział, że nie będzie z tym problemu, ale zanim wejdzie z technikami do bunkra, musi mieć nakaz. Zauważył ją wreszcie.
– Mamy nakaz!
– Doskonale – ucieszył się.
– Co teraz?

– Idziemy do technicznego, przebierzemy się, maski i jazda.
– Maski?
– Tak. Szczury były odstraszane gazem.
– No, no... – przypomniała sobie. – Nieźle. Sam na to wpadłeś? – droczyła się z nim, zradzając oznaki podniecenia. To były jej pierwsze w życiu działania operacyjne.
– Nie, aż taki bystry nie jestem. Przyjechał tu z Tarnowskich Gór jakiś magik od szczurów. Stwierdził, że tak będzie bezpiecznej.
– Stwierdził szczurołap.
– Tak, Letka – uśmiechnął się. – Szczurołap.
Odpowiedziawszy, dostrzegł kątem oka wjeżdżający wóz transmisyjny telewizji.
– Idziemy się przygotować – powiedział, rzucając pośpiesznie niedopałek. – Bo nigdy tam nie zejdziemy. Załatwiłaś sprawę z mediami?
– Na cacy.
– No to git. Boss się ucieszy.
Dokończywszy przygotowania, wyszli w pełnym rynsztunku. Trzymając w rękach maski i butle przytroczone do pleców, obciążające ich jak płetwonurków, wyglądali bojowo. Za nimi ruszyło kilku innych policjantów. Nagle zza taśmy wychyliła się z mikrofonem dziennikarka w towarzystwie nie wiadomo kiedy przybyłego komendanta.
– Komisarzu Stompor! Komisarzu Stompor! – krzyczała. – Może pan zamienić z nami kilka słów do kamery?
– Kurrrwa mać – zaklął cicho pod nosem, podkreślając głoskę „r".
– Letka! Pokaż, co potrafisz – dodał. – Idź. I zaraz wracaj. To rozkaz.
– W porządku, szefie. Jasna sprawa. Jest stary, a staremu się nie odmawia. Wracam szybko.
Dziewczyna spojrzała przelotnie w jego oczy i poczuła, że bije z nich ciepło. Uśmiechnęła się szeroko. Skąd mogła wiedzieć, że za kilka minut Emil miał już nie żyć?

31.
Wywiad był farsą. Spektaklem mimiki i nic nieznaczących słów w światłach kamery, zatytułowany *Słodka mina do podłej gry* w reżyserii komendanta.
– Przed nami – dziennikarka przedstawiła Letkę – partnerka śledczego Stompora, który prowadzi sprawę zabójstwa w bunkrze.
– Dzień dobry – Letka grzecznie przywitała się z telewidzami.
– Co może nam pani powiedzieć o tych zabójstwach?

– Niestety niewiele, ponieważ wciąż ustalamy okoliczności i zbieramy materiały związane z tymi wydarzeniami.
– Co to oznacza? – Babsztyl z mikrofonem drążył temat.
– Mamy hipotezy, które weryfikujemy.
– Rozumiem. Dowiedzieliśmy się, że ludzie, których zwłoki znaleziono, nie umarli na skutek zatrucia alkoholem podczas libacji, jaką sobie tam urządzili, jak przedtem usłyszeliśmy z ust inspektora Bossakowskiego.
– Istotnie – przyznała. – Tak było. Wszystko na to wskazuje.
– To znaczy co?
– Nie mogę w tej chwili nic na ten temat powiedzieć – ciągnęła udawaną troską. – Jednak zapewniam, że w chwili, kiedy będę mogła, pani usłyszy o tym pierwsza.
Dziennikarka uśmiechnęła się do Letki zajadle.
– Podobno ofiarami byli bezdomni?
– Tak, to prawda. Ofiary to bezdomni mężczyźni w wieku 45–55 lat.
– Zostali otruci?
– Umarli na skutek zatrucia toksynami, nie alkoholem. Możliwe, że zostali otruci.
– Jak to? Proszę wyjaśnić.
– Sprawdzamy to.
– Rozumiem. Podobno morderca będzie mordował dalej. Czy mamy do czynienia z seryjnym zabójcą? Tak jak z Pękalskim czy Marchwickim?
Poczuła miażdżący wzrok komendanta. Stał obok i czekał na swoje pięć minut. Stał jak na szpilkach, jednak dla dziewczyny jego obecność nie miała znaczenia. Rozluźniła się i robiła dobre wrażenie. Bossakowski odetchnął z ulgą.
– Co do tego nie możemy mieć pewności. Nie wiadomo jeszcze, jak i dlaczego umarli tamci mężczyźni – kontynuowała. – Nie wiemy też, czy było to zabójstwo. Nie znamy motywu, więc trudno powiedzieć, dlaczego ludzie ci nie żyją. Skoro tak, nie możemy mieć również pewności, czy morderca istnieje. Wobec tego nie wiadomo, czy będzie nadal zabijał.
– Proszę powiedzieć: dlaczego wcześniej podano informacje, że był to wypadek, i sprawa została zamknięta?
– To była prowokacja. – Letka uśmiechała się promiennie do kamery. – Sprawa nigdy nie została zamknięta. Od początku wiedzieliśmy, że ludzie ci nie umarli tylko od alkoholu. Przypuszczaliśmy, że to może być zabójstwo lub sprawa o innym charakterze. Chcieliśmy wprowadzić w błąd ewentualnego sprawcę i sprowokować go. Wia-

domo, że mordercy lubią chwalić się tym, co zrobili. Był to celowy, taktyczny wybieg, który dał nam wymierne rezultaty.

– To znaczy?

– Niestety nie mogę podać szczegółów. Niemniej dzięki temu nasz podstęp się udał. Zdobyliśmy nowe, niezwykle cenne informacje, które ułatwiły nam pracę. Innymi słowy, wiemy więcej, niż wiedzieliśmy.

– Czyli było to publiczne kłamstwo dla dobra śledztwa?

– „Kłamstwo" to złe słowo. Był to przemyślany, zaplanowany element śledztwa. Jego pomysłodawcą był stojący obok – wskazała Bossa otwartą dłonią, za którą natychmiast podążyła kamera – inspektor Bossakowski.

– Zanim pozwolę pani kontynuować pracę i porozmawiam z komendantem opolskiej policji, zadam jeszcze jedno pytanie...

– Proszę – odparła, ale tego już nikt nie usłyszał.

Nagle, niespodziewanie dla wszystkich, którzy znajdowali się na placu, dał się słyszeć stłumiony huk podziemnego wybuchu.

Dziewczyna miała w uchu głośnik. Wybuch ogłuszył ją, przenosząc odgłosy mikrofonów ekipy. Chwyciła się boleśnie za ucho. W ułamku sekundy zrozumiała, co się stało.

– Emil, Emil, daj głos – krzyczała.

Odpowiadał tylko cichy, ciągły szum.

– Emil, do cholery – powtórzyła. – Odezwij się.

Słyszała tylko trzaski. Założyła maskę. W bunkrze panował mrok. Snop światła latarki gubił się w pyle niczym we mgle. Słyszała innych wbiegających za nią. Starała się przywołać w myślach plany podziemia. Uchwyciła się ściany i sunąc przy niej, podążała w głąb zaskakująco szybko. Głosy za nią szybko się oddalały. Na szczęście wiedziała, gdzie Emil chciał iść.

Nagle dostrzegła jaśniejące plamy w pyłowej mgle. Zrobiła jeszcze kilka kroków. Widziała już prawie wyraźnie. Czuła za sobą kroki innych policjantów. Widocznie pomyśleli jak ona. Albo poszli za nią, wyczuwając, że wie, gdzie idzie.

Po chwili była na tyle blisko, że zrozumiała. Pośród gruzów rozerwanej wybuchem ściany leżeli ranni. Emil leżał na plecach z rozrzuconymi rękoma. Zapewne odrzuciła go fala uderzeniowa. Jest daleko od wyrwy w ścianie – pomyślała.

Sprawdziła tętno na szyi. Zdjęła własną maskę, przykładając ją do twarzy partnera. Do gardła, oczu i nosa wdarł się palący zapach siarki, kurzu i gazu. Zrozumiała, że nie ma wiele czasu.

Pozostali ruszyli ku innym. Szarpnęła jednego za rękaw. Pojął, o co chodzi. Chwycili nieprzytomnego Emila, złożyli ręce na ramiona i ruszyli z powrotem. Szybko dotarło do nich, że to wysiłek ponad siły. Letka była zbyt słaba, a Emil zbyt ciężki.

Podnosząc go, upadła. Podparłszy się, dotknęła dłonią czegoś, co wydało się jej ludzką czaszką. A zatem gaz już zaczął działać – pomyślała. Zaczynają się majaki. Przeraziła się. Zegar tykał jej w głowie. Ile zostało jej czasu? – pytała się w myślach. Minuta, dwie minuty? Wyścig z czasem, którego stawką było ich życie.

Nagle pojawił się jeszcze jeden policjant. We troje znacznie sprawniej ruszyli ku wyjściu. Zrobiło się głośniej i jaśniej. To zapewne strażacy wchodzą tu po następnych – pomyślała, niemal dusząc się i opadając z sił. Jej ciało zaczęło ogarniać błogie ciepło.

– Daliśmy dupy na całej linii. – Usłyszała gdzieś obok, po czym zaczęła szybko tracić przytomność.

Więc tak wygląda śmierć – pomyślała, ze świadomością, że to ostatnia myśl w życiu. Policjanci nagle poczuli, jak Emil stał się podwójnie ciężki. Policjantka osunęła się na ziemię, upadając na twarz niczym postać w kreskówce.

32.

Poznałam go, gdy miałam dwadzieścia lat. Była pełnia wiosny 1985 roku. Gorąco, parno, w dzień pachniało bzem, a nocą jaśminem. W sercu było tak radośnie. Wokół pustki w sklepach, kartki żywnościowe, Pewex i siermiężna rzeczywistość, w której przyszło nam trwać. W pamięci tkwił zapach gazu, widok zomowców, a w uszach dudniło zawodzenie syren.

Było też bujne życie kulturalne. Muzyka jak wino. Trójka i Radio Luxembourg. Upijałam się Grechutą, Kaczmarskim i Niemenem. Aż nagle, niespodziewanie, bez zapowiedzi, niby przypadkiem, pojawił się on – Jakub.

Zakwitł w moim sercu niczym kwiat paproci jednej nocy, z czerwonym opornikiem na piersi. Spotkałam go w maju w „Pod Jaszczurami", gdzieś w okolicach godziny dwudziestej drugiej i drugiego piwa. Zobaczyłam na scenie, na krześle z gitarą. Prawą dłonią obejmował gryf, a lewą uderzał w struny, których ułożenia jednak nie zmienił. Zamiast więc najniżej mieć najcieńszą strunę „e", miał najgrubszą, basową „e". Tym zwrócił moją uwagę. Zapytałam, dlaczego tak gra.

– *Jestem ignorantem – szepnął. – Od początku tak właśnie robiłem. Po prostu nie wiedziałem, że trzeba i można inaczej.*

– *Nie wierzę.*

– *Ale tak właśnie jest. Zanim się dowiedziałem, że robię źle, nauczyłem się już dość dobrze grać. I tak już zostało.*

Nie było istotne, jak grał. Istotne, co zaśpiewał. Bratříčku, zavírej vrátka *zaśpiewał przejmująco pięknie, donośnym, zupełnie innym niż Kryl głosem.*

Właśnie wtedy, już tego pierwszego wieczoru, zapadł głęboko w moim sercu. Miałam jeszcze uczucia, sumienie i wolę. Byłam jeszcze człowiekiem. Żyłam pełnią życia. To nieprawda, że nie istnieje miłość od pierwszego wejrzenia.

Wtedy, w klubie, wyglądał jak student ostatniego roku, z gitarą i butelką piwa w dłoni. Przegadaliśmy cały wieczór. Rozstając się wtedy z nim, tak bardzo pragnęłam spotkać go jeszcze raz.

– Na pewno się jeszcze spotkamy – stwierdził.
– Skąd ta pewność?
– Zobaczysz – odparł, uśmiechając się tajemniczo. I nie pomylił się.

Spotkałam go już następnego dnia. O zgrozo! Tam, w klubie, pojawił się jako muzyk i student. Potem, w białej koszuli, w marynarce, pod krawatem, z listą obecności w dłoni – na zajęciach.

– Witam – zaczął. – Część z państwa miała już okazję mnie poznać. Inni zaś jeszcze nie. Nazywam się Jakub Weiss. Jestem doktorem.

Dziś mam ponad czterdzieści lat. Wyglądam na znacznie więcej. Jestem kobietą, której nie pozostało z życia już nic. Nie mam nadziei. Brak mi blasku w oczach, a emalia na pośladkach dawno wyblakła. Nie mam niczego. Nic mi nie pozostało. Nic prócz wspomnień z życia, które przegrałam. Z miłości, którą straciłam. Z czasu, który mi skradziono. Z uczuć, które zabrano, i sumienia, które we mnie umarło. Cierpię, przyzwyczajona do bólu. Od wielu lat niosę krzyż. Ale nie będę ukrzyżowana, stanę się Poncjuszem Piłatem, a miasto będzie Golgotą.

Przez nich moja młodość zamieniła się w czas bólu, płaczu, rozpaczy, nienawiści, fałszu i kłamstw. Nadszedł już czas, kiedy będę siać strach i zbierać plony zemsty. Nastaje nowa era. Era Wodnika.

Gosia wyłączyła odtwarzacz CD. Nie miała wątpliwości, od kogo jest kolejna przesyłka. Na jej twarzy odmalował się smutny uśmiech.

33.

– Gdzie jesteś?
– W domu.
– Czy ty zwariowałaś? – Znów naczelny.
Słyszała, że jest wściekły.
– Nie wolno mi być w domu?
– W takiej chwili?
– To znaczy?

Poczuła, że coś dzieje się bez jej wiedzy. Nie lubiła tego uczucia. Ogarnął ją niepokój.

– Niczego oczywiście nie wiesz – odparł z wyrzutem. – Dziesięć minut temu, w tym bunkrze pod placem Pedała, coś wybuchło.

Uśmiechnęła się i poczuła podniecenie. Dreszcz przeszył jej ciało i na twarzy pojawił się rumieniec.

– Co się stało?

– Pozasypywało policjantów. Chyba ulatnia się tam też gaz. Ale najlepsze, to skąd o tym wiem.

– Skąd?

– Z telewizji, do cholery! – ryknął. – Nagrali to! Nagrali wszystko! Wyobrażasz sobie taki materiał?

– O cholera!

– Cholera, cholera – przedrzeźniał ją.

– Zaraz tam będę – ucięła. – Dzięki, cześć – pożegnała się szybko i chwilę później miała okazję w myślach dziękować sobie i agentowi nieruchomości – tylko kilka minut dzieliło ją od placu Daszyńskiego.

W centrum powietrze rozdzierały syreny strażackich wozów bojowych. Wąskimi uliczkami karetki z trudem przedzierały się między samochodami. Po chwili dziennikarka znalazła się w epicentrum zamieszania. Im była bliżej, tym większe ogarniało ją podniecenie. Dotarła do miejsca, gdzie dalej iść już jej nie pozwolono. Ulica była zamknięta i wokół gromadzili się gapie.

Dostrzegła coś, co ją zaniepokoiło. Policjanci, strażacy, lekarze i ratownicy mieli na twarzach maski. Było to co najmniej dziwne. Zapytała o sytuację stojącego na chodniku dziadka.

– Co tu się stało?

– A cholera wie, proszę pani! Wygląda na pożar, ale chyba to nie... Dymu nie ma, a strażacy są. Rano tu przyjechali.

– Kto?

– Jak kto? Policja. Do tych poniemieckich bunkrów weszli, a tu naraz jak coś nie huknie.

– Wybuchło coś? Niewybuch? Niewypał?

– Ja tam nie wiem. Mówię, co widziałem. Huknęło i zaraz się szum zrobił. Smród, pani, nie do wytrzymania z daleka. Zaczęli ich wynosić po kolei i karetkami zabierać. Już kilka odjechało. Wracają po następnych. Strażacy tam w maskach wchodzą teraz. No, sama pani widzi – wskazał laską wóz strażacki. – Padają jak pszczoły od dymu.

Nagle staruszek przerwał. Nad głową usłyszeli śmigłowiec.

– Uwaga! Uwaga! – Usłyszała. – Zgromadzeni proszeni są o niezwłoczne opuszczenie okolic placu Daszyńskiego, ulicy Damrota,

Kołłątaja i alei Lempickiej. Ogłaszam skażenie gazowe. Mieszkańcom tych ulic zaleca się zamknąć okna i nie wychodzić przez kilka godzin z domu.

Spojrzała w stronę placu. Oczy błyszczały jej z podniecenia, zaczerwienione wargi i rumieńce zdradzały podniecenie. Na szczęście nagrała komunikat nadawany ze śmigłowca i to, co dziadek powiedział, nim zniknął w tłumie. Będzie miała materiał.

Teraz zrozumiała. W listach było ostrzeżenie przed tym, co tutaj się wydarzyło. Zatem jest tak, jak być powinno – pomyślała.

34.

Letka obudziła się z bólem głowy. Przez kilka sekund nic nie widziała. Otaczały ją tylko biel i oślepiające światło. Po kilkunastu sekundach, kiedy oczy powoli przyzwyczajały się do funkcji, jaką znów przyszło im pełnić, zrozumiała.

Ściany odbijały hojnie promienie słońca, dlatego światło tak mocno ją oślepiło. Czuła piasek pod powiekami, choć jednocześnie zdawała sobie sprawę, że nie może go tam być. To efekt uboczny wydarzeń w bunkrze – pomyślała. – Lub efekt leków.

Bunkier natychmiast wrócił jak echo. Zdała sobie sprawę ze źródła bólu towarzyszącego jej przy każdym wdechu i wydechu. Czuła, jakby wlała w siebie jednym ruchem szklankę zbyt gorącej herbaty. Jej drogi oddechowe były poparzone.

– Nie otwieraj ust i nie odpowiadaj. – Lekarz ujął jej rękę. – Możesz dawać znaki ruchami głowy. To, co czujesz, po kilku godzinach ustąpi. Witam z powrotem! – Uśmiechnął się ze zrozumieniem i współczuciem. – Jestem twoim lekarzem – kontynuował. – Jakiś czas będziesz musiała się za mną męczyć.

– Gdzie jestem? – spytała.

Natychmiast pożałowała, że nie wzięła sobie rady lekarza do serca. Poczuła, że ból zwielokrotniał.

– Na razie nic nie mów – spokojnie powtórzył. – Dla własnego dobra. Będzie cię to bolało. Jesteś w szpitalu MSW w Głuchołazach – wyjaśnił.

Zadał jej kilka pytań o to, jak się czuje i czy czegoś potrzebuje. Odpowiadała ruchami głowy. Po chwili wyszedł i znów została sama. Oddech wrócił do normy i przestała się bać. Została z bólem.

Ktoś chciał ich zabić – myślała – ale same pragnienie to na szczęście za mało. Wracała do żywych. Obudziła się z jednego ze swoich koszmarów.

W tej cichej szpitalnej izdebce pozostał jej jeszcze jeden sen, z którego się nie przebudziła. Nie wiedziała, co z Emilem.

35.

Pierwsze, co dotarło do niego, to tępy ból w klatce piersiowej, dopadający go przy każdym wdechu. Widział tylko biel. Oczy z trudem rozpoznawały kształty.

– Jesteś w końcu! – Usłyszał.

Odetchnął, to była Letka. Siedziała w szlafroku przy oknie. Odłożyła książkę i podeszła wolno. Uśmiechała się ciepło. Nieprzyzwyczajone do światła oczy Emila zarejestrowały, że na jej twarzy rysuje się zmęczenie.

– Co się stało? – zapytał i natychmiast poczuł ostry ból.

– Narobiło się, co? Ale nie mów nic. Będzie niepotrzebnie bolało.

Chciał zapytać: „Jak się tutaj znalazłem?", zamiast tego z gardła wydarł się cichy jęk.

– Ciiii – szepnęła, przykładając palec do ust.

Pamiętał, że wszedł do bunkra. Kiedy znaleźli się z ekipą przy przejściu do szkoły, coś chyba wybuchło. Nie pamiętał, co stało się później.

Dziewczyna spojrzała z troską. W spojrzeniu było jeszcze coś. Cieszyła się, że partner obudził się i będzie mogła z nim porozmawiać. Niełatwo jednak powiedzieć w takiej chwili całą prawdę.

– Jesteś bardzo słaby. Na wszystko przyjdzie jeszcze czas.

– Chrzanisz, mała – szepnął, krzywiąc się z bólu.

Nawet w takiej chwili nie mógł się powstrzymać. Nawet teraz nie załamał się – pomyślała.

– Nie martw się. Nic ci nie będzie. Za parę dni nas stąd wypuszczą – odparła.

– Mamy sprawę do załatwienia – odparł mimo widma bólu.

Był twardy jak żeliwny blok. Odlany z jednego kawałka, którego nie można ugryźć. To, co mówił, oznaczało, że nie jest z nim źle. Przynajmniej psychicznie, a to jest bardzo ważne.

– Dobrze, że w ogóle żyjesz.

– Jak to?

– To nie był przypadkowy wybuch. To była pułapka.

– Zielarz podłożył tam bombę?

– Chyba tak.

– Czemu?

– Tego nie wiem. Ale wiem, że ktoś chciał zabić nas, policjantów. Pewnie nie nas konkretnie, chociaż z drugiej strony, kto wie? Ale tak właśnie myślę.

Zakaszlał. Kaszel mógł porównać ze stanem, kiedy ktoś wraz ze skurczem płuc wyszarpywał drucianym hakiem jego oskrzele.

– Bomba była jednocześnie pułapką chemiczną.

Nie kijem, to pałą – pomyślał – po czym zamknął powieki na znak, że rozumie i słucha.

– To dlatego tak cię boli, kiedy kaszlesz. Masz jednak szczęście – dodała, walcząc z myślą, że nie wszyscy mieli tyle szczęścia.

– Mów. Co tam było?

Podniosła wzrok i patrząc w oczy Emila, zastanawiała się, jak zacząć. Przecież i tak wszystkiego kiedyś się dowie – myślała.

– Kiedy znaleźliście przejście, któryś z was uruchomił zapalnik bomby. Wybuch uszkodził magazynowane w bunkrze pojemniki z chlorem. Zaraz po detonacji zaczął się ulatniać. To dlatego tu leżysz. Nie dostałeś żadnym odłamkiem. Fala uderzeniowa tylko lekko cię potłukła.

– A ty? Przecież udzielałaś wywiadu.

– Tak, ale... – zawahała się.

Nie wiedziała, jak to wyjaśnić. Wolałaby nie mówić, że pobiegła tam za nim. Szukała wymówki w myślach. Nie zdążyła jednak.

– Weszłaś po mnie?

Spuściła wzrok. Po chwili pokiwała głową.

– Dziękuję. Masz u mnie dług – dodał.

– Ważniejsze – mówiła dalej – co odkryliście.

– Mów.

– Zbiorowy grób.

Niemal podniósł się z łóżka. Chyba tylko ból powstrzymał go przed poderwaniem się na równe nogi. Nigdy, nawet w najśmielszych hipotezach, nie myślał o tym. Absolutnie nic na to nie wskazywało.

– Dobry Boże!

– Wybuch był tak silny, że rozerwał część ściany. Zdjął też warstwę ziemi z dna i tak przy okazji odkryliście te szczątki.

– Czyje?

– To na razie nieważne. Ale za to ile!

– No?

– Przynajmniej kilkadziesiąt – szepnęła. – Nadal trwa ekshumacja.

– Kilkadziesiąt... A jak długo tu jesteśmy?

– Dziesięć dni. To jeszcze nie wszystko – dodała, patrząc za okno.

Wzięła głęboki wdech. Sprawił jej dotkliwy ból fizyczny, ale też inny, bliżej nieokreślony. Zrozumieć mógł to chyba tylko mężczyzna, z którym rozmawiała.

– Na razie jesteśmy na urlopie zdrowotnym.

– Nie na L4?

– Nie. Wstępnie na trzy miesiące. Zabrali nam też tę sprawę.

– Czemu, do jasnej cholery?

– Sam się dowiesz, jak Boss przyjedzie nas odwiedzić. Wyjaśni nam. Też nic nie wiem – przyznała. – Poza tym bunkier bada teraz IPN.

36.

Siedział na wózku przed oknem, rozmyślając o wydarzeniach z ostatnich dni. Sprawa go przerosła i nie docenił mordercy. Cholerny Boss miał rację, że nie powinni się tam kręcić – pomyślał, kiedy drzwi się otworzyły i Letka weszła wraz z pielęgniarką.
– Komisarzu, dlaczego zamiast leżeć, całymi dniami siedzi pan i gapi się w okno? – piguła zrugała go natychmiast.
– Leżał będę w trumnie – odburknął. – I co, jak ci dzisiaj? – szepnął do Letki.
– Dziękuję, dobrze.
Też czuł się coraz lepiej. Ból szybko ustępował. Ciało nabierało sił.
– To świetnie.
Kiedy tylko piguła wyszła, ujął Letkę za rękę. Będzie mógł podzielić się z nią tym, co według niego stało się w bunkrze i czego dziewczyna wiedzieć nie mogła. Nie miał najmniejszych wątpliwości, że będzie ją to teraz bardzo interesowało.
– I co teraz? – zapytała.
– Nic... Musimy tu zostać.
– Ile?
– Piguła mówiła, że do dwóch tygodni.
Dziewczyna spochmurniała. Jej oczy przybrały ciemniejszy odcień. Odrzuciła włosy i spojrzała w okno. Wtedy znów słońce rozjaśniło jej spojrzenie.
– Do dwóch tygodni, tak?
– Tak.
– Nie mamy tyle czasu.
– Nie rozumiem – odparł faktycznie zdziwiony. – Ej, malutka, co kombinujesz?
– No jak co? – natychmiast się oburzyła. – Przecież musimy dokończyć sprawę. Tutaj będziemy dokańczać? – marudziła.
– Myślę – zaczął ostrożnie – że wiem, dlaczego do tego doszło.
– Ale co?
– No bunkier.
– No co ty! – ucieszyła się. – Co niby wiesz? Mów!
– To nie był przypadek.
– Aleś wypalił – prychnęła zawiedziona. – Przecież to jasne jak słońce, że ktoś to zaplanował.

– Tak, tak. Chcę powiedzieć, że odkrycie szczątków nie było przypadkowe.

Dziewczyna umilkła. Rzeczywiście mogło tak być. Był to głębszy wymiar sprawy. Jakby drugie dno tych morderstw.

– On nam chce coś powiedzieć – wyjaśniał dalej.
– Ale co?
– Nie wiem jeszcze. Może to, gdzie następnym razem uderzy albo dlaczego morduje?
– Nie przestanie, prawda?
– Nie przestanie. Tak jak przewidywaliśmy.
– Przewidywałeś.
– To seryjny morderca. Wkrótce znów uderzy, a my nie wiemy gdzie.
– I dlaczego...
– Tak – przyznał. – Masz rację.
– Ale to i tak już nie nasza rzecz.

Nie miała jednak racji.

37.

Bossakowski pojechał do Głuchołaz niechętnie. Musiał robić dobrą minę do złej gry. W wywiadzie dla radia O'Key oświadczył, że sprawdzi, jak czują się jego pracownicy. Sprawi wrażenie troskliwego szefa, a przy tym policjanta z ludzką twarzą. To z pewnością zaprocentuje przy wyborach.

– Żeby kózka nie skakała... i tak dalej – przywitał żartem.
– Witam, szefie.
– Cześć. Jak się czujesz? – W pytanie starał się włożyć współczucie i troskę.

Akurat cię to obchodzi, stary cwaniaku – pomyślał Emil.

– Dziękuję, coraz lepiej.
– A ty? – zwrócił się do Letki.
– Chciałabym już wyjść.
– To może być trudne – odparł Boss. – Lekarze mówią, że jeszcze będziecie musieli tu trochę pobyć, moje dzieci.

„Moje dzieci" – pomyślał policjant, patrząc na starającą się właśnie ukryć rozbawienie Letkę. Czyżby komendant przeżył szok osobowościowy, że nazywa swoich podwładnych własnymi dziećmi? Stary drań coś kombinuje – Emil nie miał najmniejszych wątpliwości.

– Też tak myślałem. Ale do rzeczy, szefie – zaczął. – Co tam słychać w naszym bunkrze?

— Niedobrze — komendant odparł nerwowo. — Mówiłem ci, żebyś się trzymał od niego z daleka, i masz ci los. Miałem przeczucie — rzekł do milczącej Letki.

„Przeczucie..." — Emil powtórzył w myślach. — Z pewnością, stary draniu. Lepiej przyznaj się, co kombinujesz.

— Panie komisarzu, podobno odsunięto nas od sprawy? — Letka przygwoździła starego wzrokiem.

— Niestety.

— Jak to „niestety"?

— To nie moja decyzja.

— Warszawka?

— Warszawka. Ale słuchajcie. Mam dla was coś specjalnego.

Emil musiał być jak najszybciej na chodzie. Komendant czuł, że pojebaniec od kopert narobi więcej gnoju.

— Mam propozycję.

Letka spojrzała na Emila. Nie dając po sobie poznać, że są zarówno tak samo ciekawi, jak i nieufni, pozwolili komendantowi mówić.

— Zamieniamy się w słuch — rzuciła.

— Najpierw musicie wydobrzeć. Potem chcę, żebyście się zajęli sprawą dalej. Oczywiście nieoficjalnie — dodał szybko. Warszawka wprowadza teraz własnych ludzi. Znaleźli zbiorowy grób w bunkrze. Ludzie z komendy głównej już wkroczyli i prawdę mówiąc — rzekł, drapiąc się z zakłopotaniem w kark — dobierają się mi do dupy. Czuję, że chcą odstawić mnie na boczny tor i to znacznie szybciej, niż przypuszczałem. Pamiętasz, o czym rozmawialiśmy, prawda? — zadał pytanie, patrząc w oczy policjanta.

— Owszem.

— Uważam, że jesteście najbliżej. Macie moje błogosławieństwo w rozwiązywaniu tej sprawy.

— Ale na razie dupa — rzucił Emil zachmurzony.

— Czemu? — zdziwił się Boss.

— Jesteśmy w szpitalu.

— Na razie. Ale wyjdziecie i będziecie mogli działać w terenie.

— Jako cywile?

— To się okaże. Na razie mam inny plan.

— To znaczy?

— Stąd możecie nadal działać. Oczywiście nie tak samo, ale jednak. Wszyscy z twojej ekipy są dalej na zawołanie. Dostaniesz służbową komórkę. Ty także — zwrócił się do Letki. — Wieczorem przywiozą wam wszystkie akta. Jak będziecie gdzieś dzwonić, jesteście z policji. W razie czego i tak wyśle się kogoś z ekipy z odznaką. Wolałbym, aby jednak tego uniknąć. Rozumiecie, nie chcę Warszawki rozzłościć. To co, zgadzacie się?

Emil spojrzał na dziewczynę. Pokiwała głową bez wahania.

– Jasne – odparł.

– Doskonale. Aha, zapomniałbym o najważniejszym. Zgłosiła się ta dziennikarka z radia O'Key. Twierdzi, że morderca się z nią kontaktuje. Co ciekawe, nie chce rozmawiać z nikim innym oprócz ciebie. Obiecałem, że jeżeli się zgodzisz, zadzwoni do ciebie. Ma twój prywatny numer telefonu. Nie mam pojęcia skąd.

– Mówił pan przecież, że z daleka od mediów?

– Już się nie da. Teraz trzeba z nimi współpracować – przyznał zakłopotany. – Oczywiście rozsądnie.

– Jasne.

– No to tyle. Działajcie. A... I pamiętaj, o czym ci mówiłem!

– Tak, pamiętam.

– To dobrze. Ty też skorzystasz – rzucił do Letki – jeśli capniemy pojebusa przed Warszawką. Muszę o wszystkim wiedzieć pierwszy, żeby w razie czego obronić waszą dupę.

Napotkał podniesione brwi Letki.

– Za przeproszeniem oczywiście – poprawił się. – Wracajcie do zdrowia. I – wycelował w pierś Emila palcem – raport przez telefon, jasne?

– Szefie?

– No?

– Jak się nazywa ta dziennikarka?

– Małgorzata Krawiec. A co?

– Nic, pytam z ciekawości.

Po wyjściu komendanta Emil spojrzał na Letkę wymownie.

– I co powiesz? – spytał.

– Stary, obleśny cwaniak coś knuje.

– Ale przynajmniej mamy co robić. Nie będziemy się nudzić.

– Ciekawe, co on kombinuje...

– Wiesz – zamyślił się Emil – mam dziwne wrażenie, że niedługo się tego dowiemy.

Przeczucie podpowiadało policjantowi, że wkrótce dowie się czegoś, co zmieni obrót sprawy. Gdyby tylko wiedział, że znów będzie bolało.

38.

Skończywszy słuchać, położyła się na kanapie. Wystukała numer na klawiaturze telefonu. Cierpliwie wysłuchała kilku sygnałów. Ułamek sekundy przed tym, jak miała zrezygnować, usłyszała wyraźny głos:

– Stompor, słucham.
– Dzień dobry.
– Witam. W czym mogę pomóc?
– Nazywam się Małgorzata Krawiec. Jestem dziennikarką radia O'Key – zaczęła. – Miałam się skontaktować z panem.
– Tak, tak... Pamiętam panią – mruknął. – A z czyjego polecenia miała się pani ze mną skontaktować?
– Nie rozumiem – odparła zaskoczona. – Pan mnie zna?
– To za dużo powiedziane. Skąd ma pani telefon do mnie?
– Rozmawiałam w tej sprawie z komendantem Bossakowskim.
– I on dał pani telefon do mnie?
– Nie, miałam już wcześniej – przyznała zakłopotana.
Inaczej wyobrażała sobie tę pierwszą rozmowę.
– A skąd, jeśli można wiedzieć?
– Dał mi ją kiedyś jakiś mężczyzna. Nie wiem, jak się nazywa. Chciałam skontaktować się z panem już wcześniej.
– Wiem, ale to nieistotne.
– Jak to?
– Pamięta pani mężczyznę, który dał pani wizytówkę?
– Nie bardzo.
– Nie?
– Niedokładnie – sprostowała. – Może poza tym, że palił camele – odparła.
Emil, usłyszawszy to, upewnił się, że go nie zapamiętała. Wiedział też, że nie kłamie. Przynajmniej teraz. To dobrze. Może z nią rozmawiać dalej.
– Ten mężczyzna, który podał pani wizytówkę, to ja – ciągnął.
– A więc oszukał mnie pan?
– Nazwałbym to inaczej.
– Rozumiem – rzuciła z przekąsem. – Działaniem operacyjnym?
– Coś w tym rodzaju. Co chce mi pani powiedzieć?
Wzięła głęboki oddech. Zamierzała rozpocząć rozmowę, wyjaśniając, że chciałaby dowiedzieć się coś o sprawach, które prowadził. Uważała, że morderczynią jest kobieta.
– Zadaje pan dużo pytań – rzuciła.
– Taka praca. Z pewnością pani to rozumie...
– Owszem, rozumiem.
– Doskonale. To ułatwi nam sprawę. Czekałem, aż pani zadzwoni, ale sądziłem, że stanie się to szybciej. Kiedy mnie pani odwiedzi?
– Przed chwilą dowiedziałam się, że przy pierwszej wizycie spławił mnie pan, a teraz taka nagła odmiana. Mogę wiedzieć, z czego ona wynika?

– Pani też zadaje pytania.
– Taka praca. Z pewnością pan to rozumie...
– Ha, ha – zaśmiał się głośno. – Słyszałem, że ma pani informację o tych wypadkach. Chętnie porozmawiam o tym. Więc kiedy?
– Ja również chętnie porozmawiam z panem, ale...
– Ale?
– Zanim zaczniemy odpowiadać na pytania, proszę obiecać, że opowiemy najpierw, co wiemy.
Jej słowa zabrzmiały jak stawianie warunków. Emil zastanowił się chwilę. Była dobrym graczem – pomyślał.
– To będzie z korzyścią dla pana i dla mnie – dodała za ciosem.
– Dlaczego pani chce to zrobić?
– W informacjach, którymi dysponuję, są pewne luki. Mam nadzieję, że z pana pomocą je wypełnię. Wtedy będę mogła podać słuchaczom rzetelne informacje. Natomiast pan, dzięki informacjom, które posiadam, być może szybciej, jak wy to mówicie, ujmie tego mordercę.
– Rozumiem.
– Cieszę się. Można powiedzieć, że gramy w tej samej drużynie.
– Nawet nie wie pani, ile w tym prawdy.
– Tak? A dlaczego?
– Proszę sobie wyobrazić, że jestem w szpitalu na urlopie zdrowotnym. Już nie prowadzę tej sprawy – zamilkł i czekał.
– Wiem o tym – odparła po dłuższej chwili. Jej głos zabrzmiał twardo. – Komendant mnie ostrzegł. Chce, aby mnie pan potraktował jak jeszcze jednego członka swojej ekipy. Po wszystkim zrobię doskonały reportaż.
– A co pani, za przeproszeniem, wie?
– Kto zamordował tych ludzi i podłożył ładunek.
– Jaki ładunek?
– W bunkrze.
– Bardzo dobrze. Poda pani jego nazwisko?
– Proszę nie żartować.
– Dlaczego? Cóż innego pozostało? Nie prowadzę, jak wspomniałem, tej sprawy.
Starał się ją wybadać. Nie wiedział, jaki związek ma z komendantem i ile stary cwaniak jej powiedział. Nie ufał Bossakowskiemu, dlaczegóż zatem miałby ufać jakiejś dziennikarce, która już wcześniej węszyła za nim, a teraz podesłał ją sam stary?
– Ale prowadził ją pan?
– I co z tego?

– Więc wie pan o niej najwięcej. To pan ma potencjalnie największe szanse na jej rozwiązanie.

– Potencjalnie miałem wyglądać jak Til Schweiger. I miałem zostać aktorem, tymczasem jestem gliną.

– Z tego, co słyszę – rzuciła – nawet niezależnie od tego, jak pan wygląda, podoba mi się pan. Widzę, że nie chce mi pan zaufać.

– To naturalne. Jest pani kobietą – dodał w żartobliwym tonie.

– Morderca się ze mną kontaktuje.

– A może pani jaśniej?

– Wysyła do mnie nagrania na CD.

Ta informacja zelektryzowała Emila. Więc jednak dziennikarka nie blefowała i miała coś, chyba że wiedziała też o nagraniu przesłanym do fabryki. Szybko postanowił ostatecznie to sprawdzić.

– Proszę mówić dalej. To bardzo ciekawe.

– Morderca każe informować w radio o przebiegu całej sprawy. Grozi w listach i co jakiś czas je przysyła. Wszystko wskazuje na to, że dalej będzie zabijać policjantów.

– Mówiła pani, że wysyła płyty CD. A grozi w listach?

– Listy mają formę nagrań. Nie wierzy mi pan?

– Skąd pani wie, że będzie zabijać policjantów? I co to znaczy, że „wszystko na to wskazuje"?

– Wiem o tym z nagrań czy, jak pan woli, z listów, skoro czepiamy się szczegółów.

– Proszę się nie złościć. Jestem gliną. Nie wierzyć to mój fach.

– Podobnie jak zadawać pytania.

– Owszem. Ale to bardzo interesujące, co pani mówi. A więc morderca przysyła koperty z nagraniami?

– Tak jak mówiłam.

– Ile ich było?

– Trzy.

– Co jest tam nagrane?

– Wyjaśnienia, co zrobi, kim jest, a także dlaczego będzie zabijał policjantów.

– Policjantów?

– Tak, w ostatnim liście to podkreśla.

Emila zastanowiły jej słowa. Poczuł nagle dziwną, choć niepełną analogię. Brakowało jeszcze tylko jednego ruchu, jednej wskazówki, jednego drogowskazu.

– Głos jest zmutowany?

– Komputerowo zmodyfikowany, by nie można było go rozpoznać.

– Mogłaby pani przywieźć te płyty do Głuchołaz?

– Ma pan rację. Lepiej, jak sam pan tego wysłucha i porozmawiamy w cztery oczy.
– W sześć?
– Jak to w sześć?
– Pracuję z partnerem, w dwójkę. Więc czekamy tutaj razem na panią.

Policjant poczuł, że znów coś się dzieje. Czuł, że dziennikarka ma naprawdę coś. Nie mógł doczekać się tych nagrań. Tymczasem Letka siedziała jak na szpilkach w oczekiwaniu na relację z rozmowy. Najwyraźniej potrzebowała, jak ryba wyjęta z akwarium wody, czegoś nowego. Ta kobieta była tego obietnicą.

39.

Melisa mieszkała nieco na uboczu. Dalej były już tylko tory kolejowe, a za nimi Odra i działki. Była to spokojna okolica.

Budynek miał trzy piętra i poddasze, niewielkie okna, grube, tłumiące hałasy ceglane mury i pokrywał go spadzisty dach. Na lokum Melisy składała się połowa ostatniego piętra. Druga pozostawała niezamieszkana, jako że ostatnia kondygnacja była adaptacją poddasza do celów mieszkalnych.

Mieszkanie składało się z dwóch poziomów. Na dolnym znajdowało się wejście, korytarz dzielący pokład na niemal symetryczne połowy. Była tu kuchnia, łazienka, sypialnia i pokój dzienny. Tutaj znajdowały się też skrzypiące schody z sosnowego drewna.

Weszła na górę. Był to naprawdę spory pokój ze skośnymi ścianami. Pojedyncze, dużych rozmiarów okno zakrywała czarna tkanina. To pozostałość po poprzednim właścicielu mieszkania, fotografiku.

Gdyby mieszkańcy tego domu zdawaliby sobie sprawę, co Melisa przygotowuje u siebie, z pewnością wpadliby w popłoch. Nikt przecież nie przypuszczał, że mieszkają z seryjnym mordercą pod jednym dachem. Jednak strach, obawa, lęk były dla niej obcymi uczuciami. Jak nieznajomy na przejściu dla pieszych, do którego przyzwyczajamy się po pewnym czasie w drodze do pracy.

Wyzbyła się uczuć, trosk czy stresów. Jedyne, co czuła, to chęć zrealizowania planu, ból i chęć zemsty. Jeśli pojawiał się kłopot, był tylko przeszkodą, którą trzeba pokonać.

Lata spędzone w zakładzie dla obłąkanych pozwoliły jej przeczytać wiele książek. To do nich uciekła przed ludźmi, przed tym wszystkim, co jej zrobili. Nie mogli jej zabronić czytania, a biografia Alfreda Nobla, książki chemiczne, zainteresowanie rtęcią, sodem i węglem nie mogło dziwić żadnego z lekarzy, pielęgniarzy czy choćby dawnego nauczyciela biologii. Tym bardziej zainteresowania chorej psychicznie. Dla nich przecież była chora.

Centralne miejsce zajmował stół, do którego przykręcono imadełko i palnik na gaz z butli. Wokół zgromadziła zapasy spirytusu spożywczego niczym alkoholik przerażony wizją braku dostępu do używki. Mieszała teraz kwas azotowy i propanotriol w przystosowanym pojemniku. Czuwała, by utrzymać stałą temperaturę.

Wcześniej wyodrębniła potrzebne składniki. Zabrało jej to kilka miesięcy i nie było łatwe. Ale wiedzę miała sporą. Najtrudniej uzyskać odpowiednio stężony kwas azotowy. Teraz mogła mieć już triazotan glicerolu.

Składniki powoli uzyskiwały postać gęstej, oleistej, bezbarwnej cieczy, choć o lekko żółtawym odcieniu, która zaczynała bardzo słabo, ale charakterystycznie pachnieć. Obok na stole czekały gąbki kąpielowe w kształcie żółtej kaczuszki, Tygryska i Misia Puchatka z książeczek Milne'a. Kiedy tylko reakcja ustanie i nitrogliceryna będzie gotowa, zżeluje ją i nasączy gąbki – myślała. Tym razem nie będzie uciszała reakcji solą. To nie bunkier. Nie potrzebuje też zapalnika z kwasem siarkowym.

Ale jutro zabawki zamienią się w silną bombę. Zabawka, która wybucha jak sześć ruskich granatów. Ładunek zdolny do unieruchomienia czołgu albo wykolejenia pociągu – pomyślała z satysfakcją, odkrywając w uśmiechu białe zęby.

Kończąc, wyczerpana napięciem i pracą fizyczną, zgasiła światło i ruszyła na dolny poziom, aby się umyć. W ciemności ruszyła ku schodom. Zaskrzypiały lekko jak zawsze. Była zmęczona. Miała bardzo, bardzo intensywny dzień.

Wyjazd zmęczył ją najbardziej. Myślała już tylko o śnie. Tymczasem przeciągłe zawodzenie wiatru uruchomiło zamknięte w jej umyśle drzwi. Nagle usłyszała cichutki śpiew. Dreszcz przebiegł jej po plecach. Czuła, jak się zbliża. Stał się wyraźniejszy. Dochodził gdzieś z dołu, z korytarza pod nią. Ktoś śpiewa na dole – biegną jej myśli. Słyszy wyraźnie. To nie jest zwykły głos. Zna go.

Dziewczynka w sukience i czerwonych rajstopkach śpiewa, spoglądając niebieskimi oczami. Nagle przerywa, wstaje i obraca się, podskakując wesoło. Wtedy Melisa widzi, jak w głowie dziecka zieje krwawa wyrwa. To ty – myślała, zamykając powieki. – Poznałam cię.

Z gardła Melisy wyrywa się przeciągły krzyk, potem już tylko szloch. Wszystko wiruje i kobieta czuje się słabo. Po chwili podpiera się o ścianę i zsuwa po niej. Bezwładnie układa się na wykładzinie. Skulona cicho szlocha w ciemnościach. Nikt jej nie słyszy. Zarzucający śniegiem wiatr zagłusza wszystko, oprócz jej bólu.

40.

Jakub bardzo się wciągnął. Kiedy to zrozumieliśmy, było za późno. Zawierzył sobie, własnym ideałom i Polsce na tyle, że zapomniał, jakie to niebezpieczne. Raz w tygodniu słuchałam go w radiu. Razem drukowaliśmy bibułę. Kurier Dolnośląski, KOS, Solidarność Walcząca albo Volta były obecne w naszym życiu codziennie. Byliśmy młodzi. Planowaliśmy ślub i spokojne życie w Nowej Polsce.

Jednak jeśli chcesz rozśmieszyć Boga, opowiedz mu o swoich planach.

– Jest pani w ciąży. – Usłyszałam pewnego dnia od lekarza.

Na pozór nie miało to związku z Solidarnością. Ale ze mną i z Jakubem. Ta informacja mnie sparaliżowała. Był 9 listopada 1987 roku. Nie obchodziło mnie, że wiał wiatr odnowy. Poszłam na badania, bo brakowało nam pieniędzy. Musiałam je zrobić, by zacząć pracować. Czułam się dobrze i znałam swoje ciało. Nie mogłam być w ciąży. Nie wierzyłam. Zaprzeczałam.

– To niemożliwe!

– Ależ jak najbardziej, proszę pani, możliwe – odparł lekarz.

Po chwili spojrzał spod drucianych oprawek.

– Nie jest pani dziewicą. Współżyła pani, a płód ma trzy tygodnie.

– Ale...

– Dobrze. Skoro kwestionuje pani moją diagnozę, zrobimy wywiad.

– Ale, panie doktorze...

– Współżyje pani?

– Ale...

– Proszę odpowiadać. – W jego tonie nie było miejsca na sprzeciw. – Tak czy nie?

– Tak.

– Jaką metodę antykoncepcyjną pani stosuje?

– Kalendarzyk.

– Dlaczego akurat tę?

– Narzeczony jest mocno wierzący.

– O, to doskonale się składa.

– Niby dlaczego?

– Bo episkopatowi przybędzie na wakacjach jeszcze jeden wierny. Ucieszą się z nowej duszyczki.

– Ale tak bardzo uważaliśmy. Zawsze...

– Oprócz tego zapewne stosowaliście państwo dodatkowo stosunek przerywany? – W głosie lekarza było więcej tonu twierdzącego niż pytającego. – Czy tak? To chciała pani powiedzieć?

– Uhm – przytaknęłam.

– Rozumiem – przyznał ze smutkiem. – Widzę, że jest pani wykształconą osobą. Tym bardziej się dziwię. Powinna pani wiedzieć, że z tej metody, zalecanej zresztą przez Kościół, mamy mniej więcej połowę Polaków.

Rozpłakałam się. Lekarz drwił, a dla mnie to była tragedia. Kochałam Jakuba tak mocno, ale nie mieliśmy mieszkania. Ledwo dostałam dyplom, szukałam pracy, bo nie chciałam żyć z jego akademickiej pensji.

Byłam w ciąży i wiedziałam, że dla niego liczy się tylko Solidarność Walcząca i Federacja Młodzieży Walczącej. Na dodatek przez tę opozycję bardzo się oddaliliśmy. Kłóciliśmy się. Wiecznie nie było go w domu. Znikał i nie wiedziałam, co robi. Bałam się. Tłumaczył, że lepiej, abym nie wiedziała, gdzie jest. A ja się po prostu martwiłam.

Po powrocie do domu zastałam go przy oknie. Był wściekły i zrozpaczony. Zupełnie tak samo jak ja. Spojrzał na mnie krótko, po czym natychmiast odwrócił wzrok.

– Widzę, że już wiesz?

Było to bardziej stwierdzenie niż pytanie.

– O czym ty mówisz?

Ruszył w głąb mieszkania. Chodził jak tygrys w klatce. Powietrze wypełniała gęsta mgła dymu. Pomyślałam, że to bardzo niedobrze dla dziecka. Tymczasem jemu ręce drżały, był blady i przestraszony.

– Więc jeszcze nic nie wiesz? Na mieście już o tym głośno.

– Na mieście... – zniecierpliwiłam się.

A co z naszym domem, nami i dzieckiem – dopadło mnie.

– Ubecja go aresztowała.

– Kogo?

Zatrzymał się, słysząc moje pytanie. Przez jedną chwilę miałam wrażenie, że dostrzegł naszą prywatną tragedię. Daleką od Frasyniuka, Morawieckiego, Piniora, Kołodzieja i innych. Ale myliłam się.

– Kornela.

– Jezu...

– Nie bluźnij.

Aresztowanie znajomego opozycjonisty mogło oznaczać tylko jedno. Najpierw zmuszą go do mówienia, potem zapukają do ich drzwi.

– Jak to się stało?

– Normalnie – odparł. – Umówiłem się z nim przed uniwersytetem. Poszliśmy na Zielińskiego, wiesz, do Hanki. Byłaś tam kiedyś ze mną.

– Tak, wiem.

Poczułam, jak usta drżą mi z emocji, a do oczu napływają łzy. Stał odwrócony plecami, jakby nie było mnie tutaj.

– *Kiedy minęliśmy plac Solny* – *mówił cicho, patrząc za okno* – *coś mnie tknęło. Było tam trochę studentów z plecakami, z bibułą oczywiście. Ale, wiadomo, mieli ogony. „Kornel, kurczę, coś się święci, nie idź – mówię". „Przestań – odparł. – Nie panikuj". Nie posłuchał. Ja zawróciłem. Chwilę później już jechali po niego. Schowałem się w bramie. Widziałem, jak go wyprowadzali. Przewieźli od razu gdzieś śmigłowcem. Pewnie na Rakowiecką.*

Słuchałam i patrzyłam, a w serce wlewał się ból. Jakub zupełnie nie nadawał się do polityki. Był uczciwy, szczery i głosił rzeczy niepopularne. Był typem romantycznego buntownika z rozczochraną czupryną, palącego papierosa nad szklanką czystej. Bardziej nadawał się do odwrotnego trzymania gitary.

Żyliśmy w czasach, których nie wybieraliśmy. To one wybrały nas. Pamiętam, jak drukowaliśmy kiedyś gazetki, a potem na jednym z tych tajnych spotkań patrzyłam na niego i widziałam kogoś, kto ma cel. Widziałam go całego z wypiekami na twarzy. Człowieka, który twierdził, że nie wolno nam patrzeć biernie na bieg historii.

– Nam, mądrym – *mówił* – *nie wolno się trzymać z daleka.*

Jako twardy zwolennik wystąpienia na ulice, demonstracji i jawnych protestów był w błędzie. W Solidarności nie każdy tak myślał. Pozostali twierdzili, że kroplą drążącą skałę, właściwą bronią na beton powinny być strajki.

– Nie wierzę w obalenie komunizmu przez powstanie narodowe – *Frasyniuk powiedział wprost.* – *Już raz, w 1981 roku, przeliczyliśmy się co do magicznej siły dziesięciomilionowego związku. Negocjacje z władzą muszą odbywać się etapami. Musimy stawiać możliwe do zrealizowania zadania. Mylisz się, Jakubie, myśląc inaczej.*

– Byliśmy oszukiwani przez 38 lat – *Jakub odpowiadał.* – *Nie wierzymy w reformowalność systemu. Chcemy go zmienić i władzę pozbawić władzy. Tylko to się liczy.*

– W porządku, rozumiem. – *Usłyszał.* – *Ale jak chcesz to zrobić? Tymi swoimi gazetkami?*

– Komunizm się rozpadnie – *zawyrokował.* – *Zobaczysz. Najpierw wojska radzieckie się wyprowadzą. Potem doprowadzimy do wyborów samorządowych, a zaraz po nich – parlamentarnych. Może dzięki moim gazetkom komuniści stracą władzę. Zaprowadzimy nowy ustrój, solidaryzm. Nie będziemy władzy przejmować, ale oddamy ją ludziom. Nowy ustrój będzie zawierał element zbiorowego uczestnictwa w życiu i odpowiedzialności. Będziemy mieć wolny rynek. Jeśli tego nie zrobimy i podzielimy się z komunistami władzą, zapanuje bardziej krwiożerczy kapitalizm, niż jest teraz na Zachodzie.*

To dlatego doszło do rozłamu. Był doktorem, inteligentnym człowiekiem, nie robotnikiem w stoczni, kopalni czy hucie. Nie miał poparcia poza uniwersytetami i środowiskiem wykształconych. Zepchnięto jego i jemu podobnych na boczny tor. Poniekąd sam nie chciał jechać z nimi wszystkimi na jednym wózku. Odłączył się więc od Solidarności, stworzył własną. Potem, po okresie uśpienia, przewidując bardziej radykalną działalność, dodał do niej „Walcząca". Wtedy narodziła się też kotwica Polski Walczącej, połączona z literą „S" jak Solidarność. To jeszcze mocniej poróżniło podziemie.

Liberałowie obawiali się, że skrzydło Jakuba spowoduje, że Solidarność będzie postrzegana jako organizacja terrorystyczna, bojówkarska. I jeśli tak spojrzy się na to, stracą zagraniczne poparcie i pieniądze.

Mimo krytyki opozycjonistów Jakub robił swoje. Trwała nasza walka na propagandę, na sabotaż polityczny. Wydawał, powielał, kolportował i głosił. Zbudował siatkę kilkuset osób we Wrocławiu i kilku tysięcy w największych miastach Polski.

Uważał, że Kościół jest nastawiony do komunistów zbyt ugodowo. Czarę goryczy przelało spotkanie prymasa z Jaruzelskim przed wizytą Ojca Świętego. Stracił wiarę w Kościół i się odsunął. Uważał, że negocjacje z komunistami są niepotrzebne. Ale rozmowy zostały przez episkopat podjęte i przez owe pertraktacje pielgrzymka papieża okazała się narzędziem szantażu. Zagrozili, że albo społeczeństwo będzie siedziało cicho, albo papież Polski nie odwiedzi.

Nie powiedziałam więc tego dnia o dziecku. Miał dosyć zmartwień. Zastanawialiśmy się, co dalej.

– Konrada, nawet jeśli nie chce, a wiem, że tak jest, złamią – mówił. W Warszawie już to potrafią. Może jeszcze nie dziś, może za kilka tygodni, ale go złamią.

– Mieszkanie jest już spalone – wyszeptałam.

Mieliśmy u siebie bibułę. W razie rewizji to oznaczało najgorsze.

– Pracy zostawić na razie nie mogę – kombinował. – Zresztą tam nic mi nie grozi.

W zaledwie krótką chwilę po tym usłyszeliśmy walenie w drzwi.

– Taki przywódca, a nie masz nawet nagana? – pytaniem przywitał się esbek.

– Jak mnie powiesicie – wycedził przez zęby – następny będzie miał uzi.

Pamiętam dokładnie tę chwilę. Jakby to wszystko zdarzyło się wczoraj, a nie 20 lat temu. Zapamiętałam twarz tego esbeka. Dokładnie wyryła mi się w pamięci. Tak samo jak ostatnie słowa Jakuba.

– Pożałujecie kiedyś tego. Jeśli nie zemszczę się sam, zrobią to inni.
– Dobra, dobra. Nie bądź taki gieroj – uciął esbek. *– Ty jeszcze dzisiaj pożałujesz, że się urodziłeś* – syknął i uderzył Jakuba w twarz.
Kiedy się wyprostował, nasze spojrzenia się spotkały. Widziałam w nich miłość. Widziałam, że mnie kocha, mimo tego, co między nami nie pasowało. Starłam krew z jego brwi i zapamiętałam ten wyraz twarzy. Zacięty, dumny, w pewnym sensie nawet szczęśliwy. Wtedy widziałam go po raz ostatni. Nigdy nie dowiedział się o dziecku.

Wysłuchawszy nagrania do końca, Emil spojrzał na Letkę wymownie. Ta zaś, widocznie zdziwiona, skomentowała:
– No to się narobiło, co?

41.

Szybko i bez drżenia rąk ustawiła drutem kolejno cztery zapadki w odpowiednich pozycjach i weszła do jego mieszkania. Znów okazało się, że lata spędzone w Szpitalu dla Nerwowo i Psychicznie Chorych w Branicach nauczyły ją więcej, niż bycia jeszcze jedną wariatką.

Mieszkanie składało się z obszernego pokoju z dużym oknem na południe, ślepej kuchni oddzielonej od reszty tylko barem, korytarza i łazienki. W ciasnym przedpokoju nad drzwiami zawieszono drewnianą szafkę. Idealnie pasowała do planu kobiety.

Rozejrzała się uważnie. Nie była zaskoczona. Wiele godzin obserwowała mieszkanie przez lornetkę. Wykonała też wiele zdjęć przez teleobiektyw, a potem myślała godzinami. Obmyślała plan, wpatrzona w ścianę oklejoną fotografiami.

Zaskoczeniem był zapach, podłoga oraz łazienka. Mieszkanie pachniało świecami i kadzidłami. Pomiędzy zasłonami falował też ledwie wyczuwalny zapach drogich perfum. Bossakowski korzystał z tego lokum dwie albo trzy noce w miesiącu. Rzadko bywał tu w dzień, chociaż i tak się zdarzało.

Oswoiwszy się z wnętrzem, ze zdziwieniem odkryła, że serce nie zabiło jej szybciej ani przez chwilę. Nie zapalając światła, podstawiła krzesło pod ścienną lampę w korytarzu. Ostrożnie zdjęła klosz. Wykręciła żarówkę i w jej miejsce wkręciła inną, przygotowaną wcześniej, a klosz schowała w szafie.

Dokładnie to samo zrobiła z oświetleniem naprzeciwko. Otworzyła drzwi z balkonu na oścież, nie pozwalając, by się zamknęły, a listki żaluzji pogrążyły wnętrze w półmroku. Teraz Melisa mogła się zająć półtoralitrowymi butelkami mikstury z mydła glinowego, spirytusu i oleju silnikowego.

Nie mogła wszystkiego wnieść za jednym zamachem. Butelki były zbyt ciężkie. Mogła też zwrócić czyjąś uwagę. Ostrożnie wyszła i zjechała windą. Z bagażnika wyjęła ciężkie torby i wróciła. Potem musiała zjechać jeszcze raz. Wkrótce wchodzący do mieszkania po dwóch, trzech krokach zwracał się twarzą do dwudziestu litrów napalmowej mieszaniny na wysokości pasa, a nad głową w szafce czekało na wybuch siedem półtoralitrowych butelek. Na wysokości kolan pozostawiła następne dziesięć litrów diabelnie łatwopalnej, półpłynnej mieszaniny.

Pozostało tylko jeszcze wykończenie śmiertelnej pułapki. W przedpokoju w miejsce żarówki wkręciła kontakt montażowy. Z niego wyprowadziła przewody z prądem przy ścianie na podłodze, kierując je do pokoju za ustawione w czwórkę butelki, i podłączyła do samodzielnie wykonanego detonatora.

Ktokolwiek tu wejdzie, dzięki żaluzjom zastanie ciemność, więc instynktownie sięgnie po włącznik światła, który da impuls elektryczny. Ułamek sekundy później detonator spowoduje wybuch i rozpęta się piekło. Wychodząc, wetknęła w drzwi cienką kopertę.

Kilka dni potem leśniczy z Turawy zgłosił włamanie i kradzież sztucera z amunicją.

42.

Nie potrafiła uwolnić się od wspomnień. Miała nadzieję, że zrobi porządek z przeszłością. Zdawała sobie sprawę, że przeistoczenie nie będzie mogło być ukończone, jeśli nie wypełni zadania. Ckliwy, ale i stanowczy głos szeptał jej w głowie.

– Tak bardzo brakuje nut, które nas tworzyły. Poczułam, jak się jeży w dźwięku minut zło. Tak tęsknię za kroplami deszczu, które nas obmywały. Tak strasznie brak mi ciebie. Każdej sekundy, każdej minuty i godziny, kiedy byłeś ze mną. Tak bardzo brakuje mi naszych chwil, że każdego dnia umieram z tęsknoty za tobą.

Łzy płynęły po jej twarzy. Mel płakała niczym święta figura Matki Boskiej z Belo Quinto. Jej łzy nie były ani krwawe, ani słone, a nawet nie słodkie jak ludzka krew. Były to stygmaty jej zemsty. Upajała się bólem. Płakała w samotności, bo tylko płacząc samotnie, można mieć z tego radość. Na twarzy rysował się niemal niedostrzegalny uśmiech, a mokre oczy ktoś odlał z lodu.

Miała broń, celownik optyczny przystosowany do strzelania w nocy z sześciokrotnym powiększeniem. Trafiła na egzemplarz wykonany nie – jak większość broni – seryjnie, ale przez rusznikarza, artystę w swym fachu, wirtuoza luf, zamków i rygli. Zastosował zamiast standardowej długości 62 cm przedłużoną do ponad 72 cm lufę. To pozwoliło zwiększyć prędkość początkową pocisku z 833 m/s do 1050 m/s. Tym samym pocisk był celniejszy, a trajektoria lotu bardziej spłaszczona.

Broń mogła być oczywiście składana. Maksymalną długość stanowiła właśnie długość lufy, co oznaczało możliwość całkowitego oddzielenia od zamka i łoża. Rusznikarz przystosował je do mocowania na trójnogu.

Jej zniknięcie musiało być dla właściciela tragedią – pomyślała, szykując się do strzału. Wycelowawszy krzyżyk w środek arbuza, wstrzymała oddech i równomiernie ściągnęła spust. Mechanizm wydał cichy trzask i lufa plunęła cicho gazami. Poczuła lekkie uderzenie kolby w ramię. Oceniła zniszczenia. Po kilku minutach sztucer był przystrzelany. Była gotowa i spokojnie mogła przestąpić próg świątyni własnych wspomnień. Był to ostatni list od Jakuba.

43.

Dzięki odwiedzinom dziennikarki Emil z Letką nie nudzili się, wracając do zdrowia. Dzień był ciepły i chciało im się uciec ze szpitalnych murów. Wyszli na spacer i postanowili pobyć na świeżym powietrzu.

Emil wyjął spod szlafroka piersiówkę z wódką. Pociągnął dyskretnie, tak by nikt nie zauważył.

– Co robisz? – zapytała oburzona.
– Nic.
– Jak nic? Przecież widzę!
– No to po co pytasz?
– Musisz pić?
– Mogę przestać, kiedy tylko zechcę – odparł, wydymając dolną wargę.
– To przestań!
– Kiedy nie chcę.

Stary drań – pomyślała, lecz ciepło i z troską. Polubiła Emila.

– Nie denerwuj się, maleńka, to tak dla kurażu – zaczął po chwili, starając się ją udobruchać. – Lepiej mi się myśli dzięki tej odrobince.
– Odrobince? Przecież to ćwiartka.
– Eee tam, ledwie się po zębach rozejdzie.
– A skąd to masz? – rzuciła bardzo niewygodne pytanie.

Nie wychodził nigdzie. W szpitalu alkoholu przecież kupić nie mógł. Była tylko jedna możliwość.

– A jak myślisz? – odparł tradycyjnie pytaniem.

Nawyków zaszczepionych we krwi niełatwo się pozbyć – pomyślała, ale zamiast to skomentować, postąpiła identycznie.

– Ona ci dała?

Odwiedziła ich tutaj dwukrotnie – analizowała. Raz – przywożąc nagrania, które Zielarz przesyłał. Drugi – dziś po śniadaniu, z jeszcze jedną, najświeższą kopertą. Za pierwszym razem pewnie poprosił o flaszkę, za drugim ją przywiozła.

– Nieważne, lepiej powiedz, co o tym myślisz.

– Ona mi się nie podoba!

– Kto? Ta dziennikarka? Nie wariuj. Niby czemu?

Letka spojrzała w oczy Emila i zaczęła wyliczać:

– Jest zbyt ułożona, dokładna, bezbłędna. Nie widzę w niej nic, czego można by się było czepić i właśnie to mnie niepokoi. Wsłuchałeś się w to, jak z nami rozmawia?

– Jak?

– Jakoś tak zbyt zgrabnie, w ułożony sposób, nienaturalnie. Nie wiem, jakby sztucznie.

– To przecież normalne – zbył ją natychmiast. – Przecież to dziennikarka. To jej zawód, tak pracuje. Nie lubisz jej od początku i jeszcze teraz bardziej, kiedy kupiła tę maleńką małpkę. Poprosiłem o to i prośbę spełniła.

– Nie, Emil, to nie to. Nie o to mi chodzi.

– A o co?

– Myślę, że gra – odparła po chwili. – Nie jest z pewnością do końca szczera. Coś ukrywa.

– Coś ci powiem – zaczął. – Też tak za pierwszym razem podejrzewałem. Myślałem dużo o tym. Tamtej nocy, po jej pierwszej wizycie. Potem przyjrzałem się jej w czasie jej drugiej wizyty. Myślę, że ona taka jest.

– Skąd możesz to wiedzieć? Badałeś ją na wariografie? – zakpiła.

W odpowiedzi rzucił wymowne spojrzenie. Pociągnął znów małego łyczka z płaskiej butelki i mruknął, widocznie zniesmaczony pytaniem:

– Nie potrzebuję wariografu. Zresztą jest wielu świrów, którzy potrafią oszukać każdy wykrywacz kłamstw.

– Wiem. Robią to, oddzielając tę drugą część siebie, która kłamie, od tej, która właśnie jest poddawana badaniu.

– Zgadza się.

– No właśnie.

– Zwariowałaś? – rzucił zaskoczony. – Myślisz, że ona robi tak samo?

– Nie wiem. Na pewno nie mówi całej prawdy. Może faktycznie nie kłamie, jak mówisz. Ale nie mówi nam całej prawdy.

– My też nie powiedzieliśmy jej wszystkiego – przypomniał.

– Wiem, wiem.
– No i dlaczego stara się pomóc?
– To akurat jest proste. Nie stara się nam pomóc, ale sobie. Liczy, że rozwiążemy sprawę i będzie miała materiał, dzięki któremu stanie się sławna. Dziwią mnie inne sprawy. Ma już czterdziestkę, a nie jest znana i nikt o niej nie słyszał. Jakby pojawiła się znikąd.
– Mówiła, że pochodzi z Wrocławia. Może tam wcześniej pracowała?
– Może.
– To by wszystko wyjaśniało.
– To niczego nie wyjaśnia – zaprzeczyła. – A tylko rodzi pytania, dlaczego się przeprowadziła i co robiła wcześniej.
–Podejrzewasz ją?
Świetnie – myślał. Dziewczyna nie daje się zbić z tropu i drąży własne domysły. I o to chodzi. Będą z niej ludzie, jeśli tylko ją trochę podszkolę – przyznał z satysfakcją, nie dając niczego po sobie poznać. Czuł się z tą dziewczyną jak instruktor latania. Starał się wprowadzić samolot w niebezpieczne stany lotu i badał, czy wyprowadzi maszynę do bezpiecznego lotu.
–Powinniśmy ją sprawdzić – odparła pewnie.
Zamiast odpowiedzi otrzymała twierdzące kiwnięcie głową.
– W porządku – zgodził się. – No, a druga sprawa?
– Wiesz, nie mam doświadczenia w kontaktach z kryminałami.
– To zrozumiałe.
– Ale pamiętam, jak byłam na praktykach w anclu.
– Tak? Gdzie? W Strzelcach?
– W Strzelcach, w Prudniku, Nysie i u nas, w Opolu, ale najczęściej – odparła nieco zirytowana – faktycznie, w Strzelcach, masz rację.
– I czego się nauczyłaś?
– Nieważne, czego się nauczyłam. – Nie pozwoliła zbić się z tropu kolejny raz i trzymała się myśli. – Osadzeni, nieważne, czy doliniarze, dile, majtkowi czy najgorsi rzeźnicy, mieli wspólną cechę.
– Mianowicie?
– Każdy był uprzejmy, wygadany – referowała niczym na wykładzie z kryminalistyki. – Nawet niektórzy byli szarmanccy. Zdawali się oczytani, wykształceni, zupełnie normalni. Nigdy nie uwierzyłabym, za co siedzą. Dopiero w aktach okazywało się, kim są, albo... kiedy nie dostali czegoś, o co zabiegali.
– Zmieniali się wtedy w ludzi, którymi byli naprawdę, co?
– Właśnie. Klęli, obrażali nas i pokazywali się z najgorszej strony.

– Wiem, o czym mówisz, malutka. Masz rację. A co ona ma do tego?

– Myślę, że z nią jest tak samo. Że chce czegoś od nas i udaje – podsumowała.

– Pewnie dowiemy się tego – przyznał. – Na razie trzeba ją wykorzystać. Nie szukamy dziennikarki, ale mordercy, i na tym powinniśmy się skupić – starał się sprowadzić policjantkę na właściwy tor.

W głębi cieszył się z tego, co usłyszał. Mała kombinowała. Nie zawsze ma się rację, ale kombinując, odkrywa się zwykle coś, co przybliża do sedna. Drążyła temat dalej.

– Według mnie ma jakiś związek z mordercą. Nie wiem jaki, ale na pewno nie są to tylko te koperty. Powinniśmy ją przycisnąć. Wtedy wszystko powie i będzie po sprawie – podsumowała.

– Mnie się zdaje, że ty jej nie lubisz.

– Bo tak jest.

– Zapomnij o emocjach – pouczył. – Tylko przeszkadzają. Skup się na jakimś szczególe, który nie pasuje do całości i staraj się wyeksploatować go do końca. Jeśli okaże się fałszywym tropem, a prawdopodobnie tak będzie, znajdź inny, i powtórz. Aż do skutku. Każdy trop prowadzi do innego, któryś wreszcie jest właściwy.

– No właśnie – nastroszyła się. – Powinniśmy dać zielone światło śledziom do przesłuchania. Niech postraszą ją współudziałem i wyśpiewa wszystko, co wie.

– To zły pomysł.

– Czemu?

– Na to przyjdzie jeszcze czas. Też chciałbym to zrobić, ale jest jeszcze za wcześnie. Robiąc to teraz, możemy stracić dobre źródło i wystraszyć Zielarza. Na razie powinniśmy się jej trzymać, dopóki się da. Potem możemy zrobić, jak mówisz. Co nagle, to po diable. Zapamiętaj, nie działamy szybko, ale nieustępliwie, systematycznie.

– A jak nas podsadza?

Ostatnie pytanie dziewczyny dało do myślenia policjantowi. Faktycznie, dziennikarka mogła grać na dwa fronty. Mogła chcieć informacji potrzebnych w pracy, a jednocześnie współpracować z mordercą. Świadomie pewnie tego by nie robiła, ale może to robić nieświadomie.

– Wiesz, Letka, może i masz rację. Zadzwonię, niech ją sprawdzą.

– I jej naczelnego.

Popatrzył na nią. Rzeczywiście miała nosa. Jemu też wydał się on podejrzany, tym bardziej że wspomniała o nim tylko raz. Morderca uparcie podawał się za kobietę, co mogło świadczyć, że chce wywieźć ich w pole. Kto wie... Jeśli tak, naczelny pasował.

– Sprawdzimy jego, a potem ją – zawyrokował.
– No to wracamy do pracy. Chodź. Sprawdźmy to ostatnie nagranie – rzuciła z uśmiechem, szarpiąc Emila za rękaw szlafroka.
– Racja, malutka.
– Poczekaj – zamarła na chwilę. – Właśnie coś przyszło mi na myśl – wycedziła przez zęby, podnosząc palec jak ksiądz na ambonie.
– Mów.
– Słuchaj. Jeśli ona nas podsadza, to jest jeszcze jedna możliwość.
– To znaczy?
– Może ma związek... Wiesz z kim?
Zrozumiał. Stary drań mógł przysłać dziennikarkę, aby wyprowadzała ich w pole. Mogła być wtyką komendanta. Dzięki niej stary skurwiel miałby Emila i Letkę z daleka od sprawy. Mówiąc im, żeby pracowali nadal i podstawiając szpicla, mógł ich dymać do woli – myślał olśniony.

44.

Następna wizyta dziennikarki zaowocowała jeszcze jednym nagraniem.

Myślałam, że przyszli, bo Konrad załamał się szybciej. Nie wierzyłam, żeby chciał z esbecją współpracować. To było niedorzeczne. Ale był to czas, kiedy znaleźli się tacy. Aresztowanie oznaczało, że może nie przeżyć przesłuchań.

Czekalski, Szymański, Giza, Rokitowski, Kopczak, Pełka, Browarczyk, Lisowski, Jurgielewicz, Trajkowski, Przemyk – to nie były nazwiska nieznanych ludzi. Były one wyryte na nagrobkach. Tych, którzy nie przeżyli zatrzymania i pobicia. Wiedzieliśmy, że nie zamierzał się poddawać, ale mieliśmy też świadomość, jak bardzo się bał. Pewnie dlatego, jako żarliwy katolik, prosił księdza o rozgrzeszenie. I to był jego błąd.

Młody warszawski kleryk, który w anclu wyspowiadał Konrada, współpracował z bezpieką. Konrad prosił klechę o pomoc, o to, żeby dał nam jak najszybciej znać, że grozi nam potworne niebezpieczeństwo. Mówił, że nie wie, jak długo wytrzyma. Chciał chronić przyjaciela, a klecha okazał się jeszcze jednym kapusiem.

Siedziałam tylko 48 godzin. Po przesłuchaniach wypuścili mnie. Ale jedynie po to, by przyjść po część mnie i zabić ją.

Po kilku rozpaczliwych dniach, w trakcie których szukałam za wszelką cenę możliwości kontaktu z Jakubem czy chociażby strzępka informacji o nim, po prostu zapukali, jak starzy znajomi z wizytą. Był senny, grudniowy poranek. Tradycyjna pora nalotów esbecji. Otworzyłam w piżamie. Nie musieli się przedstawiać.

– Dzień dobry.
Trzech skurwieli odwiedza kobietę. Wcześniej zabrali jej narzeczonego w imię przekonań politycznych, biją go przy niej, a teraz witają się z nią uprzejmie. Nie miałam zamiaru zapraszać ich na herbatkę z ciastkami i być grzeczna. Chciałam napluć im w twarz i wydrapać oczy. Tylko to pozostało.
– Po co przyszliście?
– Widzę, że wcale nie ucieszyłaś się na nasz widok? – odparł pierwszy.
– Wolałabym dostać sraczki, niż oglądać wasze mordy.
– Lepiej odzywaj się do nas grzeczniej – rzucił drugi.
– Bo co?
– Zaraz zobaczysz, dziwko – odezwał się znów pierwszy.
Potem wrzasnęłam tylko raz. Raz jeden, jedyny. Nagle zobaczyłam światło, poczułam ciepło na twarzy i upadłam. Któryś z nich, nie wiem dotąd który, uderzył mnie pięścią, skurwiel. Straciłam na chwilę przytomność. Po odzyskaniu świadomości poczułam w ustach jakąś szmatę. Wykręcili mi ręce do tyłu i skuli kajdankami. Rzucili na łóżko, jak worek z ziemniakami rzuca się do piwnicy jesienią.
Leżałam na brzuchu. Skuli mi ręce i nogi. Potem jeden z nich przeciągnął po łóżku jak ścierwo, usiadł na plecach okrakiem. Drugi stanął trepami na stopach, rozrywając z chrzęstem torebki stawowe. Poczułam ciepło po raz drugi. Zemdlałam z bólu. Kiedy się ocknęłam, wiedziałam już, co czeka mnie dalej.
Zdarli ze mnie piżamę. Ten sam, który przyszedł po Jakuba, wetknął penisa pomiędzy moje pośladki, śmiejąc się głośno. Zapamiętałam ten śmiech. Ten głos. Tę twarz.
Przy nieznośnym bólu w kostkach, unieruchomiona i bezsilna, czułam, jak wpycha we mnie rozgrzany do czerwoności sztylet. Kołysał się potem chwilę przy zachęcających okrzykach pozostałych dwóch wieprzy. Potem wyjął i poczułam ciepłą spermę na wewnętrznych stronach ud.
Gdy skończył, zamienili się rolami. Potem jeszcze raz. Kiedy spuścił się ostatni z nich, poczułam jeszcze raz ból. Któryś gwałcił mnie teraz analnie. Dwaj pozostali, akurat niepenetrujący mojego odbytu, nadal mnie trzymali. Jedyne, czym mogłam ruszać, była głowa.
Poczułam odruch wymiotny. Nie mogłam jednak zwymiotować przez usta zamknięte kneblem. Dusiłam się wymiocinami. Widziałam, że za chwilę to wszystko się skończy. Koniec był tak bliski.
– Panie plutonowy!
Było coraz ciemniej. Świat zdawał się z wolna zbiegać do jednego małego czarnego punktu, wielkości główki od szpilki.

– *Panie plutonowy!* – *powtórzył.* – *Chyba coś się z nią dzieje.*
– *Nie przejmuj się szmatą* – *odparł.* – *Pewnie ma już dość.*
– *Ale... panie plutonowy, z nią naprawdę jest coś nie tak* – *denerwował się dalej.*
I wtedy odezwał się trzeci:
– *Złaźcie z niej, Bossakowski, do cholery, ona chyba się dusi.*
Zemdlałam. Obudziłam się w szpitalu. Było tak biało, i tylko to zapamiętałam. Reszty dowiedziałam się potem. Jedna z sióstr powiedziała, że to Jakub mnie znalazł. Może następnego dnia, a może dzień później. Nie później, bo pewnie nie żyłabym już i nikt nie poznałby tej historii. Zawiózł mnie do szpitala Marciniaka przy Traugutta. Był u mnie. Czuwał przy łóżku. Byłam nieprzytomna i nie dane mi było go zobaczyć. Tak samo jak dziecka, które wtedy straciłam. Mojego dziecka, naszego. Dziś miałoby już ponad dwadzieścia lat.

Tego dnia, oprócz godności, dziecka i Jakuba, straciłam wszystko. Straciłam całe moje życie. Nic odtąd nie miało sensu. Umarły moje uczucia, sumienie, wartości. Musiałam jeszcze skonać, ale to trwało przez lata, aż do teraz. Teraz rodzę się na nowo. Do lepszego życia, jako inna osoba, w świecie bez tych bydlaków.

Leżałam tam kilka tygodni. Wyszłam 21 lutego 1988 roku. Jak się okazało, jedynie na kilka dni i tylko kilka dni po tym.

We wtorek, 19 lutego, dokładnie w dniu swoich trzydziestych piątych urodzin, wyszedł na rynek, pod pręgierz. Był słoneczny, ale mroźny zimowy dzień. Demonstrowała Federacja Młodzieży Walczącej, bojkotując wyniki wyborów. Szefowie wszystkich wrocławskich partii wyszli do studentów, aby rozmawiać.

– *Ludzie* – *Jakub wyszedł przed nich i krzyczał* – *jeśli tkwi w was iskierka ludzkich uczuć, opamiętajcie się!* – *wrzeszczał.* – *Usłyszcie mój krzyk, krzyk syna narodu, który własną i cudzą wolność ukochał ponad wszystko, ponad własne życie, opamiętajcie się! Jeszcze nie jest za późno!*

Chwilę później spod długiego płaszcza wyjął bibułę. Rzucił ją w górę, wokół siebie. Wiatr roznosił papiery. Zomowcy natychmiast rzucili się z pałkami ku niemu. W tłumie wybuchło poruszenie, każdy chciał zobaczyć, co się dzieje przed partyjną trybuną. I wtedy, spod płaszcza, wyjął butelkę i zaczął polewać się rozpuszczalnikiem.

– *Jesteście mordercami!* – *krzyczał, pokazując palcem na kacyków zebranych na trybunie.* – *Odpowiecie kiedyś za zbrodnie! Pozostaną świadkowie! Nie możecie zabić nas wszystkich. Ziemia zapamięta kształt buta i wasze głosy.*

Potem, pełen natchnienia, odpychając kopniakami próbujących zepchnąć go z podestu milicjantów, podpalił się. Płomienie błyskawicz-

nie objęły cały tułów i głowę błękitnymi językami. Stanął z rękoma uniesionymi w górę.

– Biały orzeł będzie wolny – wrzeszczał do tłumu, niepomny na ból. – Mój czyn ma sens, ale niech nikt go nie naśladuje. Wy, młodzi, powinniście zachować życie. Żywi wspierajcie walkę z tymi za mną. To zdrajcy i zwykli zbrodniarze. Musicie ich kiedyś osądzić.

Nagle tłum jak zaczarowany krzykiem ucichł i wrocławski rynek pogrążył się w bezbrzeżnej ciszy. Słychać było tylko niesiony wiatrem głos Jakuba.

Odpychał skutecznie każdego, kto starał się zbliżyć. Nie pozwalał ugasić płomieni. Wreszcie jeden z zomowców zarzucił kurtkę od tyłu na plecy w ogniu i powalił Jakuba na ziemię. Chwilę po tym zdusił płomień. Jakub, wstając, odrzucił kurtkę na zomowca, a języki niebieskiego ognia wybuchły ze zdwojoną mocą. Zomowiec pchnął Jakuba, chcąc zapewne go powalić, lecz odskoczył z poparzonymi dłońmi. Chwilę później Jakub, osłabiony już bólem, upadł na kolana.

– Niech żyje wolna Polska! – krzyknął i padł jak długi na twarz.

To były jego ostatnie słowa. Płonął chwilę jeszcze jednym ogromnym słupem ognia, a nad nim ku niebu unosił się czarny warkocz dymu. Nikt z tłumu nie widział już jego twarzy czy rąk. Stał się masą ognia. Wreszcie któryś z bardziej przytomnych tajniaków ugasił pożar gaśnicą.

Tymczasem tłum, po chwili ciszy, gniewu, konsternacji i oszołomienia, nagle wybuchł. W powietrze poleciały kamienie, butelki i co tylko się dało. Oniemiali ze zdziwienia, wystraszeni widowiskiem i reakcją tłumu prominenci szybko uciekli w popłochu, chowając się za pleksiglasowymi tarczami zomowców. Ludzka masa naparła na wynoszących poparzonego i nieprzytomnego Jakuba do sanitarki. Dopiero serie w powietrze z kałasznikowów zatrzymały atak.

W ślad za kulami w powietrze polały się łzy. W kilka minut tłum rozproszył się, uciekając i płacząc od gazu. Po kilkunastu minutach na pustym już rynku nie było nikogo, z wyjątkiem kilku żołnierzy w maskach stojących obok oliwkowych SKOT-ów.

Poczerniałe drzewce po spalonych flagach i sztandarach celowały w ciemne od śnieżnych chmur niebo. Na bruk placu i okolicznych ulic wolno opadały wielkie płatki, zakrywając dywanem świeżego śniegu ciche, chwilowo ujarzmione miasto. Smród gazu pomieszany ze swędem spalonego ciała roznosił się po starym mieście jeszcze przez kilka godzin.

– Dziś, w czasie spotkania działaczy PZPR ze studencką młodzieżą – mówiono na całą Polskę o dziewiętnastej trzydzieści, w dzienniku – psychicznie chory człowiek podpalił się, popełniając samobójstwo.

Jak dowiedzieliśmy się od funkcjonariuszy Milicji Obywatelskiej, powodem była nieszczęśliwa miłość.

W nocy w miejscu, gdzie się podpalił, na bruku pojawiły się znicze i kwiaty. Powstał kilkumetrowej długości krzyż otoczony wałami z wiązanek i kwiatów. Przez cały dzień ich przybywało. Wieczorem uzbierał się stos na wysokość okien pierwszego piętra.

Następnego ranka było już pusto. Nieznani sprawcy zabrali kwiaty i znicze. Miasto jednak wrzało. Pod pokrywką z bata bulgotała nienawiść. Jakub umarł trzy dni później w Poliklinice Wojskowej na Weigla w wyniku poparzeń osiemdziesięciu pięciu procent ciała. Odszedł, dzięki Bogu, nieprzytomny. Wtedy zostałam wypisana ze szpitala, znalazłam w domu list i zrozumiałam wszystko.

„Kochana Melko,
Gdy będziesz czytać te linijki, będę już martwy. Wiem, co Ci czynię. Ale proszę, nie miej mi tego za złe. Nie jesteśmy na świecie niestety sami! Nie robię tak dlatego, że jestem znudzony życiem czy przestałem Cię kochać. Robię to, bo je cenię! Wierzę, że w ten sposób poprawię życie innym! Znam jego cenę! Wiem, że jest ono najcenniejsze!
Przecież oni zabrali nam nasze. Nie płacz. Szkoda sił, a będą Ci teraz potrzebne. Jestem pewny, że to dla właśnie tej chwili żyłem moje 35 lat. Wybacz, nie można było inaczej. Wybacz, że nie mogłem się pożegnać z Tobą inaczej. Zrobiłem to po to, żeby nie zginęła prawda, człowieczeństwo, wolność. Ginę sam jeden, a to przecież mniejsze zło niż śmierć milionów. Mnie już nikt nie pomoże. Piszę krzywo, przepraszam, ale płaczę, że muszę odejść, zostawić Ciebie i nas. Ale jest mi także wyjątkowo dobrze, czuję wewnętrzny spokój, gdy wiem, że mój czyn ma sens. Wiem, że mnie pomścisz. Kocham Cię...
Twój Jakub".

Kiedy głos na płycie zamilkł, Letka spojrzała na Emila.
– No i mamy motyw – podsumował jednym, jakże trafnym zdaniem.

45.

Pobyt w szpitalu dłużył się obojgu. Na szczęście polepszyło się im i wrócili niemal całkowicie do zdrowia. Po tym, czego dowiedzieli się od dziennikarki, policjant zrozumiał o wiele więcej, niż można przypuszczać. Jej pomoc była kluczem, który otwierał kolejne furtki.

W jego głowie wciąż toczyła się nieustanna batalia hipotez, które były kolejno z różnych powodów odrzucane. Wciąż brał pod uwagę ewentualności i czepiał się szczegółów. Starał się o wszystkim mówić dziewczynie.

– Słuchaj, maleńka. Słuchaj uważnie. Myślę, że wreszcie coś mamy.

– Słucham, panie inspektorze.

– Daj spokój – skarcił ją niczym dziewczynkę. – Nie żartuj, mówię poważnie. Przemyślałem wszystko. Uważam, primo, że kobieta od dziennikarki, ta od kopert, to Zielarz. Jestem pewny. Miałaś rację.

– Też tak sądzę, ale to nic nowego – odparła, wzruszając ramionami.

– Uważam jednak, że między nimi musi być jakiś związek, o którym nie wiemy.

– Tak już ustaliliśmy, więc do czego zmierzasz?

– Drzwi w bunkrze wyleciały w powietrze bez zapalnika – stwierdził, zmieniając nagle temat.

– Skąd wiesz?

– Dzwoniłem do fabryki – odparł, mrugając jednym okiem porozumiewawczo. – Wybuch zainicjował ładunek na bazie nitrogliceryny. To świadczy, że zrobił go ktoś posiadający tylko odrobinę umiejętności i wiedzy. Wokół wejścia, od strony szkoły umieścił identyczne ładunki jak od strony wejścia – przypomniał ruchem głowy. – Pamiętasz przyklejoną do muru gąbkę z ładunkiem i buteleczkę z kwasem?

– Pamiętam – przyznała. – Ale skoro tu była bez zapalnika, to jak wylecieliście w powietrze? Ktoś detonował, obserwując was?

– Nie wiem. Możliwe – mruknął niezdecydowany. – Tego się jeszcze nie dowiedziałem.

– Dziwne.

– Czemu?

– Może był to ktoś, kto jest wśród policjantów i uczestniczył w tej akcji?

– Myślisz o Bossie?

Natychmiast się zastanowił. Taki tok myślenia komplikował sprawę. Jednocześnie częściowo pasował do wydarzeń. Nie przygotował się na to. Odrzucał taką hipotezę. Była zbyt nieprawdopodobna.

– Kto wie...

– Wrócimy do tego – podsumował. – Na razie skupmy się na tym, co mamy.

– W porządku, przepraszam.

– Nie ma sprawy. Tak czy inaczej – wrócił do wątku – ładunek to prosta sprawa dla kogoś, kto na chemii nie patrzył za okno. Istotne, że

wodociągi składowały chlor. Stary, ale nadal aktywny. Morderca o tym wiedział. Pytanie skąd.
— No właśnie.
— Trzeba z nimi pogadać. Może jakiś zwolniony pracownik, praktykant, rodzina... ktokolwiek.
— Może to ktoś od nich?
— Właściwie czemu nie? Na chemii znać się muszą. O chlorze w bunkrze wiedzieli.
— No właśnie — przytaknęła.
— Nie zapominaj o motywie — przypomniał.
— Nie zapomniałam.
— To dobrze. Bo ładunek to ta sama substancja, którą użyto przy wejściu do bunkra. Morderca zrobił to, abyśmy tam weszli. Była to ta sama osoba. Wybuch rozerwał natychmiast ciała otwierających. Potem rozerwane pojemniki zaczęły wypuszczać chlor, którym się zatruliśmy. To było zaplanowane. Do tego ta sprawa z tym spalonym.
— Mści się?
— Tak. Celem są bezpośrednio odpowiedzialni. Rozumiesz?
— Mówisz o Bossie?
— Tak wynika z nagrania — przyznał ponuro.
— Przecież to może być jakaś zwykła wariatka!
— Ktoś, kto zaplanował mord bezdomnych i potem pułapkę na nas, nie może być zwykłym wariatem.
— Owszem, zwykłym nie. Ale takim, który ma wiedzę i umiejętności, a także motyw — mówiła, mając na myśli kobietę wysyłającą koperty. — A ona ma to wszystko.
— No dobra. Coś jednak do twojej teorii nie pasuje.
— Co?
— Skoro chciała zabić morderców chłopaka z czasów Solidarności — ciągnął flegmatycznie — miała motyw. Zgadza się. Chciała zabić Bossakowskiego. Zgwałcił ją kiedyś z kumplami. Przez to popełnił samobójstwo jej narzeczony. W porządku, rozumiem — wyliczał. — Może być. Ale co zrobili bezdomni, których załatwiła na samym początku?
— No, tego nie potrafię wyjaśnić — odparła.
Tymczasem Emil pytał tylko pro forma. Doskonale znał odpowiedź. Znów bawił się kosztem dziewczyny, ucząc psiego fachu.
— Wpadłem na to dzisiaj w nocy — zaczął, uśmiechając się przebiegle. — Wysłałem na dworzec dzięcioła.
— Na dworzec?
— Pamiętasz Profesora?
— Pamiętam — przyznała. — To ten, co ich znalazł, prawda?

– Tak – odparł, kiwając wolno głową niczym ogromny drapieżny ptak. – Kiedy go przesłuchiwałem, nazwał ich ormusami.
– Jak?
– Nieważne. Istotne, że teraz skojarzyłem. Oni byli kiedyś ormowcami.
– A niech to! – rzuciła olśniona. Oczy zaokrągliły się jej niczym pięciozłotówki. – Jesteś zajebistym geniuszem.
– Nie mieliśmy powodu, motywu, dla których mieli zginać. Nie wyglądało to na rytualne albo przypadkowe zabójstwo – wyliczał.
– Właśnie – dodała. – Zwabiła ich i otruła.
– Tak. Wcześniej wszystko przygotowała. Jeszcze wcześniej odszukała. Skoro znalazła ich, ma też Bossakowskiego i tych z płyt, o których opowiadała.
Policjantka przypomniała, że wysyła płyty także dziennikarce.
– Więc będzie to robić dotąd, aż wykończy wszystkich.
– Tak.
– O kurczę, ale numer.
– No więc śmierć żuli wcale nie była przypadkowa.
– Dobra. A śmierć chłopaków przy drugim wybuchu?
– Tutaj zadziałał przypadek.
– Tak myślisz?
– Wiem to. Za pierwszym razem, kiedy Profesor dał znać, poszedłem tam z Bossakowskim i Lipskim. Wtedy mieliśmy znaleźć przygotowaną dla nas bombę. Bossakowski miał zginąć.
– I Lipski?
– Z nim jeszcze sprawy nie rozgryzłem. Nie wiem. Ale wiem, że Bossakowski nie chciał, żebyśmy się kręcili obok bunkra. To pozwala twierdzić, że był w tę sprawę jakoś zamieszany.
– Myślisz, że od początku coś podejrzewał?
– Przecież też dostał kopertę. Wiedział, że to może być ktoś wracający z przeszłości.
– Co chcesz przez to powiedzieć?
– To stary cwany skurwysyn. Zaczynał w ZOMO albo w UB. Nie ma się jak dowiedzieć. Akta zniknęły na początku lat dziewięćdziesiątych. W tajemniczych okolicznościach, nie wiadomo gdzie. Nikomu specjalnie nie zależy, żeby się tego dowiedzieć. Boss był młody. Przed końcem komuny został milicjantem i dopiero po kwietniu 1989 roku, jako milicjant, nie ubek czy zomowiec, mógł przejść do policji.
– A Lipa?
– To tylko kumpel. Poznał go później przez starego Lipskiego. Stary Lipski i komendant znają się dobrze.
– Może razem byli w UB?

– Myślę, że stary Lipa był raczej jakimś kacykiem, ale nie wiem. Nie interesowałem się.
– Pewnie był wtedy, kiedy Jakub się podpalił?
– Kto wie, mała, kto wie...
– Dobra. Najważniejsze, że jest motyw, i to bardzo przekonujący – podsumowała.
– Też tak uważam.
– Myślisz, że komendant mógł zrobić coś takiego?
– Nie wiem, wariatom, kurwom i policjantom się nie wierzy. Ale wiem, że jest gnojem i zawsze nim był, więc kto wie, jak zabawiał się, kiedy był kawalerem.
– Chryste, przecież to zwykły kryminał.
– Skup się – sprostował ją.
– O co ci chodzi?
– Zastanów się, co dalej.
– Przecież jesteśmy oficjalnie odsunięci od sprawy – przypomniała. – Masz urlop zdrowotny i przechodzisz na emeryturę, a ja mam pół roku płacone. Kombinujemy na tajne polecenie Bossa. Komu o tym powiemy, jemu samemu?
– Pomyśl do przodu.
– Co chcesz przez to powiedzieć?
– To, że może i jesteśmy odsunięci od sprawy, ale po pierwsze, sprawa nie jest zakończona, bo Zielarza, czy jak jej tam, Zielarki nie zamknęliśmy. Po drugie, nie ma nikogo, kto o sprawie wie więcej niż my.
– Mylicie się, inspektorze Stompor – zażartowała, wcale się nie uśmiechając, celowo jednak przechodząc na oficjalny ton. Naśladowała głos ich szefa. – Jest jeszcze Boss i jeśli to, co mówisz, oraz ta kobieta to wszystko prawda, wówczas on wie najwięcej.
– Brawo! To oznacza, że uderzy znowu. Nie spocznie, dopóki nie wykona planu. Secundo, to nam grozi niebezpieczeństwo.
– Nam? Co my jej zrobiliśmy? Myślisz, że będzie chciała nas zabić tylko za to, że ją ścigamy i jesteśmy glinami?
– Nie. Niebezpieczeństwo grozi nam z innej strony.
– O kurczę, wiem, do czego pijesz...
– Tak, tak, mała, musimy się trzymać na baczności. – Pokiwał głową.
– Fakt. Wybuch odkrył zwłoki zaraz obok dawnej siedziby esbecji. Bossakowski właśnie tam zaczynał karierę zaraz po przeniesieniu z Wrocławia, dobrze pamiętam? Tak to było?
– Tak.

– Teraz sprawą zainteresowała się Warszawka, więc komendant z Lipą nie mogą już zatuszować wszystkiego własnym atramentem.

– A to rodzi niebezpieczeństwo, że odkryją ciemne sprawki sprzed lat.

– Dokładnie.

– I wywleką wszystko na światło dzienne.

– Dlatego tak wściekał się na dziennikarzy. – Dziewczyna dedukowała błyskawicznie.

– Właśnie – odparł, rzucając pełne obaw spojrzenie. – Dziennikarze przeszkadzają w przejściu na emeryturę po jego myśli. Zagraża to jego karierze prezydenta Opola, a potem w sejmie albo w senacie, gdzie zamierza wciągnąć go stary Lipski.

– Ale masz łeb.

– Jaki będzie następny ruch jego i jej?

– Nie mam pojęcia.

– Komendant kazał prowadzić sprawę, bo wie, że jesteśmy najbliżej. Kiedy coś odkryjemy niebezpiecznego, damy znać, więc już mściciela Solidarności będzie mógł sam załatwić, a nas przy okazji. Jeśli się nam nie uda i damy jakoś ciała, powie, że działaliśmy wbrew rozkazom.

– Ale Zielarz będzie chciał się go pozbyć.

– Prawdopodobnie ma już przygotowaną pułapkę – odrzekł metalicznym głosem.

– O cholera. Teraz i ja wszystko widzę. Zielarz informuje dziennikarkę, żeby mieć pewność, że sprawa wyjdzie na jaw. W ten sposób zabezpiecza się przed ewentualnym zatuszowaniem sprawy.

– Chce, aby o jej krzywdzie dowiedział się cały świat. Realizuje własną misję zemsty.

– Boss to odkrył i się boi.

– Właśnie.

– Co teraz zrobimy?

– Poczekaj – uspokoił ją. – Zaraz wszystkiego się dowiesz. Zanim cokolwiek powiem, chciałbym ci jeszcze raz podziękować, a naprawdę mam za co... Uratowałaś mi życie i mam wobec ciebie dług. Jesteś wielka i będę zawsze o tym pamiętał.

– Emil – mruknęła karcąco. – Daj spokój, zrobiłbyś to samo.

Uśmiechnął się do niej ciepło.

– Zrobiłbym to samo, partnerze – odparł.

46.

Był deszczowy i wietrzny dzień. Boss ubrał się ciepło, mimo to docierało do niego nieprzyjemne zimno. Taka pogoda dobra jest, aby usiąść w barze przy kuflu, obok kominka, i flirtować z kobietą o zapachu brzoskwini. Nie myśląc o niczym innym, jak tylko o jej jędrnych pośladkach, gładkim brzuchu i sterczących jak dwa smoczki sutkach – komendant myślał, rozłoszczony pogodą i zimnem.

Wyszli z Filharmonii Opolskiej. Zamiast pić, spędził ten wieczór na koncercie, ale owszem, z kochanką.

– Ty drżysz... Aż tak ci zimno? Chodź, zaraz będzie nam cieplej, kochanie.

Uśmiechał się, choć naprawdę zmarzł. Pojechali do mieszkania na placu Teatralnym. Zaparkował, wyłączył silnik i światła, nie otwierając drzwi. Położył na kolanach twardą walizeczkę z zamkiem na szyfr w gustownym srebrnym okuciu.

Dziewczyna patrzyła z nieskrywanym zainteresowaniem i przyjemnością. Uśmiechała się. Przez przyciemniane szyby mercedesa nie było widać świata na dystansie pięciu metrów. Deszcz gęstniał, jakby sprzysiągł się przeciwko przechodniom i wszystkim, którzy wysunęli nos na dwór.

Tymczasem komendant otworzył schowek przed kolanami dziewczyny i wydobył lutowy numer „Playboya". Rozsypał na opalonym ciele Edyty Górniak zawartość srebrnego pudełeczka, ukrytego dotąd w kieszeni garnituru. Ułożył złotą kartą Visa cztery równe kreski. Zadowolony z ich grubości podał szarmancko zaimprowizowany stolik swojej kurewce.

Wciągała krechy szybkimi i energicznymi ruchami. Widać, że miała doświadczenie. Potem to samo zrobił i on. Niemal natychmiast ich źrenice zaokrągliły się i poczuli suchość w ustach. Chwilę potem, biegnąc w euforii, cieszyli się chłodem padającej na ich twarze mżawki.

Kawalerkę wynajmował w tajemnicy przed żoną i całym niemal światem. To był jego azyl. Miejsce, gdzie mógł się pieprzyć do woli, z kim chciał. Mógł tutaj chlać i ćpać, kiedy tylko miał na to ochotę. Potrzebował takiego miejsca i lubił je.

Mimo że znaleźli się wewnątrz budynku, nadal było mu zimno. Miał jednak nadzieję wkrótce się ogrzać. Termometr wskazywał temperaturę +4°C, a on czuł, jakby z minuty na minutę robiło się coraz zimniej. Łechtała go myśl, że za kilka chwil zerżnie dziewczynę, jak tylko będzie miał ochotę. Żoną już dawno przestał się interesować.

Winda mijała kolejne piętra. W bladym świetle patrzył w twarz dziewczyny pachnącej erotyczną przygodą. Na początek zapragnął seksu oralnego. Czuł rosnącą męskość w spodniach. Po pół minucie winda zatrzymała się na ostatnim piętrze. Uśmiechnął się, otwierając jej drzwi. Nie mógł wiedzieć, że był to ostatni jego uśmiech w życiu. Dziesięć sekund później już nie żył.

Nagle poczuł zapach ciętych kwiatów. Czuł hiacynty. Zanim otworzył drzwi, zaskoczyła go myśl, skąd wie, że tak właśnie pachną hiacynty, skoro nie jest nawet pewien, jak one wyglądają. Zaskakujące – myślał.

– Zaczyna działać, czujesz?

– Tak.

Na klatce schodowej panował półmrok. Nie było jednak na tyle ciemno, aby nie widział zamka w drzwiach.

– Kochanie, co to?

Na wycieraczce leżała koperta. Podniósł i otworzył. Wewnątrz, na pachnącym papierze, ktoś napisał: „Zaraz się ogrzejesz".

– Głupie żarty – mruknął.

Z pewną trudnością otworzył. Dotknął prawą ręką klamki i nacisnął. Pchnął mocniej. Drzwi cicho skrzypnęły. Poczuł mocny przeciąg. Musiał ostatnim razem nie zamknąć dokładnie okna na balkon – pomyślał. Wymacał włącznik światła i intuicyjnie nacisnął. Światło nie rozbłysło, zauważył też, że jest ciemnej niż zwykle.

– Co jest, do chuja? – odparł, widząc spadającą gąbkę w kształcie dziecinnej zabawki, jakiejś postaci z bajek.

– Patrz, Myszko – rzucił do kochanki, wskazując zabawkę.

– Co to? Tygrysek?

Nic już jednak nie usłyszał. Kiedy gąbka upadła, wszystko stanęło w ogniu. Morze ognia uderzyło w ich ciała, niczym rozlewająca się zewsząd, kilkumetrowa fala ognia. Wybuch szarpnął drzwiami tak mocno, że kurewkę wyrzuciło kilka metrów w tył.

Pierwsza eksplodowała zabawka, urywając mu nogi. Jej wybuch natychmiast zainicjował kolejne detonacje. Przeciąg zassał ogień w kierunku dziewczyny, której wybuch nie zabił tylko dlatego, że podciśnienie zatrzasnęło drzwi. Uderzenie skrzydła drzwi było jednak tak mocne, że natychmiast straciła przytomność. Ogromna fala uderzeniowa rzuciła jej ciałem w tył. Uderzyła o poręcz klatki, gruchocząc kręgosłup i śmiertelnie rozbijając czaszkę.

Przedpokój zalały strumienie płynnego ognia. Dodatki do spirytusu, którego Mel użyła, sprawiły, że ogień przyklejał się skóry, włosów i ubrania komendanta, ścian i drzwi. W jednej chwili płomienie były wszędzie. Mężczyzna, zanurzony w ognistym błocie, które rozlało się wokół, cały płonął. Kilka sekund później wszystko nagle dla niego zgasło i zapadł w głęboki sen bez snów.

47.

Czasem nie pamiętamy, co działo się rok temu, a nawet kilka tygodni wstecz. Tym trudniej dotrzeć do kogoś, kto był gdzieś daleko w Warszawie spowiednikiem dwadzieścia lat wcześniej. Melisa jednak sobie poradziła.

– Szukam pomocy – zaczęła.
– Jakiego rodzaju, jeśli wolno mi zapytać?
– To dłuższa historia. – Biskup w kurii warszawskiej pewnego dnia usłyszał od Melisy.
– Zamieniam się w słuch – odparł.
– Zacznę, że reprezentuję kancelarię prawną Jawowski & Brzeszczak.

Przygotowując się do rozmowy, założyła zerówki i przefarbowała włosy. W gustownej garsonce faktycznie wyglądała jak prawnik. Lepiej, aby jej nie zapamiętał.

– Ach tak...
– Muszę zaznaczyć, że nasza rozmowa musi mieć charakter całkowicie poufny – poprosiła.
– Och, proszę się nie obawiać. Dla nas, księży, nie stanowi to kłopotu. Wszak przecież obowiązuje nas tajemnica spowiedzi, której złamać nie możemy. Z tajemnicami wiernych jesteśmy, że się tak wyrażę, zżyci.
– To dobrze, tym lepiej – udała, że odetchnęła z ulgą.

Tymczasem wyobraźnia podsunęła jej wizje, jak dusi klechę gołymi rękoma za to, co powiedział.

– Ale oczywiście chciałbym wiedzieć dlaczego.
– Już wyjaśniam – spieszyła z rozwianiem wątpliwości, zastawiwszy na klechę pułapkę. – Otóż jeden z naszych klientów, zanim odszedł, pozostawił testament. Człowiek ów zobowiązał mnie przez kancelarię do tego, co robię. Ważne, że był więziony w czasach komunizmu, tu, na Rakowieckiej.
– Tak? To niebywale interesujące – dodał dyplomatycznie, jednocześnie lustrując ją z góry na dół.
– Pewien ksiądz, właściwie wikary – niezrażona mówiła dalej – spowiadał mojego świętej pamięci klienta. I tutaj pojawia się kłopot.
– Nie rozumiem.
– Potrzebujemy pomocy od kurii.
– Nadal nie bardzo wiem, jak mogę pani pomóc.
– Nie mielibyśmy pracy, gdyby nie to, że odchodząc z tego świata, klient zapisał w ostatniej woli pewną sumę na Fundusz Kościelny.
– Ach tak.
– Zapłacił, więc musimy wypełnić jego wolę.

– Mianowicie?

– Zastosował klauzulę wykonalności. Pieniądze zostaną przekazane jako datek dla parafii, gdzie pełni posługę duchowny, który spowiadał mojego klienta.

Biskup po początkowej nieufności i niedowierzaniu pozbył się ostrożności, usłyszawszy bajeczkę. Melisa czekała teraz jeszcze tylko na pytania, które miały ostatecznie przekonać i uśpić do reszty jego czujność.

– Mówiła pani, że był to wikariusz?

– Owszem, tak jest napisane w testamencie – odparła, podając spreparowany dokument.

– Istnieje zatem prawdopodobieństwo, że ten ojciec nie pełnił posługi parafialnej? Co wtedy?

– W takiej sytuacji kwota podzielona zostanie na połowy. Jedna część zasili Fundusz Kościelny jako darowizna, druga przypadnie naszej kancelarii jako honorarium.

– A jeśli wolno zapytać, o kwocie jakiego rzędu mówimy?

– Wolałabym tego nie zdradzić, zanim nie będę mieć obietnicy pomocy.

– Rozumiem. Proszę się nie niepokoić. Gdybym wiedział, mogłoby to ułatwić odszukanie tamtego spowiednika...

– Dobrze – odparła z udawaną niechęcią. – Skoro już wprowadziłam biskupa w tę sprawę tak dalece, mogę podać kwotę. – Melisa realistycznie grała zakłopotanie. – Chodzi dokładnie o siedemdziesiąt pięć tysięcy.

– Och... – Biskup aż mało nie pękł ze zdziwienia.

– Oczywiście kwota dotyczy ostatniego przypadku – Melisa poszła za ciosem.

– Czyli?

– Podziału pół na pół. Całość spadku – kontynuowała – to sto pięćdziesiąt tysięcy. Klient miał dość dobrze prosperującą firmę transportową. Może ksiądz biskup słyszał o Trans-Glob?

– Niestety, mało interesuję się gospodarką.

– No tak. Niemniej człowiek ten umarł nagle, na atak serca, a że majątek był spory, nasza kancelaria porządkuje sprawy finansowe.

– Szanowna pani, z pewnością postaram się pani pomóc. Dziwi mnie jednak kilka spraw – zainteresował się klecha.

– Tak?

– Mówiła pani, że wikariusz spowiadał w czasach komunizmu.

– Konkretnie w 1987 roku.

– O! To znacznie ułatwia sprawę.

– Miło to słyszeć – odparła z uśmiechem.

– Spowiadał na Rakowieckiej?
– Tak, w areszcie śledczym – odpowiedziała, widząc, że klecha przechodzi do rzeczy.
– A kiedy klient umarł?
– Niedawno, miesiąc temu.
– Dziwi mnie, że sam nie starał się odnaleźć tego księdza?
– Mnie na początku też to dziwiło – przyznała. – Ale okazało się, że testament napisał o wiele wcześniej, i dopiero w szpitalu wyjawił, że dokument leży w naszej kancelarii. Nie mam pojęcia, dlaczego nie szukał księdza wcześniej. Być może jakąś rolę odegrała odległość.
– Odległość?
– Ach, nie powiedziałam najważniejszego. Przepraszam, księże biskupie. Nasz klient wyemigrował do RFN, to znaczy do dzisiejszych Niemiec, zaraz po aresztowaniu. Był prześladowany jako związkowiec z Solidarności.
– W Niemczech, mówi pani – zamyślił się duchowny.
– Tak. W związku z tym wszystkie kwoty, które podałam, są w euro...
– To zrozumiałe – dodał z błyszczącymi oczyma.

Natychmiast chwycił za telefon. Po kilku minutach Melisa była tak blisko ofiary, że czuła niemal zapach krwi. Biskup natomiast, nieświadomy, podpisał wyrok na jednego ze swoich kapłanów. Cóż, Judasz postąpił tak samo – pomyślała – zatem w świecie habitów taka praktyka jest powszechna.

Teraz pozostało tylko z wirtuozerią wykonać wyrok, który dawno już zapadł. Zbliżał się czas odkupienia.

48.

Kościół parafialny w Nysie, w którego ławce klęczała, obserwując mszę, pachniał przyjemnie. Przedstawienie wkrótce miało się zacząć. Ołtarz miał stać się sceną.

Patrzyła na księdza. Pulchny, łysy na czubku głowy, zupełnie nieprzypominający kleryka sprzed dwudziestu lat. Niepodobny do uśmiechniętego chłopaka na zdjęciu przyklejonym obok innych do ściany w sypialni.

Dziś był jeszcze jednym klechą, który w latach osiemdziesiątych prześlizgnął się między kartami historii zapisanymi ludzkimi tragediami. Teraz, po latach, opływał w dostatku zgotowanym przez polityków i rząd, tak samo sprzedajny jak on w seminarium.

Człowiek za ołtarzem nie był dla niej ojcem Maksymilianem. Wiedziała, że był to TW Orkan. Tajny współpracownik, agent bezpieki do specjalnego zadania. Od 1986 roku, już nie za trzydzieści srebrników ani miskę soczewicy, ale za siedem tysięcy złotych kwartalnie, sprzedawał tych, którzy spowiadali się w areszcie – myślała, patrząc na niego.

– Oto Baranek Boży, który gładzi grzechy świata. Błogosławieni, którzy zostali wezwani na Jego ucztę – pleban przemawia do zgromadzonych w katedrze.

– Panie, nie jestem godzien – odpowiedział lud – abyś przyszedł do mnie, ale powiedz tylko słowo, a będzie uzdrowiona dusza moja.

Chwilę później pleban, popiwszy ciało Chrystusa winem, skrzywił się gorzko i oparł dłonie o ołtarz. Przekrzywił się w bok, po czym upadł, chwytając rozpaczliwym gestem obrus. Kielich z brzękiem upadł na podłogę. Chłodne mury dopadła nieznośna cisza.

Melisa patrzyła z satysfakcją. Mogła rzec: „Dokonało się, ostrze losu dopadło i ciebie, sprzedajny klecho".

Ministranci podbiegli do duchownego. Tymczasem pleban toczył w drgawkach białą pianę z sinych ust. Po chwili ciszy zapierającej dech w piersiach nieopisany szum wybuchł w kościele. Korzystając z zamieszania, Melisa jęła przeciskać się przez tłum kłębiący się ku wyjściu. Ktoś wrzeszczał:

– Boże, ratuj!

– Ojcze nasz, któryś... – ktoś inny głośno się modlił.

Inni patrzyli przestraszeni, nie wiedząc, co robić. Gdzie indziej słychać było szloch staruszek i uspokajające głosy mężczyzn.

Kobieta wiedziała, że już jest po wszystkim. Ta myśl napawała ją satysfakcją i sprawiała przyjemność. Kiedy stanęła w wyjściu oświetlonym słońcem, do uszu zaczął dochodzić sygnał nadjeżdżającej karetki. Pomoc była jednak niepotrzebna. Klecha za kilka, najpóźniej kilkanaście sekund umrze, o ile żył jeszcze w tej chwili.

Przyszła do katedry wieczorem, na ostatnią sobotnią mszę o 19.45, i ukryła się w dzwonnicy. Kiedy klecha z organistą wyszli, zamykając kościół, zakradła się do zakrystii i zrobiła swoje.

Świątynię, głównie ze względu na skarbiec św. Jakuba, zaopatrzono w system alarmowy. Melisę naczynia liturgiczne i inne drogocenne dewocjonalia ze skarbca zupełnie nie interesowały. Jednak alarm komplikował sprawę. Musiała starannie się przygotować. Wcześniej kilkakrotnie przyszła na nabożeństwo. Pod przykrywką żarliwej modlitwy i religijnej zadumy sporządziła w modlitewniku plan.

System alarmowy składał się z bazy i siedmiu detektorów ruchu na podczerwień pasywną. Oznaczało to, że wykrywały ruch, „widząc" różnicę temperatury. System miał niezależne zasilanie i był połączony z centrum monitoringu jednej z firm ochroniarskich. Odłączenie zasilania aktywowało alarm. Izolacja cieplna ciała nie wchodziła w grę. Na szczęście kościół, jako cenny zabytek, nie mógł być wyposażony w system detektorów połączonych przewodem, wobec czego montażyści zastosowali system radiowy. To była furtka. Wystarczyło odpowiednio silnym sygnałem przerwać komunikację czujek i system stawał się bezużyteczny, a przy tym nie wykrywał awarii. Detektor rozpoznawał ruch i przekazywał impuls do bazy, ale baza go nie odbierała dzięki zagłuszeniu sygnału.

Zrobiła to zagłuszaczem kupionym na ruskim targowisku. Proste i tanie urządzenie, którym kiedyś dzieciaki płatały figle dorosłym oglądającym telewizję czy słuchającym radia. Użyła tej samej trucizny, która pomogła jej rozprawić się z gwałcicielami. Tyle że teraz, dla pewności, zastosowała silniejsze stężenie.

Najbardziej nieprzyjemne było przetrwanie nocy w świątyni. Kilkanaście lat spędzonych w szpitalu dla wariatów pozwala jednak rozwinąć wiele cech, których nie posiadają inni, tak zwani zwykli, zdrowi psychicznie ludzie, choćby cierpliwość. Nieustanna chęć zemsty za zmarnowanie życia jest jedną z najlepszych motywacji.

Oddalając się spokojnym krokiem od kościoła, gdzie bezskutecznie i zupełnie niepotrzebnie reanimowano księdza, skupiła myśli na kolejnym kroku. Aby narodzić się na nowo, musiała doprowadzić równanie krzywd do końca.

49.

Dziennikarka, odwiedzając parę policjantów, uśmiechnęła się do swych myśli. Mimo wczesnej pory była w doskonałym humorze. Przede wszystkim dlatego, że nawiązując współpracę z psami, miała wiadomości, które co wieczór przyciągały słuchaczy do odbiorników.

Tysiące mieszkańców Opola z zapartym tchem śledziło informacje o tajemniczym seryjnym zabójcy, na którego tropie było radio O'Key. Rozumiała, że prowadzenie wspólnie z policjantami sprawy, do czego namówił ją komendant, oznaczało ogromny sukces. A do tego reklamę i pieniądze, które bardzo by się jej przydały. Dwa kredyty, jeden za mieszkanie, drugi za samochód, bardzo jej ciążyły.

– Dzień dobry, panie Emilu. Cześć, Letka.

Mężczyzna pił kawę, rozmawiając z partnerką. Gosia czuła, że dziewczyna jej nie polubiła. Na szczęście Emila miała w garści.

– Cześć, super, że już jesteś! – Letka odpowiedziała za siebie i Emila.

– Tak, a dlaczego?

Dopiero wtedy zauważyła, że tylko Emil był w piżamie.

– Dzisiaj mnie wypisują – odparła.

– O, to super!

– To zależy – odparł z udawanym niesmakiem Emil.

Udawał posępnego, choć jednocześnie widać było, że cieszy się z kończącego się pobytu dziewczyny w szpitalu. Dziennikarkę to zaniepokoiło. Mogło bowiem oznaczać nieuniknione i szybkie zmiany.

– A pan kiedy wychodzi?

Odłożył w milczeniu filiżankę z parującym płynem. Kawa roznosiła aromat pachnący porankiem. Emil oparł plecy o fotel i przekrzywiając głowę w bok niczym kura i grożąc palcem, zwrócił się do dziennikarki:

– Droga pani, wciąż ma pani nieuleczalną amnezję. Zatem uważam, że powinniśmy się zamienić miejscami i to pani winna być hospitalizowana.

Letka się roześmiała, słysząc żart partnera. Gosia tylko słuchała, patrząc rozbawiona. Emil był w dobrym humorze, choć wyraźnie tego nie okazywał. Nigdy nie było wiadomo, kiedy żartuje.

– Jeśli jeszcze raz zwrócisz się do mnie „per pan", pogniewamy się mocno. – Udawał rozgniewanego, krzywiąc usta w uśmiechu pod wąsem.

– A tego byśmy nie chcieli – dodała chichocząca Letka.

– No dobrze już, dobrze! Niech będzie. Emil, odkąd zobaczyłam cię pierwszy raz, ciągle mnie onieśmielasz.

– Ja też tak miałam – wtrąciła Letka. – Najgorsze jednak, że potem mi przeszło.

– Czemu najgorsze?

– Potem się zakochałam w tym starszym, acz zabójczo przystojnym panu. Więc miej się na baczności.

– Ostrzegasz czy może obiecujesz?

– Tak czy inaczej on jest mój i tylko mój – Letka z tymi słowami rozłożyła ręce nad Emilem.

Wszyscy się zaśmiali. Może powodem niechęci tej małej jest – Gosia myślała – jakaś skrywana zazdrość? Może obawa przed jego utratą, tak jak było z jej ojcem?

Sprawdziła Emila i tę dziewczynę. Wiedziała, że jej ojciec osierocił ją w wieku dwunastu lat w pracy. Był strażnikiem ochrony kolei i wpadł pod pociąg, ginąc na miejscu. Może teraz przenosi uczucia na niego – zastanowiła się.

– Dobra, laski – Emil przerwał jej rozmyślania – my tu gadu-gadu, a mnie kurewsko interesuje, co słychać w wielkim świecie.

Obie kobiety spojrzały na niego z ukosa zdziwione.

– No co? Nie zapominajcie, że jestem gliną. Fakt, na urlopie, po którego zakończeniu założę kapciuszki emeryturki i rzucę palenie, ale glina to glina i przeklinać musi.

Gosia się uśmiechała. Zapytała zatroskana:
– Więc kiedy wychodzisz?
– Myślę, że jutro. Dziś mam mieć jeszcze prześwietlenie i wizytę tego psychopaty – odparł.
– Kogo?
– Psychologa – dziewczyna wyjaśniła natychmiast. – Przydzielono go, żeby pomógł otrząsnąć się z szoku pourazowego i zapobiec depresji, która podobno miała się pojawić po wypadku. Tak mówiono w komendzie głównej.
– Nieważne – zbył sprawę depresji – mów, co jest.
– Ej, Emil, bez żartów – oburzyła się. – Do pierwszego kwietnia jeszcze trochę czasu.
– O co ci chodzi? Naprawdę nic nie wiem. Nie mów, że macie ją? Tak?
Poczuł ukłucie niepokoju w sercu, że ktoś ich ubiegł.
– Nie oglądaliście telewizji?
– Telewizja kłamie – odparł Emil wesoło.
– Nie, nic nie wiemy – dorzuciła dziewczyna. – A co?
– Przecież komendant nie żyje!
Wypowiadając to, poczuła satysfakcję. Jakby jego śmierć sprawiła jej przyjemność. Makabryczne uczucie – pomyślała – otrząsając się z tej dziwnej myśli.
– Co? Kiedy? Jak? Mówże, do cholery!
– Wczoraj wieczorem zginął w swoim mieszkaniu.
– Jak to się stało?
– Usmażył się.
– Usmażył? – Emil powtórzył wolno, dotykając koniuszkiem języka górnych zębów. – Czekaj, czekaj, laska... Nie mów mi. Jezu, tak! Faktycznie, pasuje – rzekł, spojrzawszy na zaszokowaną tą wiadomością policjantkę. – Mogła się wreszcie zemścić!
W tej chwili dostał jeszcze jeden element układanki, którą układał od jakiegoś czasu w głowie, choć ciągle była niepełna. Słowa dziennikarki natychmiast zapełniły jeszcze jedną lukę. Po chwili olśnienia zapytał rzeczowo:
– Spaliła go jakoś?
– Coś w tym rodzaju.
– Następna bomba?
– Tak...
– Co wiesz?
– Wynajmował mieszkanie.
– Na placu Teatralnym – dodał.
– Zgadza się. Poszedł tam wczoraj z kochanką.

– Nie kochanką, ale dziwką – poprawił. – To nie to samo.

Był świetnie zorientowany, jeszcze raz zauważyła dziennikarka. Wiedział zaskakująco wiele, nawet rzeczy, o które trudno było go podejrzewać. Sama nie wpadłaby na to nigdy. Podobało jej się to. Dzięki temu miała już informacje do wieczornego materiału o komendancie Bossakowskim, a radiosłuchacze lubią pieprzne historie. Tymczasem Emil wyjaśniał:

– Płacił małej za to, że się z nim spotyka. Teraz to się nazywa sponsoring, ale według mnie tak robią dziwki. Nieważne, jak to nazywać – mówił z takim przekonaniem i pewnością siebie, że trudno nie było mu przyznać racji. – Kochanka spotyka się z mężczyzną nie dla pieniędzy, ale dla towarzystwa.

Dziennikarka uniosła nieświadomie brew, ze zdziwieniem pojmując fantastycznie proste zasady Emila.

– Otworzył drzwi, coś wybuchło i spłonął – dodała, kiwając głową.

– Nieźle...

Nie mógł niemal powstrzymać się, by nie przekląć. Poniekąd wynikało to stąd, że zobaczył przyszłość daleko w przód, niż dziewczyny mogły przypuszczać.

– Ale jak? Co? Jak to się stało i skąd wiesz?

– Nic jeszcze nie wiadomo. Komenda nabrała wody w usta. Wszystko, co wiem, powiedzieli strażacy. Twierdzą, że nie był to wybuch gazu, jak sugerował rzecznik prasowy, ale wybuch bomby. Komendant spłonął od jakiejś spreparowanej substancji.

– Załatwiła go tak, jak chciała – szepnął zdumiony dla pomysłowości mordercy.

– Tak uważasz?

– Jasne, że tak! – niemal wrzasnęła Letka. – Ona mści się po prostu.

– Faktycznie. Z tego, co napisała, to przecież ją zgwałcił.

– Tak. Jakub popełnił samobójstwo przez samospalenie, więc śmierć w płomieniach dla komendanta pasuje.

– Słuchajcie, ale to jeszcze nie wszystko – dziennikarka zawiesiła głos. – Trzyma się pan mocno fotela, panie komisarzu, i ty też, mała – rzuciła Letce, naśladując Emila. – W tym mieszkaniu strażacy znaleźli coś, czego nie powinno tam nigdy być.

– Co? – Usłyszała od Letki.

– Amfę – Emil odpowiedział ponurym tonem.

– Właściwie nie wiadomo – wyjaśniła zaskoczona reakcją Emila. – Amfę albo kokę.

– Strażacy ją znaleźli?

– Tak.
– No jasne. Na miejscu byli już dziennikarze i świadkowie. Poszło wszystko w świat i nie dało się zatuszować, tak?
– Dokładnie. Tylko nie wiadomo, co to było. Antynarkotykowi zabrali wszystko i nic nie powiedzieli. Nic więcej nie udało mi się dowiedzieć.
– Nic dziwnego – mruknął ponuro. – Lipski był?
– Był.
– No to teraz dopiero się zacznie.
– Co masz na myśli?
– Nie będziemy rozmawiali o tym tutaj – rzekł cicho.
Zbyt długo pracował w tym fachu i zbyt wiele wiedział, aby mówić o takich sprawach w szpitalu. Nie czuł się tutaj bezpieczny.
– Jak chcesz – dziennikarka odparła rozczarowana.
– Letka mnie jutro stąd zabierze – wyjaśnił. – Przyjedź z nią, wszystkiego się dowiesz w swoim czasie. Rozumiem, że jesteś niecierpliwa, jak to baba, ale teraz nic nie mogę ci powiedzieć. Tobie też, mała – powiedział, spojrzawszy w oczy Letce.
Ta pokiwała tylko posłusznie głową, podejrzewając, co w trawie piszczy.
– W porządku – ucieszyła się dziennikarka. – Ale to jeszcze nie koniec.
– Lipski też gryzie ziemię?
– Nie, Lipski ma się dobrze – Gosia odparła z uśmiechem, po czym natychmiast dodała: – A właściwie nie wiem, ale ktoś wczoraj otruł księdza w Nysie.
– Otruł?
– To znaczy, tak uważam.
– Tak uważam – powtórzył raz jeszcze. – Czemu?
– Na mszy napił się wina i umarł na ołtarzu.
– Na ołtarzu – Emil powtórzył po raz kolejny.
Wszystko pasowało. Słysząc to, natychmiast znalazł kolejne powiązanie. Takie samo, jakie widziała dziennikarka. Spojrzał na żurnalistkę i pomyślał, że wtedy, na korytarzu, nie docenił tej małej. Miała nosa. Letka ma rację – jest niebezpieczna. Musi uważać.
– Myślisz, że to ten sam kleryk z listu? – zapytał.
– Tak, tak myślę. Wiek pasuje. Pochodził z Warszawy. Czyli wszystko gra. Sposób morderstwa też – wyliczała. – I miała go za co otruć, a to najważniejsze.
– My, psy, nazywamy to motywem – dodał.
– Emil... – zaniepokoiła się Letka.
– Tak?

– Odsunęli nas. Pamiętasz?

Dziewczyna dawała mu coś do zrozumienia. Mężczyzna z euforii spowodowanej wiadomościami nagle spadł na ziemię jak Ikar. Spochmurniał, popatrzył przez chwilę za szybę, gdzie z pewnością niczego nie dostrzegł.

– Tak, wiem – powiedział cicho, nadal tam patrząc. – Ale zrozum, to moja ostatnia sprawa. Rozwiążę ją, czy im się to podoba, czy nie. Potem dam sobie spokój. Może nawet będę chodził na ryby, karmił gołębie i pił w domu wódkę na umór, czy co tam się robi na emeryturze.

Zaśmiały się obie. Ale tylko jedna wiedziała, że to gra przeciw dziennikarce. Nie mogli ufać jej do końca. Tak ustalili przed jej wizytą.

– Ale teraz mam ją i musi być moja – dodał z naciskiem.

Kobiety w pewnym sensie go rozumiały. Milczeniem dawały przyzwolenie na to, czego pragnął. Były to bardzo ważne słowa, mogły zdecydować o chwili, kiedy policjant umrze.

– Wydaje mi się, że ona idzie do góry – Letka mruknęła.

Dziennikarka pokiwała głową. Zgadzała się. Emil, jakby jeszcze nie wróciwszy zza okna myślami, nie odpowiedział.

– Spójrz – kontynuowała – najpierw ormowcy, potem my, Boss...

– I ksiądz – dodała dziennikarka.

– Fakt. On też pasuje.

– Nie wiadomo, czy to jej sprawka – Emil wtrącił się niespodziewanie.

Nie miał dowodów, ale czuł, że zabójstwo księdza to także jej zbrodnia. Zgadzał się z kobietami, ale grał.

– Czuję, że to ona – dziennikarka odpowiedziała zgodnie z prawdą.

– Czujesz? – powtórzył swoim zwyczajem, kiedy interesował go powód, dla którego ktoś coś mówił.

– Mam przeczucie.

– Przeczucie to za mało – westchnął. – Ale nie martw się. Mamy takie same przeczucia.

– Uważam tak samo – wtrąciła Letka. – I jestem ciekawa, kto będzie następny. Coś mi nie gra.

– Co? – zapytali niemal równocześnie.

– Nas przecież nie zabiła.

– Fakt – przytaknęła dziennikarka. – Ale chciała.

– Nie chciała.

Obie spojrzały na Emila. Słowa policjanta ubranego w papcie, piżamę, leżącego w szpitalnej sali mogły wydawać się dziwne.

– Nie rozumiem.
Gosia nie miała pojęcia, co miał na myśli.
– Jestem pewien, że bomba w bunkrze była przeznaczona dla Lipskiego i Bossakowskiego. Letka, ja i chłopaki to tylko przypadek.
– Przypadek?
– Tak uważam. Nie udało się ich zabić za pierwszym razem z ormowcami, więc wykończyła ostatniego innym sposobem. Teraz...
– Teraz przyjdzie kolej na następne ogniwo – dokończyła za niego dziennikarka. – Tak?
– Na nas – szepnęła Letka.
– To inna sprawa, dziewczyny. Spokojnie. Na razie nic nam nie grozi – uspokajał. – Jutro powiem wam, co myślę i jaki mam plan. Tymczasem możecie wzdychać za jutrzejszym spotkaniem.
Niestety bardzo się mylił. Następny dzień miał to boleśnie udowodnić. Mniej więcej godzinę później kobieta na parkingu pod supermarketem naprzeciw szpitala wyłączyła silnik samochodu. Przystrzelany wcześniej w lesie sztucer, leżał w skrytce pod tylnym siedzeniem. Melisa zasadziła się, aby wykonać wyrok na jego życie, który zapadł kilkadziesiąt minut wcześniej. Był zbyt blisko rozwikłania zagadki jej tożsamości. Musiał zginąć.

50.

Siedząc w hondzie, obserwowała szpital. Miejsce, które wybrała, znajdowało się tylko niewiele wyżej szpitalnego parkingu. To wystarczyło, by miała dokładny wgląd na wszystko, co się dzieje przed Specjalistycznym Szpitalem MSW w Głuchołazach.

Przeczekała do wieczora. W nocy poszła do hotelu, który był w istocie podłej jakości schroniskiem młodzieżowym, w którym nie żądano dokumentów, a jedynie uiszczenia z góry należności na nocleg. Zrobiła zakupy na mieście, by wyglądać na turystkę wędrującą po Górach Opawskich.

Dzięki temu jednak, że jej wóz był jeszcze jednym samochodem zaparkowanym na kilka dni przez jakiegoś wczasowicza, doskonale się zakamuflowała. To nikogo w takim zdroju jak Głuchołazy nie dziwiło. To było jej celem. Nie chciała rzucać się w oczy komukolwiek. Wolała siedzieć niczym kot przy mysiej norze, czekając, aż mysz wreszcie pokaże pyszczek.

Dziś przyszła do samochodu wcześnie, jak tylko wstało słońce. Odczuła to. Brakowało jej snu. Czuła się zmęczona fizycznie i psychicznie realizacją planu. Na szczęście promienie wiosennego słońca wpadające przez szybę i ogrzewające wnętrze pojazdu sprawiały przyjemność. Reszta szyb była pokryta folią przyciemniającą. Dzięki temu kobieta pozostawała niewidoczna w samochodzie. Wnętrze nie nagrzewało się od słońca od razu. Za to teraz właśnie, kiedy było jeszcze nisko zawieszone, pozwalało jej się wygrzewać niczym jaszczurce na kamieniu.

Wybiegała myślami w przyszłość, realizując jeden z bliższych celów. Krok po kroku analizowała posunięcia i przewidywała alternatywne scenariusze. Jednego była pewna: niepotrzebnie skontaktowała się z Emilem. I jeszcze ta mała od niego... Oni są niebezpieczni. Wprawdzie nic do nich nie miała, poza tym, że pogardzała przedstawicielami tak zwanego prawa, bo przecież nic takiego jak prawo nie istnieje. Byli tylko policjantami, inaczej niż Lipski, Bossakowski, klecha czy ormowcy. Niestety mogli przeszkodzić w realizacji planu. Dlatego stanowili nieprzewidywalne niebezpieczeństwo. Jak bomba zegarowa, którą trzyma się w tapczanie, i nie wiadomo, kiedy zegar przestanie odliczać, choć wiadomo, że wybuchnie na pewno. Należało ich niezwłocznie wyeliminować. Dziennikarka, świetnie sprawdzająca się w swojej roli, zbliżyła ją do nich. Teraz doprowadziła pod szpital.

Wystarczyło trochę poobserwować i śledzić bieg wydarzeń, będąc oczywiście ze wszystkimi wiadomościami na bieżąco. Żałowała trochę, że w bunkrze ani za pierwszym, ani za drugim razem nie trafił ich szlag przez przypadek. Teraz tu, przed szpitalem, nadarzyła się trzecia okazja. Do trzech razy sztuka.

Ene due rabe, Chińczyk połknął żabę, a żaba Chińczyka, co z tego wynika? Że musimy wyeliminować naszego policjancika. Gruszka czy pietruszka, umrzeć musi i dziewuszka. Psia parka odchodzi z gry i dostaje bana – myślała. Szkoda, że nie może ich wykończyć po swojemu, przez wybuch albo chemicznie.

Zamierzała strzelić do Emila i Letki. Nigdy nie strzelała do człowieka. Nigdy do człowieka nawet nie celowała. Dziadek zabraniał kierować lufę w kierunku ludzi. W leśniczówce do woli mogła strzelać z wiatrówki do butelek czy tarcz. Jako nastolatka nawet raz jeden jedyny strzeliła do szpaka.

Do dziś pamięta ten wrzask, krew i szok cierpiącego ptaka. I potem obciążające uczucie, że nie da się już tej śmierci cofnąć. Tak samo jak śmierci wszystkich, którzy ją opuścili. Wtedy poczuła też inny smak śmierci. Kiedyś zadać ją po prostu trzeba. Niejako z poszanowania życia, odrazy dla bólu i całego zła. Tamtego lata dobiła ptaka, urywając ptasią główkę z rozdziawionym dzióbkiem zdecydowanym, ale niepozbawionym dziecięcej nieporadności ruchem. Tak jak dziadek zabijał gołębie.

Potem, kiedy była nieco starsza, nauczyła się strzelać z kniejówki do rzutek i tarcz. Nigdy nie uczestniczyła w polowaniach. Strzelała świetnie, owszem, ale wyłącznie sportowo. Nie umiała być myśliwym, teraz myśliwym uczynił ją los.

Tymczasem pod szpital zajechał znajomo wyglądający opel. Ten sam, który doprowadził ją do Letki, a potem do Emila. Uchyliła szybę w drzwiach z tyłu. Przyciemnione szkło przesunęło się w dół jedynie kilka centymetrów. Mogła lepiej przez mocną lornetkę przypatrzyć się dziewczynie wysiadającej z corsy.

Bez zniekształcenia obrazu widziała ją jak na dłoni. Dziś wyglądała całkiem zwyczajnie. Zdawała się niemal identyczna jak przed wybuchem, choć Melisa widziała wyraźnie utratę wagi i zmęczoną cerę. Ubrana w dżinsy, z torebką wybierała się na własny pogrzeb z uśmiechem na ustach. W przeciwsłonecznych okularach. Nieco bardziej elegancka w adidasach, ale widać stawiająca na wygodę.

Na schodach minęła staruszki zajęte rozmową, zapewne o hemoroidach czy wiatrach – myślała – i niemal pobiegła w kierunku drzwi, po czym znikła wewnątrz budynku. Obserwująca policjantkę kobieta w samochodzie natychmiast odłożyła lornetkę i rozłożyła przemyślny statyw przygotowany pod sztucer. Powinna to zrobić wcześniej – pomyślała. Ustawiła go tak, by nikt z zewnątrz nie widział wystającej za obrys samochodu lufy ze sporych rozmiarów puszką tłumika. Wycelowała, by światło lunety obejmowało szpitalne wyjście główne oraz kawałek schodów. Idealne miejsce na ciche i niespodziewane strzały.

Odwróciła głowę i spojrzała na korony drzew. Liście delikatnie się poruszały. Wiało z boku, od gór. Przypomniała sobie wakacje w górach, kiedy dziadzio uczył obserwować wiatr, by umieć określać jego siłę. Pokazywał pokrzywionym paluchem drzewa, unoszący się z kominów dym, kurz za samochodami na polnych drogach i maszynach rolniczych w polu.

Liście drzew były białe, ale nie słyszała wiatru, więc nie może wiać więcej niż cztery metry na sekundę. Dym unosi się prostopadle do nieba, gdy wieje dwa metry na sekundę. Na dystansie 740 metrów, jakie dzieliły ją od celu, wprowadziła przesunięcie o 12 centymetrów, zgodnie z kierunkiem wiatru.

Przesunęła dźwignię zamka w tylne położenie. Mechanizm sztucera wyjął nabój z magazynka, przyjemnie przy tym zaskakując. Poczuła niepokój i napięcie. Kolejnym ruchem w przód wprowadziła nabój do komory. Pozostawiła broń zabezpieczoną od przypadkowego strzału, po czym znów przyłożyła lornetkę do oczu. Podniecenie przyśpieszyło tętno. Czuła pulsującą skroń. Jednak przez kilka najbliższych minut na parkingu nic się nie działo, więc się nieco uspokoiła.

Na dziedziniec wszedł tylko jakiś mężczyzna, szczupły, około czterdziestki, w niebieskiej dżinsowej kurtce. Szedł w kierunku corsy, którą przyjechała dziewczyna. Na wysokości maski spojrzał w kierunku wyjścia ze szpitala i się schylił. Zawiązał sznurowadło i odszedł, znikając w przyszpitalnym parku. Krótko potem w alejce okrytej świeżą zielenią krzewów zniknął z oczu zupełnie. Nuda – pomyślała kobieta przy sztucerze.

Następne minuty wypełniało oczekiwanie i gorączkowe rozmyślania kobiety. Coś jednak jej nie pasowało. Tymczasem dziewczyna z Emilem już wyszła ze szpitala i zbliżali się do samochodu pogrążeni w rozmowie. Melisa patrzyła na nich przez przecięty krzyżem obraz. Wymierzyła najpierw w pierś Emila i odbezpieczyła broń. Palec spoczął na spuście. Nie naciskała. Wahała się. Pojawienie się mężczyzny w dżinsowej kurtce wprowadziło w plan element nieprzewidziany. Działała teraz w deficycie czasu. Z jednej strony musiała podjąć decyzję natychmiast, w ciągu najbliższych kilku sekund, ale nie wiedziała, co powinna zrobić. Z drugiej strony, jeśli miała zacząć strzelać, to tylko tak, aby trafić obu policjantów. Nie było mowy o błędzie. Tymczasem para stała już przy samochodzie zajęta rozmową.

Kiedy widok Emila przekreślony krzyżem znieruchomiał, zastygła w bezruchu. Czarne nitki celownika przecięły się na lewej piersi Emila, wstrzymała oddech na ułamek sekundy. Zaczęła z wolna ściągać cyngiel, delikatnie, by nie szarpnąć w ostatnim, decydującym momencie. Nagle Emil poruszył się i musiała wypuścić powietrze z płuc. Wykonała kilka wdechów z pochyloną głową. Ze wzrokiem utkwionym w nieciekawą podłogę przed stopami, by się skupić. Bez przymykania oczu, by nie zaburzyć kontrastu w widzeniu. Na nic zdały się te zabiegi. Dopadały ją myśli niezwiązane z oddaniem strzału. Męczyła ją wizja człowieka w kurtce, w dżinsowej kurtce. Nie lubiła mężczyzn w dżinsowych kurtkach. Zwłaszcza jasnych – dręczyły ją absurdalne myśli. Kojarzyli się jej z targowiskami, ze sprzedawcami zza wschodniej granicy, złotym uzębieniem, z Ukraińcami, Białorusinami i Litwinami. Nie mogła odpędzić się od dekoncentrujących myśli. Spróbowała zwalczyć dekoncentrację i złożyła się znów do strzału.

Kobieta właśnie wsiadała do samochodu, a Emil stał nadal na dziedzińcu. Nie wsiadł. Pokazał szpital ręką, zawrócił szybkim krokiem. Wyglądało to, jak gdyby mieli się rozstać. Taki obrót sprawy uniemożliwiał oddanie strzału, bo strzelać zamierzała jedynie do obojga.

– Niech to szlag – zaklęła pod nosem. – Co wy kombinujecie?

Przez chwilę pomyślała, że to przeciw niej samej jest to całe przedstawienie. Może to ją mają na muszce i w istocie jest tu zwierzyną, nie myśliwym? Może to ją ktoś obserwuje, a cała reszta jest przynętą, grą? Psy mogły wpaść na jej trop wcześniej, niż przypuszczała. Tak samo jak wtedy, kiedy żył Jakub. Może tak właśnie było? Może Emil i Letka odkryli już, kim jest, i nie wychodząc ze szpitala, przygotowali zasadzkę razem z resztą ukrytej gdzieś sfory? Klasyczny paradoks myśliwego i zwierzyny.

Poczuła, jak skroń pokrywa się zimnym potem i wilgotnieją wewnętrzne strony dłoni. Wiedziała przecież, że kiedyś dotrą do niej. Miała nadzieję jednak, że dopiero po tym, jak zrealizuje plan. Teraz naprawdę się przeraziła. To przecież było niewykluczone. Nawet eliminując ich, odczuwała strach przed uwięzieniem.

Jak wtedy, kiedy ją zniszczyli. Nie bała się śmierci. Odchodząc, spotka Jakuba. Czeka na nią tam, gdzieś. I znów będą razem. Z tą myślą wytarła ręce o nogawki spodni na udach.

W świetle lunety znów ktoś się pojawił. Przywarła mocniej policzkiem do orzechowej kolby i dostrzegła Emila. Wrócił, teraz! – pomyślała. To ta chwila! Bez zbędnych emocji. Tak jak wtedy, w sadzie, ze szpakiem, ręką przeznaczenia, wyrokiem losu, wyższą koniecznością. Najpierw on, tu, na schodach, potem ona, tam, w samochodzie. Błyskawicznie, bez hałasu, z zaskoczenia i tak, żeby nikt nie widział. Dwa strzały, jak przy rzutkach.

Nagle, najwyżej pół sekundy po tym, jak opuszek palca dotknął zimnego języczka stalowego spustu, ciszę poranka w zdrojowym miasteczku przerwał potężny hałas. Patrząc na twarz Emila, w jednej chwili zrozumiała. Facet w dżinsowej kurtce nie zawiązywał sznurowadeł.

51.

Nareszcie – pomyślał, kiedy się pojawiła. Od kiedy wyszła, intensywnie myślał. Rozpatrywał kolejne scenariusze. Każdy z nich rozkładał na pojedyncze wydarzenia, punkty zwrotne i możliwości. Wynik tych równań (nieważne, ile było niewiadomych) był taki sam. Jemu, Letce i dziennikarce groziło niebezpieczeństwo.

Kiedy znaleźli się na szpitalnym dziedzińcu, nie krył już tego. Postanowił jej wszystko natychmiast powiedzieć.

– Właściwe mamy prawie wszystko – zaczął, jak tylko znaleźli się sami na schodach – potrzebujemy teraz tylko kilku dni. Najwyżej tygodnia, aby mieć tę kobietę, jeśli wszystko pójdzie bez przeszkód.

— Ale musisz zauważyć, że w tej sielskiej wizji pojawiły się dziury. Mamy nieoczekiwane okoliczności. Są jak bąble na lakierze samochodu zwiastujące, że nadwozie trawi rdza.
— Widzę, że urzekła cię poezja detektywistyczna — zakpił.
— To nie jest śmieszne.
— Według mnie jest.
— Tu chodzi o niebezpiecznego mordercę. Być może poluje też na nas.
— No, masz rację.
Podeszli do samochodu. Przymierzał się do opowiedzenia, co odkrył w głowie.
— Co się stało? — zagadnęła.
— Nic, nic. Martwię się... Tak tylko się jakoś zrobiło...
— Jak na wieczorze poetyckim?
— Nie przejmuj się, od teraz będę poważny.
— A co?
— Wiemy już, co łączy Bossa, ormowców i księdza, prawda?
— Prawdopodobnie — dodała — łączyło.
— No, no.
— No, no — powtórzyła w jego stylu, po czym mówiła dalej: — Nie mamy jednak żadnej pewności, że Zielarka jest chora psychicznie. Mogła przez jakiś czas się leczyć, było jej lepiej, więc wyszła. Teraz znów jej odpierdoliło i jest niebezpieczna. A cała historia życia to chory sen wariatki.
— Może być i tak — przyznał. — Dopóki tego nie sprawdzimy, nie będziemy mieć pewności — skwitował. — Ja jej wierzę, a sprawdzić nie będzie trudno.
— Zajęłam się tym.
Emil popatrzył na policjantkę zdziwiony, ale i wyraźnie usatysfakcjonowany. Nauka nie poszła w las — myślał. Dziewczyna tylko wzruszyła ramionami, ale uśmiechnęła się zadowolona.
— W końcu taką mam robotę — odparła. — Lubię ją. Zaraz wszystkiego się dowiesz. Mam wszystko w samochodzie — roześmiała się z satysfakcją, bo znała już tożsamość mordercy.
— Jak to, mała, o co chodzi?
— Ha, widzisz — wycelowała mu w pierś palcem. — Nie doceniałeś mnie.
— Nigdy bym tak nawet nie pomyślał — obruszył się teatralnie.
Nadal jednak był zaszokowany. Spojrzał na partnerkę.
— Wiem, wiem — pokiwała głową. — Myślałam o tym, tak samo jak ty. To kobieta. Ofiary przed laty zrujnowały jej życie. Ksiądz pochodził z Warszawy i choć nie mamy pewności, czy spowiadał na Rako-

wieckiej, wiem, że w latach 1982-1988 był w seminarium, w Warszawie właśnie. Wiosną 1986 roku pewien doktor z Uniwersytetu Wrocławskiego faktycznie podpalił się w czasie manifestacji wyborczej.

– Sprawdziłaś to?
– Sprawdziłam.
– Wczoraj?
– Wczoraj, zaraz po powrocie.
– Więc pasuje – mruknął.

Był zadowolony. Potwierdziło to przypuszczenia.

– To nam wystarczy, żeby mieć pewność, że to ona. Emil, mamy ją! Słyszysz? Wiem, kim ona jest, i przysięgam, zdziwisz się nie na żarty.
– Mów, do cholery.
– Następny powinien być Lipski. Doskonale zdaje sobie z tego sprawę.
– No dobra. Ale dlaczego on? Przecież jest zbyt młody, by wtedy cokolwiek mógł znaczyć.
– Masz rację – odpowiedziała. – Zielarka wiedziała jednak, że Lipski tuszuje sprawy Bossa. W sprawę zamieszało się IPN i CBŚ. Odkryto coś niewygodnego z przeszłości i coś jeszcze bardziej niewygodnego, co dzieje się teraz.
– Powiesz wreszcie?
– Miałam podejrzenia od początku. Pamiętasz, jak mówiłam ci, że ta dziennikarka mi się nie podoba?
– Miała niby – wykonał nieokreślony gest ręką – coś według ciebie ukrywać.
– Dobrze, znaczy, że mnie słuchałeś.
– No to mówże, co masz!
– Zaraz. Wsiadaj. Powiem ci w samochodzie. Pewnie zresztą się domyślasz.
– No, coś niecoś.
– Zielarka i Lipski wiedzą, że wiemy o całej sprawie najwięcej. A ma ona dwa końce. Zatem, profilaktycznie, Zielarka może chcieć nas wykończyć, ale nie tylko ona. I tu już zaczyna się prawdziwe niebezpieczeństwo. Rozumiesz?

Oczywiście, że rozumiał. Dostrzegał to od dawna.

– Wsiadaj – ponagliła go. – Mam mnóstwo pytań.
– Ja też.
– Dobra... Mam tylko dziwne wrażenie, że czegoś zapomniałem.
– Może telefonu?
– Nie – odrzekł. – To chyba coś innego.

– Nie masz zegarka.
– Faktycznie, niech to szlag – zaklął. – Zostawiłem u Nowickiego, żeby nie podpierdolili. Jak wrócę, masz zacząć mówić.
– Dobra, zacznę już teraz.
– No, to na początek powiedz, skąd o tym wszystkim wiesz.
– Przeszukałam mieszkanie.
– Redaktora?
– Nie – odpowiedziała, chichocząc. – Dziennikarki.
– No masz! – ucieszył się. – Nie kończ. Zaraz wracam.

Uśmiechnęła się do swoich myśli. Zegarek, którego zapomniał, miał dla niego wielkie znaczenie. Był prezentem od żony. Paczuszkę z nim podała mu córka. Kilka tygodni później były tylko jeszcze jednym wspomnieniem. Zostały po nich jedynie gruzy, na których został. Więc zegarek był jak relikwia i przechowywał go w gabinecie ordynatora. Rozumiała przywiązanie swojego partnera do tej pamiątki.

Czekając na Emila, przypomniała sobie wczorajszy dzień. Kiedy wyszła stąd, ruszyła do pracy. Sprawdziła samobójstwa przez podpalenie. Okazało się, że ten opisany przez dziennikarkę jest faktem. Pasowało nawet imię i nazwisko ofiary.

Ruszyła do jej radia, do naczelnego. Zrobiła wywiad. Skąd, kiedy, proszę pokazać CV, jak się pracownik sprawuje i takie tam – uśmiechała się do wspomnień wczorajszego dnia. Następny krok to rejestr samochodów według tablic. I tam zupełnie inne nazwisko. Jeszcze dyskretny włam do mieszkania dziennikarki... Tylko czekała, by triumfalnym głosem oświadczyć:

– Nie uwierzysz – szepnęła niemal bezgłośnie – Małgorzata Krawiec i Melisa Krawczyk to ta sama osoba. Zielarka i dziennikarka jest jedną kobietą! Sfałszowane świadectwa szkolne, świadectwa pracy, paszport, dowód osobisty, akta leczenia z historią schizofrenii z dwudziestu lat.

Wrócił z zegarkiem na przegubie. Uśmiechnięta wciąż siedziała za kierownicą, słuchając ulubionej muzyki. Uchyliła okno, by przewietrzyć nieco duszne wnętrze samochodu.

– Gdzie byłeś tak długo? No, chodź wreszcie!
– Nie gorączkuj się. Starość nie radość – odparł, patrząc jej w oczy ostatni raz.

Dziewczyna sięgnęła dłonią do stacyjki. W tej samej chwili rozpętało się piekło. Mógł tylko patrzeć.

52.

To niemożliwe – myślał. To tylko sen. Jeszcze jeden majak wywołany lekami, które wciąż tutaj podawali. To nie dzieje się naprawdę – próbował się oszukiwać. Swąd palonej gumy, gryzący dym i ciepło bijące od płonącego samochodu zdawały się jak na złość przeczyć myślom.

Przecież Letka, Boże, kochana Letka, była tam w środku. Poza nią nie miał nikogo. Odkąd żona i córka straciły życie, wbijając się żółtym maluchem pod cysternę z ropą był wciąż sam. Sam jak palec. Minęło tyle lat i znów, teraz, tu, na schodach, właśnie kiedy uwierzył, że ma dla kogo żyć, został sam. Letka przecież wciąż jest... nie, była, była...

Nagle stał się dziwnie obojętny, spokojny i wszystko przed nim z wolna zaczęło się niebezpiecznie zamazywać. Do uszu doszedł jeszcze znajomy dźwięk syren gdzieś w oddali. Pojawiły się rozmazane twarze i głosy mówiące coś, czego nie rozumiał. Poczuł się jak wtedy w bunkrze. Tyle tylko, że tamtego dnia świadomość znikała, uciekając z jasności w ciemność, teraz było odwrotnie. Poczuł jeszcze ukłucie igły i było to ostatnie wspomnienie z tamtego dnia. Zapadł w sen.

Tymczasem Melisa patrzyła na teatr ognia, dymu i gorączkowej paniki inaczej. Widziała nieudolne próby opanowania pożaru gaśnicami i bezsilność wobec śmierci w płomieniach. Nie czuła satysfakcji. Nie czuła strachu. Poczuła żal. Przez celownik optyczny sztucera widziała rozpacz na twarzy tego gliny. Wtedy zobaczyła w nim człowieka. Jak wtedy otwarty dziób i przerażone oczy u szpaka z dzieciństwa. Poczuła, że nie powinna go zabijać. Ofiara tej, która postradała właśnie życie w płomieniach, była znakiem od przeznaczenia. Emila należało oszczędzić. Sygnał był jasny, przejrzysty.

Odczekała kilka minut, patrząc na pożar i bijący ku niebu czarny warkocz dymu niczym żałoby zwiastującej, że właśnie ktoś tutaj umarł. Kiedy pierwsze jednostki straży pożarnej dogaszały to, co jeszcze zostało z samochodu, i nadjechały pierwsze radiowozy, ruszyła. Na pogorzelisku zrobiło się tłoczno i zaroiło się od przeróżnych postaci. Powoli, uważnie, by nie wzbudzić niczyich podejrzeń, wycofała się jak lis wracający z kurnika jeszcze z pierzem na wąsach. Wcześniej starannie ukryła broń w schowku pod kanapą i schowała statyw. Odjechała, zaskoczona analizowała gorączkowo to, czego była mimowolnym świadkiem.

Zaskoczenie nie trwało jednak długo. Dekoncentracja minęła. Ktoś chciał zabić tę dwójkę – już po kwadransie myślała racjonalnie. Nie ma wątpliwości. Też chciała to zrobić, tymczasem jej plany uległy zmianie. Została sam na sam z Emilem, który przeżył, zapewne przez przypadek. Ale już przypadkiem nie było pojawienie się mężczyzny w dżinsowej kurtce. To on odpowiadał za wybuch.

Dlaczego ktoś pragnął ich śmierci? – pytała sama siebie. Sama chciała ich zabić, ale jeśli Emil z dziewczyną mieli zginąć, to dlatego, że mogli zaszkodzić komuś innemu. Ten ktoś był zdolny do takiego zamachu i orientował się w postępach śledztwa.

Kolejne kilometry nawijane na koła. Niczym w greckiej tragedii odsłaniała kolejne akty spektaklu pod szpitalem. Policjanci mieli zginąć tak, by ich śmierć mogła być natychmiast przypisana jej. Co za ironia. I to w chwili, kiedy naprawdę chciała ich zabić.

Rusek w kurtce był tylko mordercą na zlecenie. Cała trójka – czyli Emil, Letka i ona, Melisa – miała zginąć z jego ręki. Emil przeżył. Oznaczało to, że grają w tej samej drużynie. Bossakowski był martwy, więc Ruska wynajął ktoś z jego kręgu. To mógł być tylko Lipski.

53.

Siedział przy ogromnym stole w sali konferencyjnej sądu wojewódzkiego. Zebrali się tu agenci CBŚ i Biura Spraw Wewnętrznych. Faceci w marynarkach ze ściągniętymi twarzami pojawiali się tam, gdzie psia sierść zaczynała śmierdzieć. Nic dziwnego, że w fabryce byli bardziej znienawidzeni niż przestępcy.

Zebranie dotyczyło tego, czego Lipski się spodziewał i obawiał. Pojawienie się CBŚ w duecie z wewnętrznymi oznaczać mogło tylko jedno.

– A zatem czas zacząć – zastępca komendanta wojewódzkiego Opolskiej Policji zabrał głos. – Zebraliśmy się tutaj z powodu śledztwa podjętego w związku z wydarzeniami, które miały miejsce w Opolu w ciągu ostatnich sześciu miesięcy. Po śmierci inspektora Bossakowskiego będę piastował jego funkcję. Będzie tak do czasu pojawienia się w miejsce inspektora nowego komendanta. Panowie, mam nadzieję, że mniej więcej wiemy wszyscy, jak mają się sprawy. Nie będę więc przedłużał. Przedstawię fakty.

– Zamieniamy się w słuch – rzucił podinspektor CBŚ.

– Na chwilę obecną wiemy...

– Gówno wiecie – przerwał. – Powiem wam, co wiecie – bezceremonialnie wchodząc w zdanie, zabrał głos. – Tu mamy wszystko. – Rzucił teczkę z papierami na środek stołu. – Prawda jest taka, panowie opolanie, że znaleźliście w przedwojennym schronie dwóch martwych bezdomnych. Postępowanie przygotowawcze wykazało, że zmarli na skutek przedawkowania alkoholu. Tymczasem zwykły funkcjonariusz prowadzący śledztwo, chwileczkę – zerknął w notatki

– a tak, komisarz Emil Stompor, sygnalizował, że nie należy zamykać sprawy. Tutaj jest jego notatka.

A to gnój – pomyślał Lipski. Nie dane mu było jednak za bardzo się nad tym rozwodzić, bo następne zdanie skierowano do niego:

– Co pan na to, panie prokuratorze? To pan, zdaje się, prowadził to dochodzenie?

– Tak, zostało wszczęte na mój wniosek.

– I co w związku z tym?

– Zależy, o co pan pyta.

– Na pana miejscu zaprzestałbym szermierki słownej – agent przestrzegł Lipskiego, nie dając się wywieść w pole. – A więc?

– Domyślam się, że chciałby pan wiedzieć, dlaczego zostało ono zamknięte?

– W rzeczy samej – przytaknął warszawiak.

– Dlaczego zostało zamknięte, należałoby zapytać inspektora Bossakowskiego.

– Cierpliwości, panie prokuratorze – agent poradził Lipskiemu. – Zaraz do tego dojdziemy. A zatem, skoro nie ma pan nam nic do powiedzenia – ciągnął – sam przedstawię sprawę. Dochodzenie umorzono, sprawców nie wykryto. Tymczasem funkcjonariusz pionu kryminalnego z dziewczyną bez doświadczenia odkrył, że to nie był wypadek, ale zaplanowane i wykonane z premedytacją morderstwo. Czy to nie dziwne? – zadał pytanie w kierunku pełnej sali.

Zaległa cisza. Nikt nie miał odwagi niczego powiedzieć. Agent CBŚ patrzył hardo po twarzach. Lipski z uwagą obserwował pióro, przekładając je w palcach.

– Gdzie ten policjant jest teraz?

– Otóż to, panie prezydencie. Trafne pytanie – odparł warszawiak. – Otóż zwróćcie na to uwagę, panowie – podkreślił z naciskiem – że w przemyślnej pułapce, której nie odkryto podczas pierwszych działań operacyjnych, ginie dwóch policjantów, a kilkunastu następnych trafia do szpitala. Między innymi on sam. Mówię o komisarzu Stomporze. Co za nieszczęśliwy wypadek – kpił, podnosząc głos. – Najlepsze jednak dopiero przed nami. Otóż funkcjonariusz, który przez własną determinację stara się ująć niebezpiecznego mordercę, w nagrodę... zostaje wykluczony ze sprawy i usunięty ze służby!

– Stompor nie został usunięty – zaprotestował Lipski.

– Dobrze. Zatem proszę wyjaśnić, panie prokuratorze, dlaczego nie prowadzi tej sprawy.

– Jest na urlopie zdrowotnym. Rehabilituje się po feralnej akcji.

– Po rehabilitacji odchodzi jednak ze służby na emeryturę. Czy tak? Proszę wyprowadzić nas z błędu, jeśli jest tak w istocie.

– Owszem, to fakt – przyznał Lipski. – Odchodzi na swój wniosek. Złożył go jeszcze przed sprawą w bunkrze.
– A zatem jest odsunięty od sprawy, która zresztą została przez pana wcześniej zamknięta.
– Może pan to sobie tak nazywać – przyznał Lipski. – Niech będzie. O ile wiem, sprawę przejęliście wy i jest prowadzone postępowanie przygotowawcze. Sprawa została zamknięta z powodu wyczerpania znamion świadczących, jakoby było inaczej, niż przypuszczaliśmy.
– A tak, istotnie, panie prokuratorze. Wszczęte zostało postępowanie – przyznał z satysfakcją. – Muszę przy tym pana rozczarować: nawet nie jedno. Ale o tym zaraz – ciągnął. – Wróćmy do początku. Dla nas istotne jest bardziej, co niejako przy okazji odnajduje się w bunkrze. Tutaj pozwolę na chwilę oddać głos profesorowi Zagórowskiemu z Instytutu Pamięci Narodowej – rzekł, wskazując niepozornego człowieczka. – Zapraszam, panie profesorze.
– Wybuch – zaczął cicho – odkrył ludzkie szczątki. Początkowo uważaliśmy, że są to ofiary z okresu drugiej wojny światowej, z czasów, kiedy powstał bunkier lub kiedy Wehrmacht wycofywał się pod naporem Armii Czerwonej. Prowadzone jednak przez nas badania dowiodły, że są to ofiary Służby Bezpieczeństwa.
– Ile ich jest, panie profesorze? – zapytał ktoś z sali.
– Dwadzieścia cztery.
– Kim są? – padło pytanie z innej części stołu.
– Nie udało się jeszcze zidentyfikować wszystkich. Wiemy za to z całą pewnością, że osoby, które zidentyfikowaliśmy – wyjaśniał sucho – zostały zamordowane w latach osiemdziesiątych.
– Osiemdziesiątych?
– Tak – profesor przyznał, kiwając głową. – Prawdopodobnie bezpośrednio po stanie wojennym. Wraz ze zwłokami wybuch odkrył drewniane skrzynie z aktami z tamtego okresu. Analiza potrwa kilka miesięcy, niemniej już mamy pierwsze efekty.
– Na razie dziękujemy, panie profesorze – prowadzący zebranie przerwał historykowi. – Pójdźmy dalej – rzekł, wskazując ołówkiem Lipskiego. – Dwadzieścia cztery trupy, które o mały włos nie zostały odkryte przez opolską komendę policji, to ofiary Służby Bezpieczeństwa, której siedziba główna znajdowała się w budynku przylegającym do placu.
– Dziś jest tam szkoła.
– Zgadza się, panie prezydencie. Dziękuję. Ważne jest to, że nieomal przez przypadek wykryto zbrodnię na narodzie polskim. Takie

lekceważenie obowiązków służbowych jest karygodne i godne potępienia.
– Nie ma mowy o lekceważeniu obowiązków – zaprotestował Lipski.
– To się jeszcze okaże. A jeśli nawet, to się dobrze składa, panie prokuratorze, bo jeśli było inaczej i taka postawa nie jest wynikiem zaniedbania, to istnieje druga możliwość.
Lipski zagryzł wargi. Wiedział, do czego skurwiały agencik dąży.
– Centralne Biuro Śledcze ma powody domniemywać, że morderca chciał zwrócić uwagę na pewne sprawy. Istnieją także powody, by przypuszczać, że ktoś próbował zatuszować ten stan, a morderca temu zapobiegł.
– Mianowicie? – zapytał ktoś.
– Mianowice uważamy, że bardzo źle się dzieje w Opolu. Tym bardziej że komendanta waszej policji zamordowano.
Zapadło kilka sekund ciszy, którą warszawiak prowokował z pewnością celowo. Odczekawszy, dodał:
– Komendant z kochanką zginęli od wybuchu. I nie to byłoby jeszcze najgorsze. Ale, po pierwsze – wyliczał – w mieszkaniu znaleziono spore ilości amfetaminy. Po drugie, rozgrzebana, że się posłużę obrazowym porównaniem, sprawa pozwoliła udowodnić pewne związki komendanta z przeszłością.
– Można jaśniej?
– Oczywiście, można, panie prezydencie. Komendant policji w pana mieście, a przy okazji w województwie rozpoczynał swoją karierę w SB. Dlatego tu jesteśmy. Uważamy, że komendant waszej policji padł ofiarą porachunków z lokalnym światem przestępczym. Dodatkowo miał związek z ofiarami morderstwa w bunkrze, dlatego tak szybko zamknął tę sprawę. A pan w tym dopomógł. – Znów wskazał ołówkiem na prokuratora.
– Proszę się liczyć ze słowami. To są poważne oskarżenia – Lipski zaprotestował, wstając od stołu.
– Radziłbym usiąść. – Zachowanie Lipskiego nie zrobiło na warszawiaku najmniejszego wrażenia. – W ten sposób łatwiej zniesie pan to, co powiem. Funkcjonariusze Wydziału do Zwalczania Zorganizowanej Przestępczości Kryminalnej – kontynuował – oraz Zwalczania Zorganizowanej Przestępczości Narkotykowej rozpoczęli działania operacyjne. Wdepnęliście, panowie. Wszystko przeciekło do prasy i nikt teraz nie podejmie działań, by zatuszować tę sprawę. Nie uda się wam tego ukryć.
– Co chce pan przez to powiedzieć? – zapytał prezydent, zaskoczony i nieco oburzony obcesowością wypowiedzi.

– To, że ma pan na własnym podwórku mafię, panie prezydencie. Przy okazji okazało się, że szanowany i nieżyjący już komendant współpracował z bezpieką. Na chwilę obecną powiedzieć więcej panom nie mogę – uciął, sprytnie unikając pytań. – Oczywiście wszystko, czego tutaj się dowiedzieliście, jest poufne i związani jesteście tajemnicą służbową – przypomniał. – Przy okazji informuję, że panowie Lipski, Król, Jakubowski i Szechter – zaczął wymieniać nazwiska – od tej chwili są na urlopie zdrowotnym. Innymi słowy przygotujcie się, że polecą głowy. Dziękuję za uwagę.

Lipski spodziewał się tego. Właściwie cieszył się, że ma to już za sobą. Natychmiast wstał i wyszedł. Kiedy na schodach zabrzęczał mu w kieszeni telefon, dopadła go jakaś natarczywa dziennikarka, niemal zderzając się z nim.

– Panie prokuratorze, proszę odpowiedzieć na kilka pytań – przystawiła Lipskiemu mikrofon do ust.

– Z przyjemnością, ale bardzo się spieszę.

– Chociaż na jedno.

– Proszę wybaczyć, ale jestem spóźniony – rzucił i uciekł.

Coś jeszcze wrzasnęła zza poręczy, ale był już na dole. Ważny był SMS. „Tatusiu, dostałam jedynkę" – odczytał. Natychmiast zaklął w myśli.

Owszem, Lipski miał dziecko, ale nie wychowywał go. Płacił alimenty i wiadomość nie pochodziła od córki. Wiadomość wysłał facet w dżinsowej kurtce. Lipski nie pozwolił dzwonić. Bał się – nie bez powodu zresztą – że jest obserwowany i kto wie, nawet może podsłuchiwany przez wewnętrznych. Podszedł więc do budki telefonicznej, włożył kartę i wystukał numer.

– Nie dałem rady. – Usłyszał w słuchawce.

– Ty nie dałeś rady? Jak to? Czemu?

– Przypadkiem.

– Przypadkiem to można trypla od kurwy załapać – zakpił – a nie spierdolić taką robotę. Rozumiesz?

– Uspokój się, prokuratorku. Nie zapominaj, z kim rozmawiasz – pouczył go ktoś z drugiej strony. Lipski usłyszał delikatny, pochodzący zza wschodniej granicy akcent. – Nie jest tak źle – uspokajał. – Mamy 2:1.

– Co mamy? Nie rozumiem – Lipski denerwował się dalej. – Mów po ludzku.

– Dziewczyna wykończona. Glinie nic nie jest.

– Aha. Rozumiem. Szkoda. Wolałbym odwrotnie.

– Nie panikuj. Zapłaciłeś za zlecenie i wykonam je – zapewnił głos. – Jestem solidna firma. Tylko się nie gorączkuj. Nie lubię nerwówki, wrzody mi się od tego mogą zrobić.

– Wiem, wiem – zbył go natychmiast. – Pamiętaj tylko, że to ma być wypadek.

– Spokojnie. Będzie, jak chcesz. Wiesz przecież, że nie zawiodłem was nigdy. Teraz też będzie dobrze, tylko sam czegoś nie spieprz. Martwię się. Za dużo szumu się zaczyna robić wokół ciebie w tym waszym opolskim grajdołku.

– Nie po to wyciągnąłem cię z ancla, żebyś teraz za mamuśkę robił. Rób swoje i informuj mnie – Lipski uciął wywody rozmówcy. – Na razie.

– W porządku. Będzie, jak chcesz. Oglądaj telewizję.

Telewizja – powtórzył Lipski w myślach. Ale nie odłożył słuchawki. Dobrze nauczył się mówić po polsku – myślał, wystukując następny numer. Po chwili usłyszał sygnał, ktoś odebrał telefon i do jego uszu dotarł miły, kobiecy głos:

– Słucham.

– Poproszę z senatorem Lipskim.

– A kogo mam przedstawić?

– Proszę powiedzieć, że dzwoni syn.

– Ach tak. Nie poznałam pana. Przepraszam. Już łączę.

54.

Emil obracał w palcach papierosa. Nie chciał zapalić. Chodziło o coś innego. Starał się zorientować w sytuacji. Obwąchiwał papierową rurkę, zamiast zapalić, schował papierosa do paczki i niemal równocześnie wszedł do komendy.

Przeszedł przez drzwi wraz z parką cywili rozgorączkowanych kradzieżą samochodu, jak wywnioskował z rozmowy. Dzięki owym ludziom dziewczyna na dyżurce nie zauważyła go. Nim zdążyła parkę zrozumieć, wydać przepustki i skierować do odpowiednich drzwi, był już na klatce schodowej.

Nikt nie zauważył go też idącego słabo oświetlonym korytarzem. Miał nadzieję, że tak będzie. To jednak zawdzięczać mógł jedynie szczęśliwemu zbiegowi okoliczności. Mogło być zupełnie inaczej.

Bez przeszkód dotarł pod znajome drzwi. W klitce nieprzyjemnie zionęło pustką. Zastanawiając się, kiedy był tu po raz ostatni, natychmiast przystąpił do działania. Otworzył szafę pancerną. Wrzucił do plecaka szelki oraz kaburę z P-83 i dwoma magazynkami. Natychmiast wyszedł. Operacja trwała mniej niż pół minuty. Był lepszy niż początkujący złodzieje samochodów.

Wiedział, że za kilka dni to, co zrobił, będzie wydawało się niemożliwe. Wielu będzie zastanawiało się, jak udało się tutaj wejść i wyjść niepostrzeżenie. Przecież nie była to dudniąca muzyką techno i popiskiwaniem gimnazjalistek dyskoteka, ale jeden z najlepiej strzeżonych budynków w Opolu.

Po wyjściu z fabryki zapalił wreszcie niańczonego papierosa. Dym zepsuł zapach tytoniu. Wsiadł do poloneza i ruszył w kierunku mieszkania. Nie mam zbyt wiele czasu – myślał. Nie powinienem wracać do mieszkania. Ale nim się ukryję, muszę zabrać kilka rzeczy.

Nie przeczuwał, że jest obserwowany. Sądził, że dopiero będzie śledzony. Los jednak to bardzo złośliwe zwierzę i nikt z nas, niezależnie od stanowiska, wieku, płci, nie ma nad nim kontroli.

Zaparkował samochód przed blokiem. U progu mieszkania leżała szara koperta. Wrzucił ją do plecaka. Wewnątrz błyskawicznie spakował najpotrzebniejsze rzeczy, wśród których znalazła się kosmetyczka, obwiązany recepturką zwitek stuzłotówek, nóż, ciepły sweter, dwie butelki czystej oraz trzy paszporty. Będąc gliną, warto mieć znajomości w świecie przestępczym i dobrze zabezpieczyć się na różne ewentualności.

Założył szelki z kaburą pod pachą. Nałożył czarną kurtkę ze świńskiej skóry, która natychmiast zakonspirowała uzbrojenie. Nim zamknął drzwi na klucz, wsunął jeszcze do bocznych kieszeni dwa magazynki, pełne dziewięciomilimetrowych nabojów. Wychodząc, rzucił okiem na wnętrze, które tak dobrze znał i w którym tak dobrze się czuł. Już nigdy więcej miał tutaj nie wrócić.

Pobyt w mieszkaniu nie mógł trwać dłużej niż kilka minut. Wystarczyło to jednak, aby na dole przed klatką czekający na niego ludzie sprężyli się w oczekiwaniu na swoją ofiarę.

Zjechawszy windą, wiedziony przeczuciem, policjant nie wyszedł z bloku tą samą klatką, którą wszedł. W ten sposób nieświadomie pogorszył swoją sytuację.

Ruszył do poloneza wzdłuż osiedlowej uliczki obstawionej z obu stron zaparkowanymi samochodami. Po kilku sekundach był w połowie drogi i wtedy, nagle, tylko na krótki ułamek sekundy, wzdłuż kręgosłupa poczuł znajomy, nieprzyjemny dreszcz. Instynktownie sięgnął dłonią pod pachę. Dłoń natychmiast wyszukała ciepłą powierzchnię kabury. Odpiął zapinkę. Poczuł kojącą strach rękojeść. Mimo to było już zdecydowanie za późno.

Usłyszał silnik samochodu zbliżającego się na zdecydowanie za dużych obrotach. Następne wydarzenia, choć rozegrały się tylko w czasie sześćdziesięciu milisekund, wydały się dla niego sekwencją krótkich ujęć na kształt perfekcyjnie i z wirtuozerią zmontowanego filmu.

Obrócił się. Stanął bokiem w kierunku nadjeżdżającego busa. Za szybą, najwyżej kilkanaście metrów dalej dostrzegł zaciętą twarz mężczyzny w dżinsowej kurtce. I wtedy zrozumiał. Patrzył w oczy własnej śmierci. Samochód był zbyt blisko. Emil miał za mało czasu. Nigdy zresztą nie mamy go tyle, ile byśmy chcieli.

Zdawał sobie sprawę z końca. Mimo to wyszarpał broń. Może gdyby miał jeszcze dwie, nawet jedną sekundę, uskoczyłby na dach któregoś z samochodów obok i przeładowałby broń. Może gdyby zgodnie z wytycznymi zabraniającymi noszenia przeładowanej broni w kaburze z przyzwyczajenia nie odciągnął zamka. Ale to wszystko wymagało bezcennego czasu. A nie miał nawet sekundy.

I wtedy, nagle, stało się coś, czego nie spodziewał się żaden z mężczyzn. W chwili kiedy policjant czuł oddech śmierci, najwyżej kilka centymetrów od głowy, usłyszał świst. Nie było huku, ale charakterystyczny świst przelatującej kuli. Nim dotarło do niego, czym jest ów odgłos, twarz mężczyzny w samochodzie zniknęła zasłonięta zabieloną od pęknięć szybą. Zamiast głowy kierowcy widział niewielki otwór i koncentryczne pęknięcia. Samochód gwałtownie przechylił się w prawo, skręcił i z łoskotem zatrzymał się na wypolerowanym daewoo matizie.

Emil stał pięć metrów dalej z odbezpieczoną bronią. Patrzył na resztki przeznaczenia, które w ostatniej chwili zmieniło zdanie i wywinęło figiel. Kiedy obrócił się w kierunku, z którego ktoś strzelał, zrozumiał. Niepozorna, znajoma kobieta.

55.

Melisa wsiadła do samochodu i odjechała. Oszołomiony policjant odprowadzał ją wzrokiem. Po kilkunastu sekundach ocknął się. Przecież nie mógł stać z gnatem w dłoni przed dwoma roztrzaskanymi samochodami – myślał. W kabinie jednego siedział niedoszły zabójca, zapewne z kością czołową rozłupaną przez kulę. I to wszystko o pierwszej po południu w jednym z największych w mieście osiedli z wielkiej płyty, pomiędzy kilkoma tysiącami hipotetycznych świadków.

Nie namyślając się, wsiadł do poloneza i ruszył. Umysł natychmiast się przełączył. Intensywnie analizował możliwości, zagrożenia i drogi ich uniknięcia.

Nie mógł poruszać się polonezem. Natychmiast zarządzona zostanie blokada dróg. Nikt nie zwrócił uwagi na hondę i kobietę za kierownicą. Strzelała cicho, z tłumikiem. Nawet jeśli nikt nie był świadkiem zdarzenia, z pewnością znajdzie się niejeden, który widział go potem. Był też pewien, że znajdą się ci, którzy zobaczą go strzelającego do mężczyzny w busie – myśląc o tym, lawirował pomiędzy uliczkami.

W tle z daleka dochodziło już zawodzenie syren, więc nie zostało wiele czasu. Zatrzymał się obok czerwonego bmw. Samochód mógł mieć piętnaście lat. Szukał właśnie takiego. Upewniwszy się, że nie jest obserwowany, mocno kopnął podeszwą w odpowiednie miejsce na tylnych drzwiach. W tej samej chwili centralny zamek otworzył wszystkie rygielki.

Wrócił do poloneza i starannie go zaparkował. Podszedł z powrotem, złamał siłą blokadę kierownicy i zerwał plastikową osłonę kolumny kierownicy. Zwarł przewody. Silnik natychmiast zaśpiewał. Wrzucił jedynkę i wolno, nie wzbudzając niczyich podejrzeń, ruszył.

Zdawał sobie sprawę, że najpóźniej w ciągu kilku godzin ludzie z fabryki rozpoczną poszukiwania. Już widział nagłówki: „Policjant – zabójca", „Opolski policyjny kiler" czy „Śledczy prowadzący sprawę zabójstw unika zamachu, w którym ginie jego partnerka, i strzela, zabijając człowieka". Właśnie rozpoczynał się koszmar.

Z pewnością ktoś znów zechce go zabić – dedukował za kierownicą – i będzie to zleceniodawca gościa z samochodu. Wiedział, że spotkanie z ludźmi, którzy będą go szukać, może oznaczać śmierć. Ktoś chce mnie zabić – myślał i doskonale zdawał sobie sprawę, że jest to ktoś mocny, wpływowy i z białym kołnierzykiem. Już raz się nie udało. Nie żyje przez to Letka. Przed chwilą znów spróbował – tym razem jednak sprawy przybrały nieoczekiwany dla wszystkich obrót. Aresztowanie byłoby równoznaczne ze śmiercią.

Jeśli nawet przeżyje areszt i dochodzenie, w co wątpił, dostanie dwadzieścia pięć lat za zabójstwo, w które zostanie wplątany. To ktoś u góry rozdawał karty. Sam był bez szans. Musiał zrobić to, co zamierzał jeszcze przed próbą zamachu. Wracając do domu, nie docenił zabójcy i popełnił błąd. Mógł kosztować go życie.

Żyje jednak, więc musi walczyć. Trzeba się zaszyć daleko, przemyśleć sytuację i zacząć działać. To była jedyna szansa. Tam, gdzie pędził, przemyśli wszystko, tam wszystko będzie inne – pocieszał się. Z daleka oczyści się i dopadnie kogoś odpowiedzialnego za to wszystko.

Uspokoił się. Znów potrafił myśleć chłodno, bez emocji, racjonalnie i analitycznie. Dwuipółlitrowy silnik, szemrząc równo i przyjaźnie przy trzech tysiącach obrotów, napawał go optymizmem. Samochód mknął sto trzydzieści kilometrów na godzinę drogą krajową nr 46. Każdemu mocniejszemu wciśnięcie gazu towarzyszył ryk wkręcającego się ochoczo na obroty motoru i wyraźnie odczuwalne przyśpieszenie.

Jechał zdecydowanie za szybko i zbyt ryzykownie. Samochód jednak pozwalał na to. Nie miał czasu. Musiał się śpieszyć. Po zaledwie pół godzinie wjechał do Nysy. Pozostało jeszcze trzydzieści kilometrów. Miasto wydawało się żyć własnym rytmem i nigdzie nie było widać oznak blokady. To dobry znak. Po drodze nie napotkał nawet jednego patrolu drogówki.

W oddali wyrastały z horyzontu sylwetki Sudetów. W szczytowych partiach las wciąż pokryty był jeszcze białym płaszczem. Piękny, pofałdowany krajobraz wpływał na niego kojąco. Znaki obwieszczały, że jest już blisko. Jedna myśl nie dawała tylko spokoju. Dlaczego wciąż jeszcze żyje?

56.

Zatrzymał się w Jeseníku. Zostawił samochód. Zabrał tylko plecak. W informacji turystycznej pozbierał kilka folderów okolicznych kwater. Znalazł niezbyt daleko drewnianą chatę. W kantorze kupił korony. Nieduzo. Wiedział, że obracających sporymi kwotami zawsze się zapamiętuje, a tego nie chciał. Kupił kartę telefoniczną i papierosy. Wykonał telefon z budki na ulicy, rezerwując domek dla dwóch osób.

– Żona dojedzie później – rzekł do słuchawki.

Samotny mężczyzna może wzbudzić podejrzenia. Mężczyzna czekający na żonę – nie bardzo. Następnym zakupem były okulary przeciwsłoneczne i zielona czapka z daszkiem.

Słoneczna pogoda dobiegała końca. Zza gór nadciągały ciężkie chmury. Piękne widoki znikały. Musiał się śpieszyć. Taksówkarz zawiózł go pod domek. Po kilku minutach usiadł na balkonie i patrzył, jak spadają pierwsze krople deszczu. Ulewa szybko się rozpętała i nadciągała za nią wiosenna burza.

Uwielbiał burze. Oczywiście miał ogromny respekt do tego zjawiska, ale lubił, kiedy grzmot przeszywa ciało do szpiku kości. Kiedy błyskawica oświetla potężną siłą smoliste niebo, a chwilę później wraz z dźwiękiem grzmotu wszystko staje się tak mało istotne.

Pewnej nocy w dzieciństwie obudziły go identyczne grzmoty. Strach dopadł wtedy całą rodzinę: ojca, matkę i braci. Zapamiętał, jak mama szeptała modlitwę, którą co rusz zagłuszał rozdzierający trzask, i jak przerażonymi oczami spoglądała za okno.

Całe życie starał się nie widzieć tych oczu u ludzi. Tamtej nocy przytulił się do mamy i głaskał ją po głowie, by ją uspokoić. Obiecał sobie, że zawsze będzie stawał po stronie tych, którzy się boją. Po stronie słabszych, bezsilnych, krzywdzonych. A teraz nie wiedział, co robić. Z jednej strony poznał tożsamość mordercy. Ta kobieta zabiła kilku ludzi, w tym Letkę. Ktoś inny chciał go zabić. Już wtedy przed szpitalem miał zginąć z dziewczyną, choć przez przypadek ocalał. Tak czy inaczej postawiono na niego wyrok i było zlecenie.

Przypomniał sobie kopertę pod drzwiami. Wewnątrz znalazł kartkę papieru z odręcznie napisanym numerem telefonu Ery. Ubrał się i pobiegł do budki telefonicznej. Nie chciał używać swojego telefonu i dawno go już wyłączył.

57.

– Witam, panie komisarzu. – Usłyszał kobiecy głos w słuchawce.
– Zatem to ty – odparł po chwili.
Nie czuł się szczególnie zaskoczony. Nie teraz.
– Owszem – przyznała. – Nie cieszysz się?
– Trudno radować się, słysząc kogoś, kto chciał cię zabić przed chwilą.
– Nie chciałam cię przed chwilą zabić – odparła dziennikarka.
– Ale chciałaś.
– Raczej powiedziałabym, że uratowałam ci życie. Za co nie usłyszałam słowa „dziękuję". Nie pamiętasz już?
– Pamiętam, dziękuję.
– Proszę. Ale nie mamy czasu na uprzejmości. Gdzie jesteś? – zapytała, zupełnie zaskakując policjanta. Coś takiego chyba nazywa się tupetem – pomyślał.
– Przecież wiesz, że ci nie powiem. Chyba że chciałbym popełnić samobójstwo. Skąd mogę wiedzieć, że nie zechcesz zabić mnie raz jeszcze?
– Skąd mogę wiedzieć, że właśnie z innymi psami nie namierzacie mnie teraz? – rzuciła niespodziewanie. – Poza tym miałam doskonałą okazję, aby cię zabić, a jak widzisz, miewasz się całkiem dobrze.
– Telefon masz pewnie na kartę?
– Tak, na kartę – odpowiedziała.
– Kupioną w kiosku?
– Kupioną, abyście nie mogli mnie dzięki temu dopaść – sprostowała.
– I gdzieś się ukrywasz?
– Nazwałabym to inaczej. Ukrywam się przed kimś. Tak samo jak ty.
– Dlaczego mnie nie zastrzeliłaś?
– Chciałam – przyznała szczerze, jeśli można w takich kategoriach traktować wyznanie wielokrotnego zabójcy. – Ale nie doceniłam cię. Zrozumiałam, że gramy w tej samej drużynie.

– A to interesujące! Nie wiedziałem, a szkoda – dodał. – Bo pewnie podałbym ci piłkę.
– Ja też – przyznała. – Ale śmierć Letki mi to uświadomiła. Przykro mi.
– Przykro ci?!
– Nie denerwuj się. To nie moja sprawka!
Zapadła przerwa w rozmowie. Emil nie spodziewał się takiej sytuacji. Teraz jasne było jej zachowanie na osiedlu. Wszystko zrozumiał.
– Tego gościa od samochodu?
– Tak – przyznała. – Jego. Ale on już nam nie zaszkodzi.
– Niestety zaszkodził już mnie, a właściwie mojej dziewczynie.
– Wiem. Po jej śmierci spodziewałam się tego, że będzie cię śledził. Dlatego łaziłam za nim, a także dlatego dostałeś mój numer. Mamy wspólny interes, choć może trochę cele ostateczne się różnią.
– Wspólny?
– Posłuchaj – rzekła. – Wiesz, czego chcę. Tylko śmierci tych, którzy zniszczyli moje życie. Niczego więcej.
– Wiem – przyznał.
– Ty zaś jesteś gliną – przypomniała.
– Skończonym.
– No właśnie, twoi kumple z fabryki skompromitowali cię i teraz jesteś zerem.
– Zawsze nim byłem.
– Nie przejmuj się. Ważne, że nie jesteś skorumpowany, i doskonale wiem, kim jesteś. Swój plan zrealizowałam już prawie cały. Został jeszcze tylko jeden punkt.
– Jaki?
– Ryszard Lipski.
– Ojciec prokuratora Lipskiego?
– Ten sam.
– I co z nim?
– Myślę, że synek wkrótce zostanie wezwany do ojca. Obaj prowadzą ciemne interesy. Mnie młody nie interesuje. Poza tym, że ma ojca zbrodniarza, osobiście nic mi nie zrobił. To, że jest gnojkiem, to bardziej powinno ciebie obchodzić. Interesuje mnie tatuś. Czy pozwolisz na to, czy nie – w jej tonie nie można było znaleźć cienia wahania – zemszczę się. Musi zapłacić za moją krzywdę. Tobie zależy na młodym i dostaniesz go na tacy.
– Nadal będę skompromitowany i oskarżony o morderstwo z użyciem służbowej broni – przypomniał. – Dostanę tyle, że nie wyjdę już nigdy. Zresztą jego kolesie i tak mnie wykończą w anclu.
– Nie panikuj. Prokuratorka dostaniesz żywego.

– Co mi po tym? – zakpił. – Poza tym jak mam ci ufać?
– Jak chcesz. Łaski mi robić nie musisz. Ale żal mi się ciebie zrobiło. Te skurwysyny skrzywdziły ciebie i małą tak samo jak innych. Owszem, myślałam, że jesteś jednym z nich, ale pomyliłam się, przyznaję. Masz teraz okazję, aby się zemścić. Jeśli zechcesz, skorzystasz z mojej propozycji. Jeśli nie, twoja sprawa, ale nie waż się przeszkodzić, bo skończysz jak tamci.
– A jeśli zechcę?
– Wiesz, jak wygląda pluskwa piątka?
– Replika pięciozłotowej monety?
– Widzę, że dobry jesteś w te klocki.
– Jestem psem, nie zapominaj – przypomniał po raz kolejny. – Co z nią?
– Nie zapomniałam. Dzisiaj w sądzie zebrała się cała śmietanka naszego miasta w mojej sprawie.
– Twojej?
– Raczej w sprawie bałaganu, którego narobiłam, i trupów, które podesłałam. Przy okazji wyszła na jaw ubecka dokumentacja i dowody zbrodni sprzed lat.
– Chodzi o zwłoki w bunkrze i dokumenty, które odkrył wybuch bomby?
– Tak. Przykro mi, że oberwałeś.
– Nieważne – zbył tę uwagę. – Wylizałem się, jak widać. A przeprosiny są raczej nie na miejscu, skoro chciałaś nas zabić.
– Nie do końca was.
– Bossa?
– Uhm...
– W ten sposób chciałaś ujawnić te papiery?
– Zgadza się – znów odpowiedziała z uśmiechem. – Oto właśnie chodziło. Udało się zresztą. CBŚ i Wydział Spraw Wewnętrznych wzięli się za to. Twój kolega, niejaki Eryk Lipski, też tam był. Przypadkiem spotkaliśmy się na schodach. Teraz w kieszeni marynarki ma piątkę.
– Co z tego?
– To z tego, że jutro jedzie do tatusia. Raniutko. To z tego, że mam na taśmie jego słowa. Świadczą, że to na jego zlecenie miałeś fiknąć koziołka, rozumiesz?
– Rozumiem. Ale to słaby dowód w sądzie.
– Wiem. Zdaję sobie z tego sprawę. Jutro, jak wspomniałam, młody odwiedzi Herr Lipskiego i nie mam pojęcia, o czym sobie porozmawiają po długiej rozłące. Ale jeśli rozmowa okaże się owocna, bę-

dziesz miał na taśmie coś, co pozwoli ci wrócić do normalnego życia. Dzięki mnie oczywiście. I dla ciebie legalnie.
— Nagranie, cokolwiek by zawierało, to nadal słaby dowód w sądzie.
— Masz łeb i chuj, to kombinuj — rzuciła kryminalnym rymem. — W sądzie może i tak, ale dla prasy, radia, telewizji to ochłap, którym będą żywili się przez tygodnie. A są silniejsi od podkupionych papug. Pamiętaj, że Małgorzata Krawiec jest dziennikarką.
— Nie zapomniałem.
— Więc masz co robić. Podoba ci się mój plan?
— Dlaczego o tym mówisz?
— Bo nie chcę, żebyś przeszkadzał, jeśli nie chcesz stanąć po mojej stronie. Daj mi tatusia, ja dam ci synka. Ty oczyścisz swoje imię i przy okazji udupisz na zawsze młodego. Ty zamykasz zbirów, a on wypuszcza, aby załatwiali jego ciemne interesy. Jego i tatulka. Przy tym okaże się, że nawet po odsunięciu cię przez skorumpowanych policjantów ze służby nadal pełniłeś swoje obowiązki. Sprawcy morderstwa nie udało ci się ująć, ale przy okazji na jaw wyszła wielka korupcyjna afera. Zostaniesz bohaterem.
— Mam zawrzeć układ z seryjnym mordercą?
— Możesz zawrzeć układ z kimś, kto stracił życie przez tych skurwysynów. Wybieraj.
Odłożył słuchawkę i spojrzał na niebo. Z koloru pasty do butów przybrało granatowy, jaśniejszy odcień. Miał też wrażenie, że deszcz zelżał... Zapalił papierosa i myślał. Czy miał wyjście — oczywiście, że tak. Zawsze jest jakieś. W oddali ciemniał świerkowy las.

58.

Stary Lipski był właścicielem sporego domu, z jeszcze większym ogrodem nad Jeziorem Srebrnym w Turawskich Lasach. Owszem, daleko od Warszawy i senatu. Ale daleko też od dziennikarzy, wielkomiejskiego zgiełku i warszawskiego pośpiechu. Stąd mógł prowadzić interesy równie dobrze albo nawet o wiele lepiej niż z Warszawy.

W tej części Polski, na Opolszczyźnie, była to naturalna i świetnie wkomponowana w krajobraz willa, jak w Niemczech. Nic dziwnego, skoro na tablicy z nazwą miejscowości widnieje też nazwa Königshuld. Związek z Niemcami jest tu oczywisty, choć powody historycznie błędne. Liczą się przede wszystkim pieniądze.

Tak też było w przypadku rezydencji senatora Lipskiego, przed którą wysiadał z samochodu jego syn prokurator. Stary Lipski mandat senatora dostał z ramienia Mniejszości Niemieckiej. Wprawdzie odsetek deklarujących pochodzenie niemieckie liczy tu ledwie 1–2%, to wystarczyło na dwa mandaty, a rodzina Lipskich miała tyle samo germańskiej krwi jak większość podwójnych tutaj.

Wszyscy Lipscy na początku XX wieku byli Polakami, ale okazało się, że uzyskanie niemieckiego obywatelstwa będzie korzystne. Prababka Lipskiego, Polka z krwi, wyszła za mąż za zniemczonego Ślązaka i w ten sposób Lipscy mogli powołać się na niemieckie korzenie. Otrzymali niemiecki ausweis i nazwisko Lipsky. Choć stary Lipski odebrał medal od Gierka, komuna upadła i dalej nie mógł być w PZPR. Zmienił więc barwy na żółto-czarno-czerwone. Kilka lat przesiedział na emeryturze, przeczekując jako radny, po czym zaczął aktywnie uczestniczyć w życiu Towarzystwa Społeczno-Kulturalnego Niemców na Śląsku Opolskim. Cichcem podszkolił język i w końcu lat dziewięćdziesiątych otrzymał mandat senatora. I tak świnia znów była u koryta.

59.

Senator Ryszard Lipski, a raczej Richard Lipsky, posilał się golonką na drewnianym tarasie okrytym z zadaszeniem niemiłosiernie oplecionym bluszczem. Nie przerywając jedzenia, przywitał syna:

– Dobrze, że przyjechałeś. Dawno się nie widzieliśmy.

– Czyżbyś się stęsknił?

– A nie mogę? Ważne, że przyjechałeś. Opowiadaj, co się stało, bo jak cię znam, to znów coś zmalowałeś.

– Owszem, mam kłopoty.

– Domyślam się – odparł, kiwając głową. – Poważne?

– Jak cholera, tato. Czuję, że jestem w niebezpieczeństwie.

– Dużym?

– A może być inne?

Słysząc to, stary Lipski zmarszczył brwi. Odłożył srebrne sztućce i wytarł usta z tłuszczu jedwabną białą serwetką z wyhaftowanymi w jednym z rogów inicjałami R. L. Odstawił niedojedzoną golonkę i wziął spory łyk jasnego piwa. Był dojrzałym mężczyzną. Patrząc na niego, można było sobie wyobrazić, jak jego syn będzie wyglądał za dwadzieścia kilka lat. Miał nadwagę, błyszczącą łysinę na czubku głowy, wokół której uformowała się siwizna.

– Nie powinieneś jeść tak tłusto – skwitował posiłek Lipskiego prokurator. – Taka dieta może być niebezpieczna.

– Bardzo niebezpieczna?

Obaj się roześmiali z żartu starego. Prokurator trochę bardziej smutno, bo czuł, że nad jego karkiem wisi miecz. Wciąż nie opuszczała go świadomość, że w każdej chwili ten miecz może uciąć mu głowę.

– W takim razie, synu, zamieniam się w słuch – odparł, wygodnie rozsiadając się w wiklinowym fotelu.

– To, że Bossakowski nie żyje, to wiesz.

– Owszem, czytam gazety – przyznał, wskazując ruchem głowy „Nową Trybunę Opolską" na stole.

– Został zamordowany.

– Też się domyśliłem. Ale kto go zabił? – zapytał. – Ten policjant?

– Stompor?

– Nie wiem, jak się nazywa – zniecierpliwił się stary. – To ty powinieneś wiedzieć. Ten, co prowadził tę sprawę z trupami w podziemiach.

– Tak, to o niego chodzi – przytaknął prokurator. – Ale to nie on załatwił komendanta.

– W takim razie kto?

– Mafia.

– Mafia? Co ty chrzanisz, synu? Mafia to ja! – obruszył się senator. – Nikt tutaj nawet jednej dziwki nie postawi przy drodze bez mojej wiedzy – senator się uniósł. – Ani jeden skręt nie trafi do dzieciaków pod szkołą, jeśli ja o tym nie wiem. Jeśli załatwił go ktoś inny niż moi ludzie, to znaczy, że albo prowadzisz interesy bez mojej wiedzy, albo Bossakowski chciał mnie wydymać – zawyrokował.

– Nie wiem, naprawdę – kłopotał się prokurator. – Z tego, co powiedział mi komendant, to wszystko trzymało się kupy. Mnie to jednak wygląda na zupełnie coś innego – odparł głosem, w którym więcej było wątpliwości niż pcheł w lisiej kicie.

– A co ci powiedział?

– Przede wszystkim – ciągnął syn senatora – nie chciał, żebyśmy grzebali w bunkrze. Właśnie tam ten glina znalazł trupy.

– Bo tam były ukryte nasze akta z czasów przed Solidarnością. Moje też. Mówiłem, żeby je zniszczył. Stary cap się uparł, że są bezpieczne. Bunkier miał się zawalić, pogrzebać pamięć o tamtych czasach. Zresztą – westchnął jakby przemęczony – bardziej niż tym zajmował się własnymi planami na przyszłość.

– Wiem, opowiadał.

– No właśnie.

– Dobra, papiery rozumiem – wrócił do sprawy. – A co z trupami?

– Tymi dwoma?

– Tymi z twoich czasów.

– No cóż – zaczął senator – ty nie pamiętasz tamtych czasów. To był trudny okres, trzeba było na wszystko uważać i grać tak, by nie podpaść Moskwie. Dlatego musieliśmy eliminować zawczasu zagrożenia.

– Eliminować? Niech was szlag, tato – wściekł się, niemal unosząc głos. – Teraz wpieprzył się do tego IPN. A jak dojdą po sznurku do ciebie, a potem dalej zaczną węszyć, co wtedy?

– Nie martw się – senator bez cienia emocji odparł uspokajająco. – Wszystko jest już załatwione.

– Co?

– Załatwiłem wszystko.

– Nie rozumiem.

– Nie musisz. Ważne, że jest dobrze.

– Co to znaczy?

– Co to znaczy, co to znaczy... – przedrzeźniał syna, widać znużony sprawą. – Dopytujesz się jak siedmiolatek. Zawsze muszę chronić ci dupę? Spotkałem się z kilkoma osobami i zadzwoniłem gdzie trzeba i do kogo. Musiałem też trochę zainwestować. Ale gra jest warta świeczki, bo najpierw wzięliby się za komendę, potem za ciebie, aż wreszcie narobiliby mi smrodu. Śledztwo zostanie pod koniec roku zamknięte. Okaże się, że ofiary to Niemcy z lat pięćdziesiątych, którzy nie zostali przesiedleni i nie chcieli przyjąć polskiego obywatelstwa.

– A akta?

– No właśnie to będzie wiadomo z akt.

– A tamte? – młody Lipski gorączkował się. – Co z tamtymi, prawdziwymi?

– Okaże się, że nigdy ich nie było.

– Jezu... Jak to załatwiłeś?

– Nieważne – senator uciął temat sposobów. – Ważne, że będzie dobrze. Pamiętaj, że nie ma ludzi, których nie da się przekupić, a jest jedynie odpowiednio wysoka cena, którą należy zaproponować w odpowiedni sposób. Niekoniecznie w formie gotówki, bo pieniądze nie są w życiu najważniejsze. Poza tym jutro, między innymi właśnie w tej sprawie, muszę jechać do Warszawy. Będziesz potrzebny.

– Po co?

– O tym zaraz. Teraz chodź. Przejdźmy się. Spacerek po posiłku dobrze mi zrobi. Tobie też. Kiepsko wyglądasz.

– Bo się martwię.

– I dobrze – skwitował sucho. – Masz czym. Na świeżym powietrzu nikt nie usłyszy, o czym rozmawiamy. Tutaj – mruknął, spoglądając w kierunku salonu – kto wie, ściany mogą mieć uszy, a sprawy są warte miliony.

– Mama?

– Mama jest w sanatorium. Nieważne. Chodź – ponaglił go.
Senator miał wiele racji. Na swoje nieszczęście nie do końca. Rozmawiając, ruszyli w kierunku lasu. Szli wolno, jakby z rozmysłem rozmawiając cicho, jednak ich ton był zupełnie inny.
– Przede wszystkim coś ty nawywijał z tym policjantem?
– Właśnie ta sprawa wymknęła się spod kontroli.
– To on prowadził sprawę z bunkra, prawda?
– Tak. Boss mu ją dał.
– Czemu?
– Tak wyszło. Ten glina to alkoholik, sam, wdowiec. Żonę i dziecko parę lat temu zabił kierowca ciężarówki. Sprawa miała być pobieżnie poprowadzona i zamknięta, aby nie zbliżać się do cholernego bunkra. W razie czego Bossakowski odsunąłby go za picie na służbie. A kogo obchodzi para zapijaczonych bezdomnych zachlewających się na śmierć? Rutynowe dochodzenie – wypadek i po krzyku. Akta zamknięte. Tak to na początku wyglądało.
– No i co?
– Zamknąłem sprawę. Ale potem Boss zadzwonił, że ten cholerny glina coś wywęszył.
– Te akta?
– Nie, chyba nie. Zresztą nic o aktach nie wiedziałem – mówiąc, spojrzał w ojcowskie oblicze z wyrzutem. Glina odkrył, że trupy w bunkrze to nie wypadek, ale zabójstwo.
– Ktoś ich otruł?
– Właśnie.
– Przecież mogliście jeszcze ukręcić łeb sprawie.
– Właśnie nie.
– Czemu nie?
– Bo okazało się, że ten, kto zabił tych dwóch, zaczął rozsyłać koperty z nagraniami.
– Do prasy?
– Do prasy, do nas, do tego gliny i cholera wie, gdzie jeszcze...
– I co dalej?
– Jak byśmy wtedy wyzerowali Emila – tłumaczył prokurator – to morderca z bunkra nadal by nam bruździł i mógł zaszkodzić więcej. Komendant ożenił Emila z małolatą bez doświadczenia jako partnerką. Na jego prośbę zresztą. To pogorszyło sprawę, bo laska okazała się bardziej bystra, niż przypuszczaliśmy. Dużo pomogła Emilowi – rzekł, kiwając głową z dezaprobatą, uświadamiając sobie błąd. – Ale skąd mogliśmy wiedzieć? Czekaliśmy, licząc, że Emil doprowadzi nas do truciciela.
– Bardzo dobrze. Ale co dalej?

– Bunkier wyleciał w powietrze i zaczęło się. Akta, zbiorowy grób, CBŚ i wewnętrzni.
– To nie jest, jak mówiłem, problem.
– No wiem – dodał młody. – Ale pies został. Tak samo jak pieprzony truciciel Unabomber. Mówiłem, żeby od razu Emila załatwić po cichu. Emerytura, renta, ale Boss nadal swoje. Dał mu urlop zdrowotny w Głuchołazach. Tam z dziewczyną mieli dalej w tajemnicy szukać mordercy.
– Bo w sprawę wtrąciła się Warszawka?
– Właśnie. Skąd wiesz?
Po raz kolejny okazało się, że senator wie znacznie więcej, niż można przypuszczać.
– Jeśli chodzi o wewnętrznych i CBŚ, ich dochodzenie nic nie wykaże.
– Jak to? Przecież zebrali nas w sądzie.
– To było tylko na pokaz – stary zarechotał. – Przedstawienie. Szopka. Mam swoich ludzi. Przecież prowadzę interesy nie tylko tutaj – przypomniał. – Sprawa jest załatwiona. Jest dobrze, tym martwić się nie musimy.
– A śledztwo?
– Masz teraz urlop, prawda?
– Tak, skąd wiesz?
– Musisz się jeszcze sporo nauczyć – przyznał, kiwając głową. – Nieważne. Po urlopie dostaniesz jeszcze jeden, tym razem półroczny, płatny.
– Pół roku? Jezu, a co potem?
– Sprawa zostanie zamknięta. Będziesz oczyszczony – stary Lipski ot tak, jednym zdaniem skwitował całe zmartwienie prokuratora. – Tak samo jak z IPN-em. Wrócisz do sądu. Okaże się, że to Boss miał porachunki ze światem przestępczym i dlatego został zamordowany, a ty to odkryłeś.
– Co?
– To, co słyszałeś.
Słowa senatora Lipskiego wywołały szok w głowie prokuratora. Nie posiadał się ze zdziwienia, ale i ze szczęścia. Rozwiązywało to bowiem jego szekspirowski dylemat lub, bardziej chyba, obawę: być albo nie być.
– Myślisz, że tak było naprawdę? Załatwił go ktoś za wasze interesy?
– Zwariowałeś? Stary dureń sporo nam narobił kłopotu, trzymając prochy u siebie. Załatwił go ten sam morderca, który wcześniej zabił ormowców, księdza w Nysie i dziewczynę przed szpitalem.

- Dziewczynę nie.
- Skąd wiesz?
- To moje zlecenie.
- Co? Po jaką cholerę? - spytał zdenerwowany.

Cały jego spokój nagle szlag trafił. Przypominał w tym swojego potomka.

- Emil z dziewczyną za daleko zabrnęli i na dodatek ogony potwierdzały, że przyjeżdża do nich do szpitala dziennikarka z radia. Boss zresztą, dureń, zwąchał ją z nimi. Bałem się, że przez te kontakty z prasą narobi tym rozgłosu. Uważam, że Emil też tak się zabezpieczał, bo zaczynał węszyć, że sprawa dotyczy wyższych pięter. Po tym, jak Boss się spalił, stwierdziłem, że trzeba się jak najszybciej pozbyć Emila, zanim coś jeszcze odkryje. Albo wywlecze na światło dzienne coś, co odkrył. Nie widziałem wyjścia.
- Bardzo niemądrze.
- Niby czemu?
- Bo komendant miał rację. Emil miał nas doprowadzić do mordercy. Potem by się go po cichu usunęło. Może nawet bezboleśnie, skoro to alkoholik i degenerat. Byłyby dwie pieczenie na jednym ogniu. Bez dochodzenia, bez prasy i świadków. Cicho, czysto i profesjonalnie. Jak kiedyś.
- W takim razie muszę odwołać swojego Ruska.
- Już jest odwołany.
- Ty go odwołałeś? - zdziwił się prokurator.
- Skądże. Emil go odwołał.
- To przecież niemożliwe. Zlecenie było na niego. Zgadali się gnoje?
- Emil go załatwił - odparł stary, cedząc przez zęby.
- Jasny chuj. Nie wierzę! Załatwił mojego Ruska?
- No.
- Przecież był najlepszy. Robił też kiedyś dla ciebie, prawda?
- Owszem, zdarzyło się - przyznał stary. - Ale to inna sprawa. Skup się. Jest okej. Emil zastrzelił naszego Ruska w centrum miasta i są na to świadkowie. I bardzo dobrze. Nawet jakby ich nie było albo byli jacyś słabi, niepewni, znaleźliby się pewniejsi. To znaczy, że Emila w sensie zagrożenia mamy z głowy. Zwiał ze służbową bronią i postrzelił niewinnego człowieka. Jest ścigany. Przez jakiś czas się nie pokaże. Zaszyje się w szczurzej norze i będzie się zastanawiał, co zrobić. Nikt przecież poza nami nie wie, kim był twój Borys.
- No, fakt.
- I dobrze. Ale Emil wróci. A jak nie, sami go znajdziemy. Wydaje się jednak, że za parę dni odkryje coś nowego i wróci na pewno.

Dlatego trzeba być ostrożnym. Tym bardziej, że to on doprowadzi nas do prawdziwego mordercy.

– A kim on jest?

– Długo nad tym myślałem – przyznał senator. – Rozmówiłem się też z twoim komendantem. Mamy dwie możliwości. Albo zrobiła nam się konkurencja i dobierają się do dupy, albo obudziły się zmory przeszłości. To raczej prawie na pewno to drugie.

– Czemu?

– Posłuchaj. Ormowców ktoś zwabił do bunkra, a potem otruł. Prowadzone śledztwo miało odkryć pamiątki z dawnych czasów kompromitujące wielu ludzi. Między innymi komendanta, mnie, a pośrednio i ciebie.

– Morderca wysyłał listy.

– Bo chciał tę sprawę nagłośnić i jeszcze raz naprowadzić psa na bunkier. Potem wybuch – odparł – ale nie taki, żeby zasypał wszystko. Trochę huku, dymu i kupa smrodu. Papiery i trupy odkryte. Potem kolej na komendanta i księdza. To jakiś łańcuszek, starannie zaplanowany. Zjawa z przeszłości. Pojawiła się znikąd i rozgrzebuje brudy. Wszyscy, którzy zostali załatwieni, mają związek z komuną. Boss, ormowcy, a nawet ksiądz.

– Bossa i ormowców rozumiem, ale ksiądz?

– Był agentem, jak większość z nich wtedy. Brał kasę i kapował. Pewnie zakapował kogoś, za kogo teraz twój morderca się mści.

– I co teraz?

– Nic. Emila, jak mówiłem, mamy z głowy. Na razie, bo wróci. Trzeba czekać. Wracając, naprowadzi nas na tego, kto na nas poluje.

– Na nas?

– A co? Na kogo myślisz? Wykańcza wszystkich z tamtych czasów. Ty byłeś jeszcze dzieciakiem, ale ja... – Mężczyzna zatroskał się i jakby odpychając wspomnienia, dodał: – Zresztą nieważne.

– Niezły mamy bajzel.

– Poradzimy sobie – odparował stary twardo. – Teraz mamy ważniejsze sprawy i ty się tym zajmiesz. Muszę jechać jutro do Warszawki posprzątać, między innymi po tobie i po tym starym durniu. Musisz doglądać interesu.

– Ja?

– Co się głupio pytasz? Pewnie, że ty. Oczywiście nie sam. Będą z tobą moi ludzie i ludzie moich ludzi z Warszawy. Rozumiesz?

– Tak.

– No to posłuchaj. W tym tygodniu pojadą trzy transporty na Zachód. W tirach. Mam nadzieję, że wiesz, co tam jest?

– Amfa?

– No, chociaż tyle się orientujesz – odparł zadowolony. – Każdy tir przywiezie z powrotem 45 milionów euro i beczki z fenyloacetonem. Masz załatwić wszystko u straży granicznej i u dedeerowców. Dam ci kontakty, do kogo trzeba, i odwiedzisz ich osobiście przed wyjazdem.

– Czemu ja mam się tym zajmować?

– Bo ja nie mogę – ojciec wyjaśnił warknięciem. – Też nie chcę cię w to mieszać, ale wszyscy mamy terminy i ludzie z Zachodu naciskają. A ja muszę jechać do tej cholernej Warszawy. Nie dość, że tutaj na własnym podwórku mam kłopoty, to jeszcze jakaś banda zebrała sto tysięcy podpisów w sprawie legalizacji trawy i trzeba znów się wziąć za ustawę o przeciwdziałaniu narkomanii – narzekał.

– Przecież nie robisz w trawie.

– Ja nie, ale znajomi tak. Im na tym zależy. Mnie zresztą pośrednio też. To wszystko jest powiązane. Gdyby tylko udostępnili zielsko każdemu, obroty by spadły w całej branży. Ci, którzy robią w zielonce, wzięliby się za białe.

– Tak jak w Holandii?

– Właśnie – przytaknął. – Tak czy inaczej mielibyśmy straty.

– Jasne, niech ci będzie. Ten jeden raz.

– Nie wkurwiaj mnie! – senator błyskawicznie się wściekł.

Wydawało się, że zaraz trzaśnie syna w ucho. Tymczasem młody Lipski skurczył się jak szczeniak, położywszy uszy po sobie.

– Jak ojciec pomaga, to jest dobrze, tak? A jak jemu trzeba pomóc, to dwie lewe ręce mamy, co?

– Dobra już, dobra – Lipski starał się udobruchać tatusia. – Nie denerwuj się.

– Zawsze wiedziałem, żeś niby moja krew, ale w matkę się wdałeś – odparł z kolejnym wyrzutem.

– A co z tym, kto usunął komendanta? Kiedy się tym zajmiemy?

– Najpierw priorytety, czyli duże interesy. Potem reszta, tym bardziej że teraz nie musimy się tym martwić na razie.

Melisa, obserwując przez lornetkę przechadzających się pod lasem ojca i syna, nie zamierzała brać urlopu. Cyfrowy dyktafon nagrał każde słowo przez mikrofon kierunkowy.

60.

Patrząc w niebo, myślała o tym, co stanie się następnego dnia. Miała nagranie rozmowy starego i młodego Lipskiego, a także rozmowę prokuratora z płatnym mordercą, choć oczywiście nie można było tego udowodnić tylko na podstawie nagrania.

W mediach takie domniemanie jest jak gwałt: oskarżenie, od którego nie można się uwolnić. Zapakowała w kopertę nagrania, uśmiechnęła się trochę sentymentalnie. Kopertę prześle rano do Warszawy. W ogólnopolskich mediach coś takiego nie zniknie. W jej radio oczywiście sensacyjne wiadomości pojawią się pierwsze, potem... Potem rozpęta się dla wielu piekło. Każda rozgłośnia, redakcja najbardziej splugawionego ze szmatławców i stacja telewizyjna będą trąbić o tym przez wystarczająco długi czas, by prawda wyszła na jaw. Dzięki temu Emil będzie bezpieczny i nietykalny, oczyszczony. Nie zasłużył sobie na to, co go spotkało. Jest dobrym człowiekiem, choć gliną – myślała, łapiąc się na tym, że to zresztą bardzo dziwne. Ale pozwoli jej dokończyć dzieło i to przemawia na jego korzyść. A kiedy w eterze zawrze, również i krew starego Lipskiego zabulgocze.

Jutro zorganizuje sąd. Ostateczny, niczym po zmartwychwstaniu Chrystusa. Zamiast zmartwychwstania będzie jednak śmierć ostatniego z tych, którzy zbyt mocno grzeszyli. Tych, którzy mordowali, niszczyli ludzi, ich miłość i szczęście. Ormowcy, klecha i komendant swoją karę już otrzymali. Został jeszcze jeden. Tylko jeden chwast, którego musi wyrwać.

Nie mam dzisiaj już nic do stracenia – myślała. Żyjesz tylko w moich wspomnieniach. Kołyszą mnie one do snu, a świat, w którym żyję, w żadnym razie nie jest obiektywny. Nie jest też sprawiedliwy. Bez ciebie nic nie znaczy. Jedynie każdy z nas, oddzielnie, ma własny, indywidualny świat, taki jak mój. I z reguły jest to świat iluzji. Ale w moim świecie, w mojej prywatnej iluzji jest miejsce na sprawiedliwość. Sama ją wyznaczam, będąc ostrzem przeznaczenia. Ponieważ nadszedł wreszcie odpowiedni czas. To czas na Erę Wodnika.

Patrzyła zafascynowana w granatowe niebo. Jakaż to przyjemność patrzeć w nieskończenie nieodgadnioną przestrzeń po tym, kiedy przez dwadzieścia lat największą atrakcją mogła być co najwyżej pojawiająca się na suficie celi mucha.

Teraz migoczące gwiazdy przypominały, że jej wędrówka dobiega końca. Od dawna, od chwili, kiedy postanowiła zaprzeć się i przeżyć, wiedziała przecież, że Ziemia, krążąc po orbicie wokół Słońca, obraca się równocześnie wokół swojej osi. Tak samo jak ludzki los. Z tego powodu wszystkie gwiazdozbiory odsunęły się od dawnych położeń, a ludzie odsuwają się od przeznaczenia. Ale co pewien czas, o czym dobrze wiedziała, jest tak, że gwiazdozbiory wracają na pierwotne miejsce z czasów Babilonu. Zjawisko to astrolodzy nazwali punktem Barana lub równonocy. Następuje zodiakalny początek nowej ery na Ziemi. Dzieje się tak co dwa tysiące lat.

W życiu człowieka wszystko dzieje się w innym wymiarze czasowym. Każdy jednak wraca w pewnym momencie życia do punktu, w którym już kiedyś był. Wiedziała o tym, wierzyła w to.

Myśl o tym, że punkt równonocy kiedyś nadejdzie, a jeśli będzie wystarczająco silna – doczeka go, trzymała ją przy życiu. Nie pozwoliła odejść od zmysłów. Złamali ją. Zgnębili. Odebrali miłość, życie, godność, wolność i wszystko, co mogła mieć, a nie miała, oraz to, kim mogła być, a kim nie została... Ale jej nie zniszczyli. Uciekła w głąb jak żółw pod pancerz. Niczym kleszcz, czekając na ofiarę przez lata. Niczym bakteria, zmieniając się w endospor. Czekała, aż nadejdzie czas, w którym będzie można zaatakować. Przez te wszystkie lata wokół myślano, że żyje w ciszy, w świecie zamkniętym schizofrenią paranoidalną. Że żyje w świecie urojeń. Ale jej świat nie był wypełniony paranoją. Nie było w nim tylko miejsca na resztę tego, co ją otaczało. Środowiska, w którym ją zamknięto. Wypełniała go własnym, autonomicznym mikrokosmosem, gdzie wciąż grała msza żałobna. Grała tam requiem do własnej miłości i czekała. Wreszcie nadchodzi kres jej wędrówki. Jest zmęczona jak mały ptak podczas burzy. Wkrótce bowiem punkt Barana z gwiazdozbioru Ryb znajdzie się naprzeciw gwiazdozbioru Wodnika i rozpocznie się nowa era.

Byłeś moim Wodnikiem. Dziś cię już nie ma. Era Ryb była czasem miłości, naszym czasem, który zabito we mnie wraz z twoim odejściem. Była czasem, kiedy byliśmy jednością i wszystko wokół nas było powiązane. Poczucie odrębności zależało tylko od naszego uświadomienia. Absolut był w nas i wokół nas. Najwyższym celem istnienia była miłość. I w naszej miłości byliśmy wolni. Potem odebrano nam prawie wszystko...

Era Wodnika niesie ze sobą niewyobrażalne zmiany. Nadchodzi bowiem ostatni etap życia, jaki znamy. Apokalipsa. Świat przejdzie w nową rzeczywistość i wszyscy zmienią spojrzenie na to, co ich otacza. Śmierć jest tylko jednym z etapów i nie należy się jej bać. Nie boję się jej. Czekam na nią. Wiem, że nadejdzie, bo rozmawiam z nią od dawna. Jestem blisko. Śmierć nie jest ostatecznością. Jest tylko elementem transformacji energii do nowej formy, którą przechodzę.

Został jeszcze jeden dzień. Jeden cios i sprowadzę twoją duszę, kochany, niczym einherjera z pola bitwy. Jestem przecież twoją walkirią. Jutro zacznie się Era Wodnika. Nasza Era Wodnika.

W tej samej chwili do jej uszu, gdzieś z głębokiego tła, niczym z innego wymiaru, innej rzeczywistości, dotarł dźwięk dzwonka telefonu. Spojrzała na wyświetlacz. Dzwonił Emil.

– Tak?
– Mam pewien plan – zaczął. – Chcesz posłuchać?

Jak błyskawica przez jej głowę przemknęła myśl: „Plan? A dlaczego nie?".
- Zatem, panie komisarzu – zawiesiła teatralnie głos – proszę mówić.

61.

Poprosił o zmianę terminu. Miała przesunąć wyeliminowanie starego Lipy o trzy dni, do czasu, kiedy ruszy transport z amfetaminą na Zachód.
- Mówili o transporcie, prawda?
- Tak.
- Możesz ich obserwować?
- Mogę.
- Na tym mi właśnie zależy – prosił.
- Dlaczego?
- Może i jestem zwykłym gliną, ale „zwykły" nie oznacza „zły". Poza tym rodzina po żonie mieszka w Niemczech. Kontaktowałem się już z nimi. A właściwie oni z Europolem. Jeśli pomożesz, będę mógł wykryć ten transport. W ten sposób wykryją także siatkę w Niemczech Zachodnich.
- Chcesz powiedzieć, że ktoś z twojej rodzinki w Niemczech pójdzie na komisariat i sprzeda tę bajkę niemieckim policjantom? Myślisz, że jestem aż taka głupia?
- Ciągle mi nie ufasz – odparł, chytrze unikając odpowiedzi.
- Dziwce, księdzu i glinie nie można ufać – skwitowała. - Nie wiedziałeś o tym?
- Wiedziałem – przyznał. - Ale proszę cię tylko o jedną przysługę.
- Jak chcesz to załatwić?
- Brat mojej żony jest gliną w Niemczech. Wiesz, pewne geny zostają jednak we krwi. Wystarczy? – kłamał, ale to było konieczne.
- Ona była Niemką?
- Nie, matka.
- Więc?
- Transport przejedzie granicę. Tam przejmą go agenci i będą śledzić aż do punktów odbioru. Będą ich obserwowali, żeby ustalić odbiorców. Potem puszczą wolno z powrotem. Kiedy nadejdzie odpowiedni moment, aresztują równocześnie odbiorców. W ten sposób zostanie zlikwidowany potężny kanał przerzutowy, odbiorcy, dystrybutorzy.
- I co z tego będę miała?
- Nic. Poza tym, że dodatkowo zniszczony zostanie syn Lipskiego. Moje działanie w niczym ci nie przeszkodzi. Będziesz mogła spokoj-

nie rozwiązać swoją osobistą sprawę z senatorem. Szczerze powiedziawszy, oddasz mu sporą przysługę, bo tak czy inaczej jest skończony. Pamiętać jednak musisz, że ma syna.

– On mnie nie interesuje za bardzo.

– A to błąd. Bo to jego krew, a jak wiesz, jabłko od jabłoni daleko nie pada. Za kilka lat mógłby stać się silny jak tatuś.

– Bzdura. To gamoń i nieudacznik. Wszystko zawdzięcza ojcu.

– Zgadzam się. Dlatego nie chcę jego śmierci tak samo jak ty. Ale zasłużył ciemnymi interesami na to, żeby iść siedzieć. Łapałem różnych gnojków, a on ich potem wypuszczał – Emil wyjaśnił zgodnie z faktami. – Dawno chciałem zrobić z nim porządek. Teraz dzięki temu będę mógł.

– Rozumiem.

– Wiem, że w tym świecie nie ma nic za darmo. Więc jak?

– Skąd wiesz, że Niemcy przygotują akcję?

– Nawet jeśli wiadomość trafi na kogoś, kogo Lipscy przekupili, to od Europolu się nie wywiną. Pojadę zresztą za konwojem. Kiedy wrócę, będziesz mieć dodatkowy materiał, jak ich zamkną. A to, że zamkną ich Niemcy, daje pewność, że już się nie wywiną. Nie zatuszują sprawy, bo nie sądzę, żeby tak daleko sięgały ich wpływy. Proszę cię tylko o trzy dni. Do czasu, kiedy ruszy transport. Potem możesz robić, co chcesz.

– Jak mam ci pomóc?

– Po pierwsze, chciałbym, abyś przesunęła to, co zamierzasz.

– Tylko to?

– I jeśli możesz, abyś dała znać, jak sprawa się rozwija. Nie mogę ich obserwować, bo jestem poszukiwany przez zawodników z fabryki w połowie Polski.

– To dałoby się załatwić. Ale jak zamierzasz się przedostać do Niemcowni, skoro wszyscy cię tu szukają?

– No właśnie. Zapomniałaś, że nie jestem w Polsce – przypomniał. – Przez Czechy będzie łatwiej.

– Myślisz, że w Czechach cię nie szukają?

– Nie sądzę.

– A co potem?

– Po wszystkim?

– Tak. Kiedy oboje zrealizujemy plany.

Emil zamyślił się chwilę i zawahał z odpowiedzią. Nie chciał poruszać tego tematu, ale widać, nie zawsze da się od wszystkiego uciec.

– To zależy od ciebie. Nie wiem, co chcesz robić dalej.

– Pytałam o ciebie, twoje plany. I dobrze wiesz o tym – naciskała.

– Nie mam nic. Nie mam nikogo. Moje życie jest skończone. Przez te wszystkie lata, kiedy... kiedy żona z córeczką odeszły, miałem tylko pustkę. Za wszelką cenę chciałem ją czymś wypełnić. Życie było jak dzban, który wypełniłem grubymi kamieniami, najważniejszymi sprawami: żoną i córką. Ale potem powinienem wypełnić dzbanek kamykami mniejszymi, właściwie żwirem, czyli przyjaciółmi. A nikogo takiego nie mam od lat. Ostatnią nadzieją, że znajdzie się taki ktoś, była Letka. Ale i jej nie ma ze mną. Na koniec to wszystko, co miałem w dzbanku, powinienem zebrać i przez lata zasypywać piaskiem. Aż po samą krawędź. Wtedy mógłbym powiedzieć, że miałem udane życie.
– A nie miałeś?
– Nie miałem. Nie mam nic. Nikogo. Mój dzban wypełnia tylko piasek. Wszystkim, co zostało, jest życie psa. Praca. Czyli ten cholerny piasek właśnie i jestem już nią zmęczony. Jednego, czego chcę, to zakończenia sprawy. Będzie moją ostatnią. Nie chcę odchodzić na emeryturę w chwale, ale nie chcę plugawić nazwiska. Mogę odejść w dobrym stylu. Wytępię skurwysynów i potem będę mógł spokojnie pójść na grób żony i córki, a potem Letki. A co dalej, nie wiem. Po prostu nie wiem. Rozumiesz?
Melisa rozumiała. Rozumiała doskonale. Znała życie pozbawione bliskich, bez szans na zmiany, w poczuciu straty.

62.

Dwupasmowa autostrada nr 13 za kilka kilometrów miała zboczyć ostro na południe, koło Klein Klessow w kierunku Drezna. Kierowca pierwszego z trzech w kolumnie tirów z uwagą obserwował znaki. Prowadził już czwartą godzinę. Jeszcze kilkanaście minut i czas pracy za kółkiem dobiegnie końca – myślał. Jeszcze trzydzieści minut. Kiedy tylko trzynastka przejdzie w piętnastkę w kierunku Olszyny, zjedzie na stację benzynową i obudzi zmiennika. Potem pójdzie spać. Wraz z nim postąpią tak pozostałe załogi.

Zmiana wypadła na świt, kiedy ciemność ustępuje szarówce i światło reflektorów nie rozjaśnia ciemności. Nagle senność atakuje gwałtownie, podstępnie i skrycie. Wyjął więc paczkę słonecznika i zaczął dłubać go powoli, z rozmysłem niejako, systematycznie, w odstępach 4–6 ziarenek na minutę. Sto metrów przed nim podążało czarne bmw 740. Kiedy dostrzegł znak informacyjny o stacji paliw za 10 kilometrów, mrugnął światłami drogowymi w kierunku pilotującego ich samochodu.

Ciężarówka nieobciążona ładunkiem szybko wytraciła prędkość i jej kierowca mógł spokojnie zacząć manewrować na wąskim parkingu stacji. Wjechał pod jeden z dystrybutorów. Po chwili za nim ustawiła się druga w kolejności ciężarówka z ich transportu. Wkrótce potem, nieco dalej po prawej – ostatnia. Ich kierowcy, kończąc zmianę, prawie rytualnie zmienili tarcze wykresówek i opuścili kabiny. Kolejno, niczym koty zeskakujące z nagrzanego słońcem dachu czy parapetu, niemal równocześnie przeciągali udręczone kości. Chwilę potem zbili się w grupkę i ruszyli w kierunku oprychów przy bmw, którzy trzymali aromatyczną kawę.

Nagle otworzyły się przesuwne boczne drzwi jednego z busów. Żaden z zebranych przed stacją konwojentów tego nie zauważył. Dopiero otwarte drzwi drugiego busa zwróciły uwagę jednego z oprychów, starego Lipskiego.

– Co jest, do chuja? – zdążył jeszcze zakląć.

Był bez szans. Trafiła go kula z karabinu Mossberg. Gumowy chrabąszcz powalił go, łamiąc dwa żebra. Następne dwie sekundy pozwoliły, by wokół grupki kierowców i oprychów z bmw pojawili się funkcjonariusze brygady antyterrorystycznej policji z Cottbus i grupy szturmowej Zoll z Chemnitz. Mężczyźni ubrani w czarne kombinezony, z twarzami zasłoniętymi kominiarkami, patrzyli groźnie spod kevlarowych hełmów.

Nawet przy oprychach Lipskiego prezentowali się dobrze, a przecież żaden z jego bandziorów nie liczył mniej niż metr dziewięćdziesiąt i sto dziesięć kilogramów.

– *Auf dem Boden.* – Usłyszeli chwilę po ataku.

Kto nie zrozumiał, że ma się położyć, otrzymał uderzenie kolbą albo gumową kulą, która błyskawicznie zginała każdego jak szwajcarski scyzoryk.

Akcja obezwładnienia i ujęcia członków konwoju, jak szybko się zaczęła, tak się zakończyła. Żaden aresztowany nie zdążył nawet wyjąć z kieszeni telefonu. Choć od początku ataku minęło nie więcej niż dziewięćdziesiąt sekund, wszyscy leżeli twarzami do ziemi, z rękoma skutymi i wywiniętymi w tył.

– *Alles Klar* – rzucił uspokajająco jeden z antyterrorystów.

Wykonał też charakterystyczny gest otwartą dłonią przypominający przywołanie kogoś z daleka. Na placu pojawili się pozostali, już bez rynsztunku bojowego. Stację zamknięto, a wjazd został zagrodzony. Z jednego z samochodów wyszedł policjant w towarzystwie czarnego labradora. Ruszyli w kierunku tirów.

– Witam panów! – Usłyszeli po polsku z dedeerowskim akcentem.

– Co się dzieje? – zapytał jeden z oprychów.

– Zamknąć się! Lepiej słuchaj. Jesteś aresztowany. Masz przerąbane. U nas nie będziesz miał jak w polskim więzieniu.

– To legalny transport! W samochodzie mamy wszystkie dokumenty. Nasz konsulat nie puści wam tego płazem! Pan Lipski jest senatorem i nie pozwoli...
– *Ruhe!* – wrzasnął Niemiec.
Dodatkowy kopniak w brzuch szybko uciszył krzykacza. Glina nachylił się i spokojnym tonem, niemal szeptem rzucił:
– *Meine Herren? Ferenstein Sie?*
Wijący się z bólu prokurator Lipski pokiwał w odpowiedzi głową. Oczywiście, że zrozumiał. Znał przecież niemiecki. Po ojcu miał przecież, oprócz polskiego, także niemieckie obywatelstwo.
– *Gut!* – policjant zakończył krótko, z niemałą satysfakcją.

63.

Tymczasem w willi w Osowcu panowała niczym niezmącona cisza. Noc otulała wioskę. Światła w całym domu pozostały wygaszone, a Melisie ziąb nadchodzącego poranka powoli zaczynał doskwierać. Czekała. Zastanawiała się, czy Emilowi udało się zrealizować plan. Tak czy inaczej, jeśli coś właśnie się dzieje, to teraz. Obawiała się, że niepotrzebnie zgodziła się na jego propozycję. Nie żeby mu nie ufała. Z pewnością nie chciał jej oszukać, bo nie ma w tym żadnego celu – ale mógł przez przypadek, nawet niechcący, pokrzyżować jej plany. Tym bardziej że senator się spóźniał.

Tyle mogło się wydarzyć. Mógł przecież zmienić plany w ostatniej chwili. Zamiast wrócić dziś w nocy, mógł postanowić poczekać jeszcze jeden albo dwa dni w Warszawie. Chociaż to akurat jest mało prawdopodobne – uspokajała się w myślach. Czuła coś w rodzaju podniecenia zmieszanego z obawą. Nie – myślała – stary musi dziś być w domu, bo przed południem albo jeszcze rano dotrze przecież transport z kasą.

Co jednak, jeśli któryś element planu Emila nie zadziałał, jak trzeba? Jakieś koło zębate na chwilę się zacięło albo któryś z ząbków potężnej psiej machiny przeskoczył i wszystko runęło? Co jeśli zdążyli dać znać staremu, że coś się dzieje, że śledzą ich albo zamykają? Dziesiątki pytań kotłowały się w jej głowie.

Może stary cwaniak postanowił ją okłamać i działać na własną rękę? Był w końcu gliną. Wprawdzie upadłym, ale gliną. Zamiast wydać ich wszystkich międzynarodowej policji, sam dokona skoku, zgarnie kasę Lipskiego i oprychów dla siebie. Potem zwieje z nią gdzieś do Hiszpanii, Włoch czy Chorwacji. Zrobi operację plastyczną i będzie szczęśliwy popijał mojito niczym Hemingway.

Upadłym gliną. Ta myśl wracała do niej jak bumerang. Upadłym gliną – powtórzyła głośno. Raczej upadłym aniołem. Stąd biorą się upadłe anioły? Przecież upadły anioł to anioł wypędzony z nieba, a Emil w niebie nie był. Jego życie w żadnym razie nie przypominało nieba. Nie był też diabłem, szatanem czy jakimkolwiek wcieleniem zła. Kobieta wiedziała, wierzyła, że jest idealistą. Beznadziejnie głupim, ale pogodzonym ze sobą idealistą. Nie sprzeda się ani za miskę zupy z soczewicy, ani mieszek z trzydziestoma srebrnikami.

Emil być może właśnie, dokładnie w tej chwili, gdzieś daleko, pięćset kilometrów stąd, na równej jak tafla zamarzniętego jeziora niemieckiej autostradzie. Kończy własną wojnę o dobre imię i honor.

Myślała o tym, choć właściwie nie miało to dla niej większego znaczenia. Już i tak nie będzie uczestniczyć w tym, co będzie dalej się działo. Koperta z nagraniami dla całej Polski wędruje właśnie gdzieś w wagonie pocztowym albo samochodem w pocztowym worku. Dziś wieczorem będzie u celu. Może nawet przed południem. Jej radio, o jeden krok wcześniej, poda informacje, które zostawiła na biurku naczelnego. To prezent od niej, pożegnalny podarek za to, że pozwolił jej stać się tym, kim jest teraz, i pomógł zrealizować plan. Nieświadomie, ale przez to skuteczniej.

To, co Emil przywiezie ze sobą, jest już mało ważne. Ale jeśli będzie potrafił zatroszczyć się o własne interesy, to kilka zdjęć, które obiecał, będzie mógł sprzedać bardzo, bardzo drogo. TVN, Polsat, a nawet „Wyborcza" czy „Fakt" słono zapłacą za twarz opolskiego prokuratora wśród bandy oprychów, aresztowanego przez Niemców w ramach działań operacyjnych międzynarodowych policji i Europolu. Jej te zdjęcia nie będą potrzebne. Ona będzie już z Jakubem. Zaufałam mu – pomyślała o policjancie – a nawet trochę polubiłam, jeśli jeszcze to potrafię. I, cokolwiek się dalej stanie, jego decyzja nie wpłynie na przebieg wypadków.

Stary zginie dzisiejszej nocy. Może wczoraj ostatni raz patrzył na słońce i nawet o tym nie wie? Swoją drogą, to senatorowa bardzo pomogła, wybierając się do sanatorium akurat teraz. Bardzo możliwe, że nie pożegnała się z mężem należycie. Trudno. Nie będzie mieć ku temu dobrej okazji. Poza pogrzebem oczywiście, bo ciała też nie zobaczy.

Senatora wciąż nie było. Spojrzała na dwa dziesięciolitrowe kanistry z ropą. Dwadzieścia litrów. Nie za dużo, nie za mało. Wystarczy. Nie będzie się przemęczać, by zostawić siły na to, co zrobi w domu. Nie była to benzyna, nie spirytus czy jej mieszanka, którą zastosowała jako niespodziankę dla jego kumpla z komendy wojewódzkiej. Bo olej napędowy nie wybucha, ale świetnie się pali. Nie chciałaby, żeby Lipski umarł od wybuchu, szybko, bezboleśnie, humanitarnie. Natychmiast, bez hałasu. To nie byłoby prawidłowe wyrównanie rachunków. To byłby prezent, zupełnie niestosowny, jak przyrządzenie przepiórki w pomarańczach dla kogoś, kto jest wegetarianinem – myślała.

Chciała, by umierał każdą najmniejszą cząstką, jak Jakub, w niewyobrażalnym bólu. W cierpieniu, które nie będzie trwało sekundę, minutę, ale długie, długie minuty. Tak, by wreszcie zapragnął śmierci, która ma go wybawić. Niech poczuje ból taki, że będzie chciał umrzeć.

Wreszcie usłyszała daleki odgłos. Dreszcz podniecenia przebiegł jej od karku w kierunku kości ogonowej niczym elektryczny impuls. Niczym uczucie, jakiego w swoim czasie doświadczała w zakładzie dla obłąkanych, kiedy puszczali jej ulubiony utwór klasyczny. Teraz puściła go cicho w radiu i upajała się dźwiękami płynącymi z głośników. Była to IX Symfonia d-moll Ludwiga van Beethovena.

W tym czasie samochód Lipskiego wtoczył się na dziedziniec. Otworzyły się drzwi i wysiadł Senator Rzeczypospolitej Polskiej, Ryszard Lipski. Nie wprowadził samochodu do garażu, co oznaczało, że rano pojedzie sprawdzić transport. Wszedł do domu i zapalił światło. Melisa czuła ogarniające ją podniecenie. Serce waliło w piersi niczym uderzenia ogromnej perkusji w przedziwnej orkiestrze zmysłów, nerwów i marzeń.

Jeszcze tylko kilka minut i ruszy. Skoczy w mrok. Ruszy w ciemność. Wyjdzie w noc, jak puma. Jak kot. Jak tygrys. W oczekiwaniu, aż zniknie światło w oknie, jej nerwy zaczynały osiągać niebezpieczną granicę. Zdawała sobie sprawę, że nie daleko do tego, by emocje zaczęły przeszkadzać. Aby się uspokoić, powtórzyła w głowie plan, choć robiła to już kilkanaście razy.

Kiedy zgaśnie światło, poczeka jeszcze kilkanaście minut, aż stary zaśnie. Potem weźmie sztucer. Ten sam, z którego zastrzeliła tamtego nasłanego na Emila. Wejdzie po schodach na taras. Przed drzwiami zostawi linę. Drzwi na tarasie są ciągle otwarte, zasłonięte tylko moskitierą, zamykaną od wewnątrz. Moskitiera jest nylonowa, ewentualnie z materiału naturalnego. Przetnie ją nożem i wejdzie do domu. Nóż jest ostry jak brzytwa, choć niewielki. Łatwo mieści się w bucie. Najważniejsze, że ciemne oksydowane ostrze jest niewyobrażalnie ostre – i bardzo dobrze, bo w ten sposób ułatwi sobie pracę.

Stary śpi w sypialni na górze. Do rozpoczęcia Ery Wodnika piętrowe domy nadają się znakomicie. Schody wyłożone są wykładziną i nie skrzypią. Wie o tym, ponieważ przez kilka dni obserwowała dom przez lornetkę. Zatem prośba Emila o opóźnienie planu była jej na rękę, choć sama obserwacja dawała tylko połowiczne wyobrażenie.

Całości dopełniał podsłuch z mikrofonu kierunkowego, dzięki któremu dowiedziała się znacznie więcej.

Nagle światło w sypialni na piętrze zgasło. Zatem zostało jeszcze tylko kilkanaście, najwyżej dwadzieścia kilka minut. A zatem już czas. Założyła gogle noktowizyjne, używane do polowań w nocy przez myśliwych, skradzione wraz ze sztucerem i amunicją z sejfu leśniczego. Niech oczy przyzwyczają się do zielonej poświaty i oceny odległości. Pełna akomodacja oka z pewnością potrwa kilka minut.

Salon jest obszerny. Tak wynika z planu, który już wcześniej sporządziła. Przejdzie kilka kroków i po lewej na piętro poprowadzą ją schody, wprost do drzwi sypialni. Może nawet usłyszy świńskie chrapanie. Potem tylko kopniak w drzwi i wycelowana lufa. Każe mu wstać. Wyjmie kajdanki z kieszeni i skuje ręce z tyłu. Drugimi kajdankami przykuje senatorskie raciczki do kaloryfera. Wtedy zdejmie gogle. Oczy znów przyzwyczają się do światła. Zaciągnie zasłony i zejdzie w dół na taras. Konieczne będzie zaklejenie ust szerokim kawałkiem izolacyjnej taśmy klejącej. Ten instrument ma w prawej kieszeni spodni, na udzie. To pozwoli działać w komfortowych warunkach. Później przyniesie linę i przywiąże ją Lipskiemu do kostek. Potem rozkuje nogi i poprosi do salonu.

– Poznaje mnie pan, panie senatorze? – powie głośno. Tak, zapytam go o to, myślała pełna satysfakcji. Potem poproszę jeszcze: – Pozwoli pan na dół, do salonu. Sypialnia nie jest dobrym miejscem na sąd – szeptały jej usta niemal bezgłośnie.

Poprowadzi Lipskiego przed sobą. Kiedy będzie przy skraju schodów, popchnie go w dół. Chwyci linę i przywiąże do drewnianej, rustykalnej belki na suficie piętra.

– Jak to dobrze, że pan senator fascynował się stylem pruskim w architekturze – mruczała w transie.

Teraz będzie najgorsze, bo stary cap waży przynamniej sto kilo. Bedzie podciągać linę dotąd, aż podwiesi ciało nogami w górę jak wieprzka przy świniobiciu. Na tyle, by ryj znalazł się kilka centymetrów nad podłogą. Wtedy spokojnie będzie mogła iść do samochodu po kanistry. Kiedy wróci, rozleje ropę po całym domu, ale jak najdalej od świniaka.

Będzie potrzebowała noża z buta. Najpierw, by rozciąć ubranie. Potem pierwsze cięcie. Niezbyt głębokie. Od krocza przez cały tułów do szyi, jak u Tycjana. Przyjrzała się tej scenie doskonale. *Apollo obdzierający ze skóry Marsjasza.* Następne cięcia wokół obu kostek, nieco powyżej. Jak u skórowanego po polowaniu królika czy zająca. Nie za głęboko, by nie utracić zbyt szybko juchy. Kolejne długie cięcia wzdłuż osi podłużnych nóg, aż wreszcie... Powolne zdzieranie skóry żywcem, małymi krokami, z podcinaniem jej od wnętrza ciała. Będzie musiała bardzo uważać, by nie naruszyć żadnego ważniejszego naczynia krwionośnego.

– Ach, wcześniej, zapomniałabym... – szepnęła.

Przed pierwszym cięciem zastrzyk z niewielkiej dawki morfiny, tylko lekko stępiający ból, na wypadek omdlenia. Nie więcej niż cztery miligramy, by zachował świadomość. Uśmiechała się do wypowiedzianej prawie bezgłośnie myśli.

Potem jeszcze tylko kilka słów pożegnania, wyjawienie celu wizyty i jej znaczenia oraz zastrzyk dla siebie z pozostałych 20 miligram. Wystarczy, by usnąć. Nie czuć, jak wszystko wokół płonie.

Ułożenie ciała głową w dół ma tę niewątpliwą zaletę – przemknęło jej przez myśl – że powietrze w trakcie pożaru przy podłodze będzie obfitujące w tlen i najchłodniejsze. To pozwoli cieszyć się senatorowi świadomością znacznie dłużej.

Spojrzała na dom i ruszyła ku przeznaczeniu, którego czuła się ostrzem.

64.

Skradała się cicho. Dobrze, że stary nie lubił psów. Szczekanie jakiegoś zapchlonego kundla mogłoby mocno pokrzyżować plany. Wolał koty i system alarmowy, którego i tak nie używali. I bardzo dobrze. Nasmarowała się końskim łajnem. Fetor denerwował na początku i przeszkadzał, potem przestała go czuć. To na wszelki wypadek. Rolnicy we wsi, choć ich domostwa były oddalone od rezydencji Lipskiego, mieli kundle na łańcuchach. Któryś mógłby zacząć ujadać, gdyby jej zapach zaleciał do budy wraz z porannym, czystym powietrzem.

Minęła furtkę, lecz nie otworzyła jej, wiedząc, że nienasmarowana skrzypi. Bramę wjazdową stary Lipski zamknął naciśnięciem jednego guzika na ścianie garażu. Resztę zrobił za niego silnik elektryczny. Musiała więc wybrać inną drogę. Kiedy przeskoczyła przez płot, coś zatrzepotało. Serce zabiło jej gwałtownie. Spojrzała w górę. Był to przelatujący nad głową nietoperz.

Przeszła przy ścianie jak kot, cicho i bezszelestnie. Jak dotąd wszystko szło zgodnie z planem. Nie musiała improwizować i mogła spokojnie działać. Wdrapała się na taras pokryty deskami. Położyła linę. Przeszła obok barierki i ściany. Deski na środku tarasu skrzypiały najbardziej. Przyssała się do ściany i nasłuchiwała kilkadziesiąt sekund. Nic. Cisza. Dom spał, wieś spała – a zatem ma zielone światło. Dosłownie i w przenośni, bo taki właśnie widok dawały myśliwskie okulary.

Wolnym, precyzyjnym ruchem mniej więcej w środku lewej krawędzi drzwi moskitiery, tuż przy klamce, za pomocą noża wyjętego z pochwy przywiązanej do łydki wykonała cięcie na szerokość piętnastu centymetrów. Włożyła dłoń w szparę i przekręciła klamkę. Ta nie stawiała oporu i ruszyła miękko. Pchnęła ramę moskitiery i drzwi się uchyliły. Nie weszła od razu, lecz odczekała chwilę. Schowała nóż. Działała precyzyjnie, metodycznie, niczym zegarmistrz. Każdy element planu musiał się przecież zgadzać, aby wszystko się udało.

Pozostało najtrudniejsze. Obciętą lufą sztucera uchyliła moskitierę i spojrzała w głąb salonu. Było ciemno. Gogle dawały tylko bardzo ciemną grę cieni o różnej intensywności. Rozpoznała kominek, meble, kanapę i stolik kawowy. Zatem pusto, idealnie. Jeszcze tylko kilkanaście sekund najtrudniejszego elementu planu.

Weszła do środka i serce zabiło jej mocniej. Wewnątrz nie było słychać chrapania, ale miękki dywan doskonale tłumił jej kroki w głębi domu. Zrobiła ich kilka i nagle zamarła. Nagły nieznany dźwięk z prawej strony sprawił, że serce skoczyło jej aż pod samo gardło. Natychmiast skierowała lufę w stronę, z której doszedł ją odgłos. Palec wskazujący zadrżał na spuście.

To tylko zegar z kukułką. Jasne! Słyszała ten dźwięk nie raz, podsłuchując życie tego domu. To tylko minęła piąta. Teraz, w chwili największego napięcia, ten odgłos zabrzmiał jednak setki razy głośniej. Po drugie, w tym pierwszym ułamku sekundy był zupełnie nieznany.

Krople potu spłynęły po skroniach, mimo że było dosyć chłodno. Wypuściła powietrze i w tej samej chwili w polu widzenia zielonych okularów dostrzegła coś, co zmroziło jej serce powtórnie.

Senator Ryszard Lipski leżał na podłodze przy ścianie, którą dotąd miała za plecami, z rękami skutymi z tyłu w kajdanki i zakneblowany. Ułamek sekundy później, gdy zrozumiała, że jest w śmiertelnej pułapce, nagły blask oślepił jej oczy. Ktoś zapalił światło. Chwilę potem prawa strona klatki piersiowej przyjęła gigantyczną siłę niczym cios monstrualnej pięści, który rzucił ją daleko w tył, na meble. Usłyszała huk i upadła. Przy upadku noktowizor zsunął się jej pod brodę. Oślepiona wciąż nic nie widziała. Na szczęście nie wypuściła z prawej dłoni sztucera i przez przymrużone oczy zobaczyła niewyraźną postać przed sobą. W bijącej zewsząd jasności wyczuła ciemniejsze miejsce, które musiało oznaczać kogoś, kto do niej strzelił, i w tamto miejsce spróbowała skierować broń. W tej samej chwili poczuła dwa kolejne ciosy w pierś i nagle światło przed nią zgasło zupełnie. Nie usłyszała już brzęku upadających na podłogę łusek.

Emil, trzymając oburącz służbową broń, z ciągle dymiącą lufą, na wszelki wypadek stopą odsunął sztucer z obciętą lufą od zakrwawionego ciała Melisy.

65.

Senator jęczał skuty i zakneblowany na ziemi, ale na policjancie nie zrobiło to najmniejszego wrażenia. Zgasił światło, aby niepotrzebnie nie zdradzać się sąsiadom. Wyszedł na taras i pochyliwszy się, przyjrzał pozostawionej tam przez kobietę linie. Obejrzał zwój dokładnie, po czym wyprostował się i spojrzał na ciemną ścianę lasu przed nim. Świtało. Wstawał nowy dzień. Jaśniejsze niebo nad lasem przybierało powoli purpurowy odcień. Obudzone strzałami psy ujadały w całej wsi, jak gdyby wokół wiejskich zabudowań kręciły się dziesiątki niezidentyfikowanych intruzów. Gdzieniegdzie pojawiały się blade światła w oknach. Już czas – pomyślał.

Usiadł na jednym z foteli przy drewnianym stole, przy którym tak lubił posilać się pan senator. W miejscu, w którym stary oszust stawiał talerz, Emil położył teraz zimną stalową broń. Potem, obok broni, telefon, który wcześniej włączył. Kiedy czekał na nią, nie mógł mieć go włączonego.

Spojrzał w niebo – wciąż jeszcze widać było niemal wszystkie gwiazdy. Niebo nocą jest jednym z najpiękniejszych widoków na ziemi – pomyślał. Odchylił się w tył i nie odrywając wzroku od migoczących gwiazd, wyjął z kieszeni paczkę papierosów. Wydobywszy camela, przyłożył go do górnej wargi, tuż nad włosami wąsa. Pięknie pachniał. Zapach błyskawicznie dotarł do mózgu. Tak pewnie pachnie tam, daleko, w Turcji, Algierii, Maroku czy Algierze. Może nawet w Egipcie – kto wie, jak tam jest... Chwilę później nagle i brutalnie wyrwał Emila z zadumy ostro brzmiący dzwonek komórki. Odebrał natychmiast.

– Komisarzu Stompor. – Usłyszał w słuchawce obco brzmiący akcent.

– Tak?

– Mam nadzieję, że pana nie obudziliśmy?

– Skądże. Też miałem coś do załatwienia. Czekałem na ten telefon.

– Akcja powiodła się w stu procentach.

– Miło to słyszeć.

– Powiadomiliśmy już waszego konsula generalnego w Berlinie.

– Tak szybko?

– Nie ma na co czekać. Działamy bardzo szybko, ale...

– Tak?

– Konsul nie był zadowolony.
– Z akcji?
– Ach nie. Z tego, że zbudziliśmy go o tak wczesnej porze.
Emil uśmiechał się.
– Tu, w Polsce, jestem znany z tego, że doprowadzam wielu ludzi do szału, budząc ich bardzo wcześnie.
– Czasem tak trzeba w tym fachu – tłumacz przyznał uprzejmie.
– O, tak. To prawda.
– Wracając do naszej rozmowy – jak szybko jest pan gotów poddać się europejskiemu programowi ochrony świadków zorganizowanej przestępczości międzynarodowej?
– Mam nadzieję, że niezwłocznie. Proszę wszystko przygotować – Emil poprosił uprzejmie. Po chwili dodał: – Wkrótce będę gotów. Jeszcze dziś.
– Cieszę się. Zatem do zobaczenia.
– Dziękuję.
– Ja również.
Wolnym ruchem Emil odłożył telefon. Przyłożył jeszcze raz papieros do nosa. Przywołał ulubione wizje czarnookich tancerek przepasanych tylko zwiewnymi, jedwabnymi chustami, ciasno opinającymi biodra. Papieros pachniał dziś jak nigdy dotąd. Nigdy zapach nie był jeszcze tak piękny, a jednocześnie tak bliski. Odjął podłużny kształt od nozdrzy i włożył papierosa z powrotem do paczki. Wstał i wszedł do salonu, gdzie na podłodze, twarzą do dywanu, wciąż leżał skuty senator Ryszard Lipski.
– I co, panie senatorze? – zapytał, wcale nie oczekując odpowiedzi. – Obawiam się, że immunitet panu nie pomoże. Wie pan, na Niemców nie ma rady – *Ordnung muß sein*, jak powiadają – szepnął konfidencjonalnym tonem. Po chwili, dalej drwiąc, dodał z jeszcze większą ironią: – Ach, zapomniałbym – uśmiechnął się w kierunku przerażonego senatora – przecież pan o tym wie doskonale. Zostawiam papierosy. Tam, gdzie wkrótce się pan znajdzie, będą miały ogromną wartość. Ja już nie palę. Rzuciłem.

Printed in Great Britain
by Amazon